# GA・SHIN! 我・神

花村萬月



集英社文庫

# 目次

# GA・SHIN! 我・神

僕は『落ちていた』そうだ。

ホームレスの段ボールハウスの前に落ちていたのである。

それは『棄(す)てられていた』というのではないかと謝花(じゃはな)さんに訊(き)いたら、ホームレスにとって、すべてのものは『落ちている』というのだそうだ。

# 第一部　大和篇

# 1

口から魂を吐いている。

口から霊魂が洩(も)れだしている。

魂を追いかけるかのように、言葉が放たれた。

「そうか。僕は落ちていたのか」

「おなじことをなんども訊くな」

臥薪正太郎(がしんしょうたろう)は謝花ウミオを見あげた。

「誰が落としたの」

「神様」

謝花はさらに念を押すように囁(ささや)いた。

「おまえは神様の息子だ」

「でも、口から魂が洩れちゃって――」

「それは息だ。寒い朝は息が白くなる」

「わかってる。でも、魂に見えた」

「魂を見たことがあるか」

「いま、見た」

すっかり葉を落としてしまった木々のあいだからビルの群れがのぞいている。

臥薪は枝々が冬空にむけて痩せほそった指をさしのべているのをじっと見つめた。天を仰いだまま、訊く。

「神様って、なにをする人？」

「人じゃないから、なにもしない。黙って見守るだけだ」

「だったら、いなくてもいい人じゃないか」

謝花は答えない。臥薪が見あげる空とはちがう方向に視線を投げる。

間近に迫るビルは、いまは建て替えられてホテルになってしまったが、以前は全線座と呼ばれる映画館だった。中卒のまま集団就職で沖縄から出てきて、最初の休日に訪れたのが、この名画座だった。

二階席まである大きな映画館だった。マックィーンの〈大脱走〉を夢中になって観ていたとき、股間に手がのびてきた。男の手だった。

さんざん弄ばれ、挙げ句の果てに破裂させられてしまった。十代の謝花は、逆らえなかったのだ。それどころか苛立ちに似た期待を胸に、休日は全線座に通った。

「いまでいうハッテン場ってやつだな」

臥薪が怪訝そうに見つめていた。とたんに謝花は険悪な眼差しになる。

この眼のあとに臥薪は謝花から無数の暴力を受けてきた。暴力に理由はない。少なくとも表面的なものは。軀を硬くして身構えた。殴打によって口のなかを切らぬよう、奥歯を嚙みしめる。

視線が絡む。臥薪は謝花の臍のうえあたりまでしか背丈がない。だから思いきり見あげるかたちだ。逆に謝花は年齢不詳、推定七歳の子供を見おろす。

謝花の肩から力がぬけた。怒りの気配が消えた。臥薪は上目遣いで確かめて、ちいさく安堵の息をついた。

北風がぬけていった。臥薪は両手で耳を押さえた。掌に冷え切った耳のかたちが刻印されたかのようだ。

最近は謝花もすっかりおとなしくなった。五十肩で手を振りまわすのが億劫なのだと臥薪は考えている。

山手線が抜けていった。臥薪は音だけで車両の種類がわかる。

電車の音に耳を澄ましていると謝花にうながされた。まだ餌はたっぷりあるはずだが、なにか必要なものができたらしい。自販機巡りだ。謝花と臥薪は親子のように並んで、公園をでた。

謝花はただ歩いているだけだが、臥薪は自販機の釣り銭口に指を挿しいれる。ちいさいから腰をかがめずにすむ。作業効率がよいと謝花は笑う。

中指でさぐる。

五〇〇円玉。

五〇〇円玉。

五〇〇円玉。

五〇〇円玉。

五〇〇円玉。

中指でさぐるたびに、必ず五〇〇円硬貨が指先に触れる。それを機械的に謝花にわたしていく。だから謝花は身なりと裏腹に、けっこう金をもっていた。おかげで餌場をあさる必要もない。それどころか気前のよいところを見せたいがために、謝花はほかのホームレスが困っていれば偉そうに硬貨を握らせてやったりもする。

「ねえ、なんで自慰爺(じぃじぃ)と呼ばれているの」

「爺(じじい)のくせに、自慰ばかりしてたからだよ」

なにを言っているのかわからない。自慰がわからないのだ。小首をかしげつつ臥薪は迎合の笑いを泛(うか)べる。

「ま、おまえを拾ったあたりから、なんとなく自慰も億劫になりつつあるが」

謝花は溜息(ためいき)をついた。息といっしょに邪気が抜けて落ち、なんとも和んだ表情だ。

「臥薪という姓をどう思う」

「恰好(かっこう)いい！」

「正太郎は」

「まあまあ」

臥薪の頭を軽く小突いて、独白する。

「子供のころは自分のウミオという名前が嫌でたまらなかった。おふくろの頭を疑ったもんだ」

「いまは」

「おまえを拾ってから、ウミオは膿男(うみ)ではなくて、海男だと素直に思えるようになった。とても気分が楽になったさ。癒されたってやつだ。もう、いつ死んでもいい」

「──死にたいの？」

「死ぬわけにはいかん。おまえが一人前になるのを見届けるまではな」

「一人前のホームレス」

どちらともなく含み笑いが洩れた。ＪＲの高架をぬけて自販機のある路地に潜りつつオルガン坂をあがり、ハンズのあたりで謝花はコーラの真っ赤な自動販売機にむかおうとした臥薪をとめた。

「もう、いい」

臥薪の肩に手をかけ、引きよせると、車の切れめを見計らって道路を横切り、パルコPART2にはいった。謝花の姿にリーバイスストアの店員が鼻白む。ところが臥薪の顔を見たとたんに笑みがひろがった。

「こいつがかぶれるような毛糸の帽子はあるか」

「ございます。僕、いらっしゃい」

臥薪は振りかえった。謝花が頷いた。臥薪は店員に従った。

謝花は店のすみに姿を潜めるように立つ。その眼には暗い光がないではないが、騒ぎをおこさぬだけの節度も泛んでいる。ごく平静だ。

店員は腰をかがめて帽子を選びはじめた。――綺麗な耳ね。帽子で隠してしまうの、もったいないくらい。ウール一〇〇パーがいいわよね。すこし巻き毛なのね。長い睫毛。黒眼がち。羨ましいな、その二重。唇が真っ赤よ。しかも、つやつや。

ひとりでよく喋るなあ、と臥薪は店員を見あげている。あれこれ取っかえ引っかえ頭のうえにのせられて、最終的に真っ黒なニットに決まった。

値段をきいた謝花が目を剝いた。心許なげに五〇〇円硬貨を数える。五百八十円、足りなかった。

謝花が首を左右にふった。臥薪はすぐに察し、軽く俯くとニットに手をかけた。その手を店員が押さえた。自分のバッグをひらく。

黙って千円札を取りだし、謝花に示した。謝花は困惑気味にありったけの五〇〇円玉をわたした。店員はすました顔で謝花に小銭の載ったトレーを差しだした。

「四百二十円のおつりです」

さすがに謝花と直接触れあうのはいやなようだ。謝花は口をすぼめて、トレーのうえの小銭とレシートをつかんだ。

店員は軽く腰をかがめると、あらためて臥薪の帽子を整えてやり、その頬を両手ではさみこんだ。臥薪は店員を見あげて恥ずかしそうに呟（つぶや）いた。

「お姉さん、ありがとう」

## 2

臥薪が拾われたとき、着せられていた空色のベビー服には正太郎という名が記されていたそうだ。産んだ母が、せめてもの——との思いで書きこんだのではないか。

けれど謝花以外に正太郎と名を呼ぶ者はいない。誰もが謝花がつけた臥薪という苗字（みょうじ）で呼ぶ。ガシン、ガシンと連呼されると、合体ロボになったような気分になる。

公園にもどると、ホームレスたちが次々に声をかけてくる。謝花の五〇〇円玉に対する下心がなきにしもあらずだが、臥薪は人気があるのだ。

老婆が黒いニット帽をかぶって得意げな臥薪にお世辞を言った。謝花は黙って老婆に帽子の釣りをわたしてやった。

くどくどと礼を述べる老婆を無視して、臥薪にむけて行くぞと顎をしゃくる。

謝花は明日のことを思い煩わない。五〇〇円硬貨のみとはいえ、時間をかけて自販機をまわれば、かなりの額を手に入れることができる。けれど、とりあえず必要な額以上を求めない。

謝花には謝花なりの人生哲学があり、臥薪にもあれこれ教えこんでいる。生粋(きっすい)のホームレスであるということでもあるし、学歴はないが、インテリでもあるのだ。時間がありあまっているので読書量は相当なものだ。たとえば拾ってきた聖書や広辞苑(こうじえん)まで完全に読みとおしている。

細長い公園に、ずらりと段ボールハウスが並んでいる。段ボールというが、新宿地下道などとちがって例外なく雨よけの通称ドカシーと呼ばれる青、あるいは緑のビニールシートで軀体(くたい)を覆っている。雑なものもあるが、相当に凝ったつくりのものもある。

謝花の家は、市販のドーム型のテントである。ゴアテックスだから蒸れないというのが自慢で、ビールケースを利用した高床のうえに設置されている。もちろん臥薪との自販機巡りで稼いだ金で購入したものだ。

臥薪さえいれば金銭に不自由しないことに気付いたのはわりと最近、初夏のころだ。それまでは犬の仔を飼っているようなつもりだった。

寒い夜は臥薪を抱いて寝ると、ずいぶんちがう。腹が立ったり劣等感を刺激されるようなことがあれば、臥薪を殴打し、蹴りあげれば気がまぎれた。

なにしろ自分が拾ったのである。拾得物をどうしようと謝花の勝手だ。

おかげで臥薪は幾度か死にかけた。臥薪の様子が危うくなると、とたんにおろおろして懸命に手当てをした謝花である。

けれど自販機あさりで臥薪が特殊能力を発揮するようになってからは、虐待は控えるようになった。

自販機をまわりさえすれば無限といっていい五〇〇円硬貨を得ることができるのだ。明日のことを思い煩わぬとはいえ、それは思い煩ってもどうしようもないという諦念が背後にあったわけだ。

けれど、ちいさな奇蹟によって経済的不安から解き放たれて、謝花は自身の哲学を全うできるようになった。ときに暴力の衝動を覚えないでもないが、すっかり温厚になった。

ちいさな不満といえば、五〇〇円玉はポケットのなかで重たいということくらいで、もはやホームレスという定義からもはずれて、謝花はアウトドアライフを享受していた。

＊

謝花と臥薪が、せまいながらも愉しい我が家——と称する四人用の大型テントに入ってしばらくして、三人組の少年が公園にあらわれた。

中学時代の同級生三人組で、高校に進学しているのはひとりだけで、あとのふたりは中学を出て一年以上たってもアルバイトもせず、無為な日々を送っていた。もちろん進学した少年も真面目に通学するわけではなく、落ちこぼれた三人組はいつも無様につるんでいた。この年齢にして、彼らの頬には老人じみた倦怠がよどみはじめていた。

弱者破壊・大日本国大清掃というスローガンを掲げたのは春先のことで、実際に破壊清掃したのは夏だった。

少年たちは空とぼけたような顔つきで、けれど唇の端を歪ませて薄笑いを泛べ、公園を隅から隅まで抜けていき、ホームレスの品定めをしていた。

もっともひ弱そうな、しかも薄汚いゴミを見つけだす。そのハウスを特定する。もちろん愉しみは夜までとっておく。いまは下見である。

帽子をかぶったままの臥薪がテントからでてきた。嬉しそうにときどき帽子のうえから耳を押さえる。テントの脇にはアルミの板で風よけが設えてあり、そのなかにカセットコンロが据えてある。

ペットボトルに汲んだ水を鍋にいれ、点火する。しゅわーとガスの音がして、鍋底にわずかな気泡が姿をあらわす。臥薪はしゃがみ込んで湯が沸くのを見守っていた。

少年たちは臥薪に気付かなかった。昂ぶりを宿した目を吊りあげて、獲物を物色していた。臥薪はしゃがみ込んだまま少年たちをさりげなく見つめている。

臥薪の黒眼に、肩を怒らせた少年たちの姿が映って揺れている。

少年たちは、ベンチに座って口を半開きにしている老ホームレスに忌々しげな視線を注いでいた。ほぼ狙いを定めたといっていい。あとは住居を特定するだけである。

――乱杙歯っていうんだよね。

――薄汚えよな。歯列矯正しろってんだ。

――あの歯の色は許せないよね。

少年たちは老ホームレスを窺いながら遣り取りしている。ひとりが慣れないタバコをくわえた。あたりを窺いながら火をつけ、悪ぶって吹かす。

臥薪は鍋に視線を落とした。

夏休みのころ、幾度かホームレス狩りがあった。四人が怪我をした。うち一人は、頭蓋骨骨折の重傷だった。けれどホームレスは基本的に無抵抗であった。じっと嵐が通りすぎるのを待っているといっていい。

夏休みが終わるころになるとホームレス狩りも終息し、ホームレスたちは胸を撫(な)でおろし、やがて忘れた。

臥薪はインスタントコーヒーの粉を直接鍋に落とした。目分量だが、謝花の好みの濃さにぴたりと合わせることができる。茶褐色の粒子が回転しながら湯に溶け込んでいくのを見守った。

テントの中に拡(ひろ)げた寝袋のうえにあぐらをかいて謝花はコーヒーを含み、眼を細めた。臥薪はコーヒーが苦手なので午後の紅茶のプルタブを引っぱった。

「部屋ん中では帽子をとれ」

「いやだ」

「礼儀だぞ」

「だって」

「——今日だけは、許してやる」

「いやだ。ずっとかぶる」

謝花は肩をすくめた。鍋のコーヒーをカップに注(つ)ぎたす。

「自慰爺。悪い子がいる」

「悪い子は、おまえだろうが」

「ちがう。また狩りをしようとしている」

謝花は一呼吸おいて、呟いた。

「しかとしろ」

「なんで」

「俺たちはホームレスだからだ」

臥薪はうつむいてしまった。それでも気を取りなおしたように尋ねる。

「前から訊きたかったんだ」

「なんでも訊け」

「自慰爺はお金がほしくないのか」

「なくては困るが、それほどたくさんはいらない。琉球(りゅうきゅう)の人間はな、大和(やまと)の人間のような強慾(ごうよく)とは縁がない。卑しくない、ということだ」

臥薪がなんとなく納得した顔をすると、とたんに謝花の顔が歪んだ。

「俺は琉球を許さん。俺を蔑(ないがし)ろにした琉球を絶対に許さん」

愛憎である。故郷に対する誇りと憎悪が謝花の頬を痙攣(けいれん)させる。臥薪には、理解できない。なぜ愛し、嫌うのかわからない。ただ、この表情は痛々しすぎる。だから子供らしくない気遣いをして、あえて尋ねた。

「ねえ、自慰爺。自慰爺は、ほんとうは、幾つなの」

「——歳か。五十四歳だ。たしか五十四だ」

「ふうん」

「爺さんという歳じゃないさ。若くはないがな。そう。爺さんという歳じゃない。昔から俺は老け顔だった。自慰だって、爺が自慰をしてたわけじゃない」

午前零時をまわった。晴れわたったので、冷え込んでいる。ここまで寒いと、小僧たちは狩りにやってこないのではないか——そう謝花は独白した。

けれど小僧どもは自転車に乗ってやってきた。狩りを終えたらすぐに逃げだすために鍵はかけない。吐きだす白い息を意識しながら目標の段ボールハウスに迫る。

リーダー格の高二が大上段からフルスイングした。金魚の糞のふたりが左右から打ち据える。

段ボールハウスと呼ばれるだけあって、破壊から放たれる音は軽い。やたらと、軽い。破壊する小僧たち、そして破壊されるホームレスにふさわしい軽さだ。

揺れて無様に変形していく。

完全に破壊せず、頃合いをみてリーダー格が目を見ひらいて黄色い声で叫ぶ。

「地震だ、地震だ、地震だよぉ！」

あわせてふたりがハウスにとりついた。げらげら笑いながら左右から揺らせて、地震地震地震地震地震地震地震地震地震地震地震地震地震地震地震地震地震と連呼する。

居たたまれなくなった老ホームレスが飛びだしてくることを狙っているのだ。もちろん老ホームレスは軀を丸めて凝固している。少年たちにとっては冷え切った軀がちょうど温まった、といったところだ。

最終的に段ボールハウスは完全に破壊された。老ホームレスは、残骸にまみれてちょうど青いシートにくるまったかのような姿だ。頭を抱えている。

「弱者破壊、大日本国大清掃週間のはじまりです。渋谷区市民憲章に則って、僕たち、ボランティアで汚物処理に励みます」

高二が生真面目な顔をつくって宣言した。もちろん目は嗤っている。

「とりわけ貴殿の汚れきった乱杙歯は粛正対象とのことで、厳格に処置させていただきますので、よろしくぅ」

金魚の糞たちが姦しい笑い声をあげる。おかしくて笑うというよりも、足裏や腋窩をくすぐられて、否応なしに声をあげるのに似た笑い声である。

高二が金属バットを構えた。

頭を抱えている老ホームレスの、その手を狙う。指を打ち据える。執拗に指を狙う。

離してはならない。

離してはならない。

指を離してはならない。

必死に念じているのだが、指の関節から夜目にも白い骨が露(あら)わになったころ、さすがに耐えきれず、手を離してしまった。

高二はホームレスの顔面を蹴りあげた。

老ホームレスは右側がわずかに欠けた臥待月(ふしまちづき)を見た。いままで彼が世間から味わわされてきたのと同様に、月の光は冷たかった。徹底して、冷たかった。

高二はタイミングをはかっていた。

うまい具合に金属バットの先を口のなかに収めることができた。高二が叫ぶ。

「賢(けん)ちゃん、淳(あつし)ちゃん、こいつ、押さえて。動けないようにきつく押さえて」

けれど賢ちゃんと淳ちゃんは、老ホームレスに触れるのをためらった。曖昧な笑顔で顔を見合わせた。

「もぉ！　やってったら、やってよぉ」

「だって、さわれないよ。絶対、だめ」

「わかったよ。僕独りでやるからね」

きつく押し込み、抉(えぐ)るようにまわす。歯の折れる乾いた音を幽(かす)かに聞いたような気もしたが、判然としない。

老ホームレスは必死である。バットをつかみ、闇雲に口からはずそうとした。

あらためて奥まで先端をぶち込もうと高二がちょうどバットを引いたときだったので、

タイミングが合って、バットが口から抜けてしまった。

老ホームレスの口から唾液で粘る血と共に幾本か歯が吐きだされた。いびつな骰子(さいころ)のように見えた。

「俊(しゅん)君、もういいんじゃないの、こんくらいで」

「うるさいな。君たちはぜんぜん協力的じゃない」

「だって、汚い歯も全部抜けちゃったんだしさ、お終(しま)いにしようよ」

「うるさいよ。僕は、いくよ。今日は最後までいく」

賢ちゃんと淳ちゃんは顔を見合わせた。彼らは、じつは狩りに参加して段ボールハウスを破壊することくらいはしても、実際に人の肉体にむけてバットを振り下ろしたことはなかった。いつだって俊君の行為を見守って、囃(はや)したてる役目だった。

かん！

またもや軽い音が響く。

ただし、こんどは軽さのなかに緊迫があった。

「やめなって！　俊君、やめなって。やばいってば。殺しちゃうよ。そんなとこ殴るもんじゃないよ。殺しちゃうってば」

「だからねぇ、僕はぁ、殺す気なんだってばぁ」

語尾が伸びだすと、俊君はイッてしまっている状態だ。賢ちゃんと淳ちゃんは後ずさった。俊君は瞬きを忘れ、泣きそうな顔で笑いながら、バットを振りまわす。

どうしたことか、俊君の眼が赤い。やたらと、赤い。充血しているというよりも、白眼から出血しているかのようだ。

「これはぁ、いわばぁ、デモンストレーションなんだよぉ。僕はぁ、神を、神を、神を、神を、神を、神をぉ呼び寄せようとしてるんだぁ」

賢ちゃんと淳ちゃんは顔を見合わせた。俊君がなにを言おうとしているのか、まったくわからない。

それよりも、眼の色だ。

闇の中でも仄かに輝き、浮かびあがるほどに真っ赤なのだ。尋常でない。

けれど俊君の暴れぶりは何かに取り憑かれたかのようで、もはや手をつけられない。声をかけるのさえもはばかられる。

血や肉や髪の毛があちこちに飛ぶ。月の光のスポットライトがとても明るい。樹上で眠っていた鴉も血の香りに気付いて落ち着きをなくしているけれど、野犬たちも舞台を遠巻きにしてざわついている。

ホームレスたちはじっと息を詰めて嵐が過ぎ去るのを待っている。もともとが競争から脱落してしまうような人たちだ。こういう具合に暴力を振るえるなら、段ボールハウスで眠らずにすんでいた。なによりも積極的に他人と関わりあうのを避ける人たちだ。

自ら選択した孤独のなかに潜り込んで、まったく動こうとしない。

臥薪は自分用の寝袋のなかで耳を澄ましていた。謝花も薄闇のなかで目を見ひらいていた。暴行の気配は筒抜けだ。

やがて断末魔と思われる呻(うめ)きとも叫びともつかぬ声がとどいた。

臥薪がゆっくり上体をおこした。謝花はあわてて押しとどめた。

「だめだ、だめだよ、正太郎」

「なぜ」

「なぜでもだ。じっとしていろ」

「でも、死にかけている」

そう呟いた臥薪の顔は、謝花がいままで見たことのないもの、人の顔ではないものであった。瞬間、謝花は後光を目の当たりにしたような錯覚さえ覚えた。

けれど臥薪を離さなかった。きつく抱き寄せて、離さなかった。

臥薪は謝花の腕の中で力むわけでもなく、じっとしていた。光の関係か、黒眼から色素が喪(うしな)われた。白く、透明な眼差しがあらわれた。

## 3

ホームレスの朝は早い。冬であるから、まだ暗いうちから活動をはじめる。

けれど、その朝は周囲がすっかり明るくなるまで誰も外にでてこなかった。段ボールハウスという名の脆弱なシェルターにこもって息をころしていた。

老ホームレスは折れた腕が背中のほうにたたみこまれてしまって生きていてはありえぬ体勢で転がっていた。

季節柄、厚着をしていた。ホームレスは着ることのできるものをありったけ着込む。だから野犬たちは彼の臓物を味わうことができず、脹脛の肉などを多少囓った程度で諦めてしまった。かわりに鴉が彼の眼球をついばんでしまって、眼のあった場所にはちいさく黒い、冥いほこらが残されていた。

脳が飛び散って脂身のように凝固していたが、バットで割られて散ったのか、犬が囓ったせいか、判然としない。

取り巻く人々は、肉片など、彼だった一部を踏まぬように気配りして、うつむき加減で立ちつくしていた。ホームレスだけではなかった。物見高い早朝出社のサラリーマン風や新聞配達なども変形して呼吸を止めた人を見おろしていた。

もちろん臥薪も見つめていた。

幾度か言葉を交わしたことのある老人だった。自慰爺とちがってほんとうのお爺さんだった。照れたような笑みとともに、なんも、なんも——というのが口癖で、万事控えめだった。ほんとうは青森で大きな林檎園を経営していたらしい。農薬を撒く車は急斜面をのぼれるように六輪あって、まるで月面を行くかのように動きまわっていたことを、身振り手振りを交えて得意そうに語ってくれた。

あんなに恥ずかしそうに生きていたお爺さんが、死んだとたんにみんなの視線に曝されている。

しかも——。

お爺さんの口の中で、なにか黒いものが蠢いている。

見守っていると三センチほどもある黒々として艶のある甲虫らしきものが這いだしてきた。一匹だけではない。無数の黒い虫が口の中で絡みあい、縺れあって先を争っている。這いだしてきた甲虫は、どうやら争いに負けて口のなかから追い出されたようだ。

「埋葬虫——」

謝花が呟いた。屍肉を求めて集まる虫らしい。埋葬虫たちはこんな都会のどこに隠れていたのか。一同は息を呑んで、無数の旺盛な葬儀屋の姿を見おろしている。

ようやくパトカーのサイレンが聴こえた。臥薪だけが空を仰いだ。謝花は臥薪の肩をきつく抱いていた。それなのに臥薪はさりげなくすり抜けた。謝花は気付かない。

＊

俊君の家はなかなか立派な一戸建てだ。渋谷区に接する目黒区駒場(めぐろくこまば)にある。宮下(みやした)公園からは距離にして二キロ弱といったところだ。臥薪はおおむね京王井の頭線(けいおういかしらせん)に沿うかたちで俊君の家にむかった。

　裏道ばかりをつないで歩いているのだが、臥薪は迷うことがない。ときどき目深にかぶったニット帽の耳のあたりを両手で押さえて白い息を見やる。

　俊君の家は、老いてはいるけれどまだまだ精悍(せいかん)なジャーマンシェパードを飼っている。臥薪が門扉の前に立つと、即座に駆けよってきた。庭に放し飼いにされているのだ。

　シェパードの口許が歪んだ。黒いキクラゲのような不揃い(ふぞろい)な唇が露わになり、笑ったように見えた。黄ばんだ牙が立派だ。

　臥薪と視線がぶつかり、低く唸(うな)った。臥薪は平然と門扉をつかみ、しゃがみ込んでシェパードと視線の高さをおなじくした。

　じっと対峙(たいじ)した。

　とたんにシェパードは怯(ひる)んだ。尻ごみし、尻尾を巻いて逃げだした。臥薪はブロンズに似せて青錆(あおさび)を浮かせた門扉をひらき、玄関にむかった。

玄関ドアがひらいた。お父さんがコートを脇にネクタイを整えながらでてきた。臥薪にむけて頬笑みかけ、我に返ったような顔であわてて飛びだしていった。

臥薪が入っていくと、お父さんを見送っていたお母さんと顔があった。お母さんはお父さんが臥薪にむけたのと同様な人のよい笑みで迎えてくれ、無言のままスリッパをすすめた。子供のサイズではないから、臥薪は首を左右にふり、スニーカーを脱ぐと素足で家にあがった。

お母さんは臥薪が通りすぎたのに、まだその場に立ちつくして頬笑んでいる。

和室からお祖母(ばあ)さんが顔をのぞかせた。その手には控えめに湯気をあげる湯飲みがあった。臥薪に気付くと目を丸くし、やはり柔らかく頬笑んだ。

臥薪は上目遣いでお祖母さんに頭をさげ、真っ直(まっす)ぐ進んで階段をのぼり、二階にあがった。黙ってドアをひらく。

子供部屋だ。俊君は暴力衝動を解き放ったのでベッドで軀を丸めて熟睡していた。淳ちゃんもベッドの下に敷いた布団にくるまって寝息をたてていた。

賢ちゃんだけがとろんとした目つきで朝のニュースを見ていた。ベッド脇には金属バットが誇らしげに立てかけられている。血や脂だけでなく、髪の毛まで附着している。

臥薪が室内にはいると、両親やお祖母さんとちがって俊君も淳ちゃんも顔色を変えて跳ね起きた。賢ちゃんもなにを思ったかテレビのリモコンを手にし、右往左往している。

けれど声は一切、発せられない。三人の少年たちは、ただただ目を剝いている。

テレビが暗くなった。作り笑いをしていたキャスターが消えた。

臥薪は真っ直ぐ俊君のところにむかった。狩りを実行した少年である。臥薪は俊君をじっと見つめた。ちいさく頷いた。

背後でアルミサッシのロックがはずれ、カラカラと軽い音をたてた。

凍えた風が流れこむ。太めの眉が愛くるしいアイドルのカレンダーがめくれあがって、乾いた囁きをたてた。

臥薪がもういちど頷くと、俊君はベッドから立ちあがった。顔はいまひらいたばかりの窓にむいていたが、朝礼のときのように綺麗に回れ右をし、ベッドが寄せてある壁のほうをむき、窓を背にした。

俊君は深呼吸したように見えた。

壁を凝視したまま、後ろむきに歩きはじめた。一瞬、その眼が赤く輝いた。

窓の手前で、腰がぶつかる直前に、我に返ったかのように歩みをとめた。首がぎこちなく動き、臥薪を見つめた。

臥薪の目がゆっくり上をむいた。

その目の動きに合わせて俊君は後ろむきに跳躍した。

賢ちゃんの唇が動いた。

——背面跳び。

けれど相変わらず声は発せられなかった。

俊君は走り高跳びの背面跳びで窓枠を越えた。窓枠自体はたいした高さではないが、じつに美しい跳躍ぶりだった。

その軀は、仰向けのまま宙にあった。

俊君は赤く染まった眼で、どこか儚げな冬の青空を見た。

白い息とともに、背から落下した。

隣家との塀は頂点に尖った無数の槍状の装飾がついたブロンズ製だ。

＊

臥薪は淳ちゃんと賢ちゃんを交互に見た。賢ちゃんが口を動かした。相変わらず声はでないのだが、唇は、ごめん——と動いた。淳ちゃんもうなだれて頭をさげた。

しばらくふたりを見つめていたが、臥薪は呟くように言った。

「今朝はけっこう冷えてるよ。ここにくるまでも、凍えそうだった」

ふたりは上目遣いで臥薪を一瞥し、あわてて身支度した。

賢ちゃんが俊君のダウンベストを手にとった。おそるおそる臥薪に近づいた。逃げ腰で着せた。臥薪の軀にダウンベストは、まるで袖のないコートのようだ。

淳ちゃんと賢ちゃんは臥薪に従って階下に降りていった。お祖母さんが声をかけた。

「あれ、帰るのかい」

淳ちゃんが背筋を伸ばして返事した。

「はい。お世話になりました」

お祖母さんは礼儀正しい淳ちゃんに笑みをかえした。

その手には、臥薪がやってきたときとまったくおなじ高さで湯飲みがあったが、立ち昇る湯気はすっかりおとなしくなっていた。

玄関先でお母さんは、お父さんを見送ったときとおなじ位置で臥薪が履かなかったスリッパを見つめていた。

臥薪たちに気付くと、救われたかのように口を笑いのかたちに歪めた。臥薪の裸足(はだし)を見やる。

「冷たいでしょう」

「お気遣い、ありがとうございます」

「偉いのねえ、ボクは。礼儀正しいから、おばさん、驚いちゃった」

臥薪はニット帽を耳の下まで引っぱり、蕩(とろ)けるような笑みを泛べた。

「失礼します」

お母さんは笑顔のまま、頷いた。賢ちゃんと淳ちゃんは臥薪に先導されるようにして玄関からでていった。

お祖母さんは、まだ湯飲みをもったまま突っ立っている。お母さんも所在なげにスリッパを見つめている。

やがて、外で騒ぎがおきた。

隣家の人が俊君に気付いたのだ。通行人が群れはじめた。そこでようやくお母さんはお祖母さんに声をかけた。

「なんでしょう、朝っぱらから。騒がしいですねえ」

＊

淳ちゃんと賢ちゃんだけでなく、シェパードのタケルも白い息を撒きちらしながら、臥薪のあとをついてきた。

謝花はふたりの少年が狩りに参加していたことを悟ったが、臥薪の目を見て黙って受け容(い)れた。なぜか抗(あらが)いがたかったのだ。ほかのホームレスたちは、俊君のお母さんやお祖母ちゃんと同様の、なにやら遠い眼差しでふたりの少年を迎えた。

淳ちゃんと賢ちゃんは、しばらく謝花のテントに居候していたが、結局家にもどらなかった。一応は四人用のテントだが、実際に四人で寝るとなると寝返りにも気を遣う。ふたりは謝花のアドバイスを受けながら、隣に段ボールハウスを建てた。

謝花のテントと淳ちゃん賢ちゃんの段ボールハウスのあいだには、タケルのための犬小屋もつくられた。

その日は春めいていた。臥薪はふたりにサッカーを教わっていた。サッカーボールは謝花が買ってくれた。ずいぶん長いあいだ雨が降っていない。臥薪たちの動きに合わせて、派手に土埃（つちぼこり）があがる。

しばらく見守っていた謝花だが、舞いあがる土埃に閉口し、顔をしかめてテントのなかにはいってしまった。

臥薪と淳ちゃんと賢ちゃんとタケルは、ボールを追う。全力疾走だ。太り気味の賢ちゃんも侮れぬ速さで走る。こんな街中にもかかわらず、土の香りが強い。

口先ばかりの淳ちゃんではあるが、理論には詳しい。臥薪は教えに対して素直なので、ドリブルからフェイント、そしてシュートと連続してだいぶ巧みにこなせるようになってきた。人も犬もなんのわだかまりもなく、真剣に遊んでいる。

タケルも臥薪たちの指示に従って軽やかに身を翻す。意外とヘディングが巧（うま）い。前脚にボールが当たったときにハンドをとるかどうかで揉（も）めたけれど、あくまでも前脚ということになった。ともあれ俊君の家に飼われていたときにくらべるとずっと精悍になり、若返ったかのようだ。

なによりも少年ふたりの顔つきが以前とはまったくちがう。その瞳にあらわれているのは、充実と安らぎといっていい。彼らは彼らなりにきつく縛られていたのである。

## 4

段ボールハウスで暮らして一ヶ月ほどたったのに、なぜか痩せない賢ちゃんがタケルの背を撫でながら、照れ笑いを泛べた。

「僕は、無様ないじめられっ子だったんだ」

硬い表情で淳ちゃんが頷いた。

「僕も、だ」

雨が降っている。段ボールハウスが雨漏りするので淳ちゃんと賢ちゃんは謝花のテントに避難してきていた。タケルもテントのなかにいれられて、満足そうだ。

昼下がりだが、仄暗い。テント地を打つ雨音がよけいに静けさを沁(し)みいらせる。臥薪はいつもの午後の紅茶、謝花と少年たちはコーヒーの湯気を吹いていた。

躊躇(ためら)いがちに賢ちゃんが言った。

「――俊君も、中学のときからいじめにあっていた。僕たちよりもひどいくらいの。しかも高校にはいっても、標的にされていたみたい。僕は正直、もういじめにあいたくない一心で、進学しなかったんだけど」

淳ちゃんが大人びた口調で呟いた。

「弱者は、さらに弱い者をみつけ、鬱憤を晴らすものなんだ」

謝花は眉をあげた。結局、なにも言わなかった。

理がまさるというのだろうか。淳ちゃんの喋ることには、どこか他人事めいたところがある。

じつは謝花にもそういうところがあってよけいに苛立ちを覚えもするのだが、口をひらけば自分を糾弾するような気分になるのがわかりきっている。なによりも謝花は淳ちゃんに自分の若かりしころを見いだしていた。

雨音に耳を澄ましていた賢ちゃんがちいさく伸びをした。

「すっかり楽になっちゃった。安らかな気分ていうの？　安らいじゃってるよ、僕」

淳ちゃんが渋面をつくる。

「問題はさ、いまごろ、たぶん家出人扱いだろう。捜しだされちゃうかもしれないってことだね」

両親の顔が賢ちゃんの脳裏をよぎる。あれほど甘えていたし縋ってもいたのに、なんの感慨も湧かない。ぼそりと呟いた。

「そのときは、そのときだよ」

ふたりの遣り取りを聞いていた謝花が、そっと臥薪を見やる。

「こいつがいるから、だいじょうぶだよ」

「そうかな」

淳ちゃんは微妙な顔つきだが、賢ちゃんは同意した。

「僕も、そんな気がするんだ」

おちょぼ口で甘い紅茶を愉しんでいた臥薪は、自分のことを言われているらしいことに気付き、両手で握っていた午後の紅茶の缶をあらためて握りなおし、すこし構えた。

謝花が笑う。

「このあいだ、冗談で缶を奪って飲み干してやったんだ。それがトラウマってやつになっちまってるようだ」

少年たちが控えめに笑う。臥薪も迎合して頰笑んだが、あわてて紅茶を飲み干した。缶をゴミ袋代わりのレジ袋に落とすと、謝花の傍らで心臓を下にして横になる。謝花は臥薪の首をそっともちあげ、膝枕してやった。タケルが臥薪にぴたりと寄り添って、軀をのばす。謝花に言わせると、伸びきったタケルの体勢は、一本糞というやつだ。

「車座、って、いいね」

言葉を句切って、しみじみと淳ちゃんが呟いた。

謝花が鼻梁に皺を刻んだ。笑わすな——といった顔つきだ。けれど結局、声をあげずに失笑した。淳ちゃんは気付かず、中空に視線を投げて呟いた。

「僕のアウトドアライフも、ちょうど三十五日めか」

「よく、日にちなんか数えているね」

「僕は、いろいろなことを覚えているし、考えているんだ」

「いろいろ、とは」

淳ちゃんは大人びた仕種で蟀谷のあたりを押さえていたが、しばらく間をおいて、ぽつりと言った。

「なんで、僕は生まれちゃったのかな——とか」

その言葉に臥薪が反応した。謝花の膝の上から淳ちゃんにむけて、柔らかく頬笑みかけた。多少、気取ったポーズもあった淳ちゃんだが、臥薪の笑顔を受けて真顔になった。

臥薪の頬笑みだが、どこかで見たことがある。

それは人の笑いではない。

人の笑いでなければ、誰の笑いだ？

淳ちゃんは記憶を手繰った。

静かな笑い。

微動だにせぬ笑み。

永遠に泛ぶ控えめな笑い。

まるで彫像に刻み込まれたかのような。

神秘のにじむ純粋な笑い。

秘めやかな吐息に似たもの。

白銀の響きをともなった笑み。

神々の笑いとでもいうべきもの――。

アルカイック・スマイル。

アルカイック・スマイルだ。

意味は――。

「自慰爺、辞典があったよね」

謝花は黙ってテントの奥を示した。世の中には辞典を棄てる者がいる。謝花はこの辞典を見いだしたとき、痺（しび）れるような昂ぶりを覚えた。以後、ときどき読み耽（ふけ）っている。

よれて変色した分厚い国語辞典を淳ちゃんは引きよせた。薄暗いなかで広辞苑を引く淳ちゃんを見つめ、謝花は老眼と無縁な若さにちいさく息をついた。

アルカイク‐スマイル〈*archaic smile*〉
古拙の微笑。ギリシア初期の人物彫刻の口辺に見られる微笑を指す。中国の六朝（りくちょう）時代や日本の飛鳥時代の仏像にもいう。

記述を幾度も読みかえし、感極まった淳ちゃんは吐息をつき、首を左右にふった。視線を臥薪にもどす。

臥薪は口許に笑みを泛べたまま眠りにおちていた。謝花の膝を枕に、胎児のように軀を丸め、安らいでいる。傍らのタケルも目をとじているが、それでも視線の気配に尻尾をわずかに振った。

淳ちゃんはテントの隅で丸まっている寝袋をつかみ、そっと臥薪の軀にかけた。

謝花がひらきっぱなしの辞書を引きよせ、訊いた。

「なにを調べた」

「アルカイック・スマイル」

「ふうん。もともとアルカイックは archaïque というフランス語だ。スマイルは英語」

淳ちゃんはすこし驚いた顔をした。謝花はあくびを洩らした。すこしだけ、わざとらしかった。もちろん淳ちゃんがなにを思って辞典を引いたかは理解している。膝で眠る臥薪に視線を落とす。臥薪の唇の線を中空でそっとなぞる。

一部始終を黙って見守っていた賢ちゃんが呟いた。

「雨音っていいなあ。しんみりするぜ」

「なに言ってんだかね。ちょっと漏ってきたんじゃないか」

　皮肉な声で淳ちゃんが指摘したとおり、テントの天井や壁面が微妙に濡れていた。場所によっては水滴になりつつあり、見つめていると一筋、つつ……と伝い落ちた。謝花が壁面に指先をはしらせた。

「漏ってるんじゃない。人が多すぎるから、結露してんだよ。俺と臥薪だけなら水蒸気は外にでていってしまうさ。これは、おまえたちの息だ」

　謝花に誘われるようにテントの壁面に指先を触れさせて、淳ちゃんが受ける。

「これは僕たちの息」

「そうだ。息だけじゃなくて皮膚呼吸のぶんもある。人いきれってやつだな」

　淳ちゃんはせまいドームをぐるりと見まわして、感慨深げに独白した。

「僕たちの、息」

　臥薪は眠り続けている。あの笑いは唇に刻まれたまま、消えることがない。

　賢ちゃんは息をしているという当たり前のことを結露で示されて、密かに自分は生きている、と確信した。

　だからといってはしゃいだ気分になるわけでもない。沈んでいるわけではないが、しんみりとした気配が強い。

　そっと窺うと、謝花も淳ちゃんも物思いに耽っている。ふたりは充実した無為に取り込まれて、微動だにしない。

人は皆、哲学者なのだ。

ただ、こうした無為は効率とは無縁であるがゆえに排除され、喪われ、それが当たり前のものとして認識され、聖なる安逸は消え去り、忘れ去られた。

賢ちゃんは、あらためて自分の息に含まれていた潤いを指先で確かめた。思いのほか冷たいが、不思議な柔らかさがある。静かに呟いた。

「人いきれ、か」

淳ちゃんが顔をあげた。

「人いきれって、いやなものだとばかり思っていた」

「思っていたよりも濡れるんでびっくりだ」

「煮炊きすると、もっと凄いさ。生地に触れないようにしてやり過ごせ。気になるならそこの新聞紙を貼り付けておけ」

即物的なことを口ばしる謝花に、淳ちゃんと賢ちゃんは肩をすくめた。

しばしの沈黙の後、賢ちゃんが尋ねた。

「前から訊きたいと思ってたんだけど」

「なんだ」

「なんで臥薪正太郎なの」

「変な名前だよな」

「正太郎ってのは、こいつを拾ったときに着ていたベビー服に書いてあった名前だ。そこから発想したんだな。正太郎、じつは嘗胆」

嘗胆がなんだかわからないまま、賢ちゃんが雑ぜかえす。

「ダジャレかよ」

「それもかなり無理めな」

「うるせえよ。とにかく最初に拾ったときはな、臥薪嘗胆にするつもりだったんだ」

淳ちゃんと賢ちゃんが、声を揃えてかえした。

「それ、どこかで聞いたことがあるような」

当の臥薪は、すやすや眠っている。謝花と少年たちはそっと臥薪の顔を覗きこんだ。

「どう説明すりゃあいいかなあ。臥薪嘗胆というのは、仇討ちするために、気持ちがふにゃりとなんねえように、テンションあげとくために、あれこれ自分に試練を課すってことなんだ」

淳ちゃんの口が仇討ち——と動いた。謝花はやや調子をつけて語りはじめた。

「場所は中国、時は春秋戦国時代だ。臥薪嘗胆の前に、ひとつ訊いておく。おまえたちは呉越同舟って知ってるか」

賢ちゃんが即座に答えた。

「うん。ことわざだ」

謝花と淳ちゃんが苦笑した。意味を訊いてるんだよ、と淳ちゃんがつつく。賢ちゃんは首をすくめた。

「呉も越も国の名前だ。呉はいまの蘇州が都だったんだが、とても肥沃な土地だったこともあってな、揚子江の下流でいちばんの強国になったんだ。そこにすこし遅れて登場した強国が紹興酒の産地である紹興を都にした越だ」

少年たちは意外な謝花の知識と語り口に黙って耳を澄ましている。

「呉は越と戦った。勾践という王が率いる越国は強かった。ぶっちゃけ呉は負けてしまったんだ。で、負け戦のあげくに負傷してしまった呉の王の闔閭は息子の夫差に、必ず越に復讐せよと遺言して死んじまったんだ。で、夫差はどうしたと思う？」

「復讐を誓った」

またもや賢ちゃんである。謝花も淳ちゃんも賢ちゃんを無視した。

「夫差って奴はけっこう強烈でな。親父の恨みを忘れぬために、と、毎晩、わざとギザギザの薪の上で寝てたんだ。薪の上に臥していたので臥薪」

「薪って、キャンプで燃すあの薪のことか」

淳ちゃんの呟きに、賢ちゃんは割られた薪の切断面を想像して顔を顰めた。

「しかも夫差は、自分の部屋に出入りする者に、必ず『忘れまいぞ！　おまえの父を殺したのは、越王勾践である』と叫ばせたんだ。

ところが越の勾践は、夫差が薪の上で眠って恨みをつのらせていることを知って、機先を制して呉を攻めたんだ。勾践はけっこう機転がきくんだよな。反応が早い。でも、それを上まわったのが、恨みだ。薪の上で眠って恨みを尖らせ、滾らせた夫差の軍勢に大敗してしまったんだ。

勾践は自分の国の都、紹興の裏山の会稽山に逃げこんだけれど、どうにも支えきれなかったんだ。こうなっては致し方ない。恥を忍んで降伏することにした。再起するには、それしかない、と決心したんだな。

決めると早い勾践だ。呉に仕えまする、夫差様にお仕えいたしますと誓って、しばし夫差といっしょにいた。これが呉越同舟だ。仲の悪い者同士がおなじ場所に居合わせることだな。

で、こんどは勾践の番だ。夫差が薪なら、俺は肝を嘗めてやる、と決めた。苦い、苦い肝だ。壁に肝をさげた。それは十二年間ものあいだ続いたんだ。

勾践は、その苦味にたえず呉越同舟の屈辱を思い出し、ついに夫差を打ち破ったんだ。これが嘗める胆で、嘗胆。

しかし最終的に負けたとはいえ夫差も薪の上に寝てたくらいの凄まじい奴だ。これにてお終い、というわけで、てめえでてめえの首を落とした。

臥薪と嘗胆、ふたつあわせて臥薪嘗胆。これすなわち、仇をはらそうと長いあいだ、苦労を重ねることだな」

賢ちゃんが臆したような顔で言った。

「それって、けっきょく夫差も勾践て奴もしんどい目にあったってことだよね」

淳ちゃんが醒めた声で指摘する。

「それでも勾践が最後には勝ったんだろ。夫差は自分で自分の首を斬り落としたんだからな」

「勝ったっていっても、なんか、しんどいって。どっちもどっちだ。僕はそんな生き方はしたくない」

「あたりまえだろ。誰が薪の上で寝て、胆嘗めて頑張るかよ。正常じゃないよ」

謝花がおどける。

「臥薪嘗胆のまんまじゃ、いかに俺の拾いものとはいえ、可哀想だからよ、語呂合わせみたいなもんで、臥薪正太郎にしてやったってわけだ。ガシン！　ショータロー、って感じで合体ロボ、プラス鉄人28号みたいだろ」

賢ちゃんはすこし受けたが、淳ちゃんは取り合わずに、尋ねた。

「なんで、そんな仇討ちの名前を」

いきなり謝花の瞳に膜がかかった。なにかを遮断したかのようだ。やがて、遠い眼差しのまま、呟いた。

「俺は恨んでいた」

淳ちゃんと賢ちゃんが同時に声をあげる。

「誰を」

「すべてを。俺をこんな境遇に追い込んだなにもかも、を。そして、やり直しの時間を与えなかった天を」

賢ちゃんが痛ましそうに囁く。

「自慰爺は世の中を恨んでいたのか」

謝花は答えなかった。かわりに膝の臥薪を見やった。ちいさく吐息をついた。顔から表情が喪われたが、すぐに控えめな頰笑みが追いかけてきた。

「こいつを育てているうちにな、どうでもよくなった。恨みも憎しみも、もう、ないよ。完全に消えたなんてことは言えないが、だいじょうぶ。すっかり薄まった」

タケルがすっと目をひらいた。謝花に視線を投げ、しばし見つめた。雨音がすこしだけ強まった。臥薪は静かに眠り続けている。

## 5

春爛漫である。いささか暑いくらいだ。臥薪は淳ちゃんと賢ちゃんに裸に剝かれ、公園の水道で軀を洗われていた。

賢ちゃんが臥薪のちいさなおちんちんを泡立てながら笑った。臥薪は内股で、恥ずかしげに身をよじる。淳ちゃんは臥薪を賢ちゃんにまかせ、前傾姿勢で頭を洗いはじめた。シャンプーばかりかコンディショナーまで並んでいた。

謝花はすこし離れたところでハイライトに火をつけた。タバコはあまり喫わない。今日は天気がいいので、久々に火をつけてみた。しばらく放置していたので、湿気ていて旨くない。二喫いほどして、揉み消した。

水道のまわりで臥薪たちは大騒ぎだ。泛びそうな笑みを、どうにか抑えこむ。子供が三人、できたようなものだ。出来の悪い子供たちは濡れた髪のまま、謝花のもとにやってきた。

謝花は黙ってポケットのなかの五〇〇円硬貨をすべて淳ちゃんにわたした。

臥薪が謝花の袖を引いた。謝花は首を左右に振った。

「俺は軀を洗ってないし」

「いいから。自慰爺もいっしょに行こう」

謝花は臥薪ではなく、淳ちゃんと賢ちゃんを見た。ふたりの少年は屈託なく、頷いた。

淳ちゃんが照れながら、言う。

「自慰爺がよければ、だけどさ、俺たちはいつもいっしょがいいと思うんだ」

「どこに出かける気だ」

「デパ地下ツアー」

賢ちゃんが反っくりかえる。

「美味いものを、腹一杯詰め込む所存でござる」

謝花は賢ちゃんを上目遣いで一瞥した。

「あ、自慰爺ってば、いまの目つきはどういう意味？」

「ホームレスになっても痩せねえ奴もいるんだなあっていう感動の面持ちだよ」

「僕はまんじであることに誇りをもってるんだ」

「卍」

「ひょっとしてナチスのマークみたいの、思った？」

「ちがうのか」

淳ちゃんがつまらなそうに解説した。

「まんじってのは、肥満児の略」

「言うなって！　淳ちゃんが言うことないじゃんか。俺がおごそかに宣言しようと思ってたのに」

謝花は失笑しながら、臥薪を見た。臥薪が頷いた。先ほどから臥薪は謝花の袖をつかんで離さない。

若干の躊躇いがなくもないが、謝花は子供たちに付き合うことにした。ハチ公前のスクランブルをわたる。行き交う人はTシャツやノースリーブが多い。

昔にくらべれば身綺麗にしてはいるが、謝花の姿はどこから見てもホームレスである。けれど少年たちと臥薪は若く、あるいは幼いだけあって、まだ路上生活者の気配が薄い。臥薪に目をとめた娘が、背後の謝花に気付くと困惑気味に視線をそらす。

以前であったら、その視線の動きだけで黒い焔を燃やした謝花であったが、もはや淡々としたものである。ちいさな溜息とともに苦笑を泛べた。

臥薪が振りかえり、謝花の手をとった。謝花は臥薪の手をきつく握った。くいっと顔をあげて見つめる臥薪の嬉しそうな瞳に、謝花は思わず落涙しそうになった。

とたんに臥薪は困ったような顔で、さらに謝花に身を寄せる。

「まったく、柄じゃねえよな。歳はとりたくねえ。なんてことないときに涙もろくなっちまって——」

謝花は中指の先で目尻を雑にこすった。臥薪はそっと顔を進行方向にもどし、謝花を引っぱるようにして、先を行く少年たちを追った。

デパートの地下は、いろいろな食物の香りがして収拾がつかない。すてきな混乱がおきている。賢ちゃんは遠慮会釈なしに試食を渡り歩くばかりか、美味しいものだとふたたびもどって、おばちゃんに甘えかかる。

「この餃子、うめえ！　肉汁がじゅわっ。たまらないね」

賢ちゃんが大声をあげる。なにごとかと人が集まる。けっこう宣伝になっているのである。

臥薪もちいさなスチロールの皿に餃子のたれを入れてもらい、横浜中華街の餃子をおばちゃんからもらった。

たれの酢がきつくて、臥薪は思わずぶるると震えた。おばちゃんが目を細める。もうひとつどう？　と餃子をわたしてくれた。

臥薪はその餃子をたれにつけると、爪先立ち、伸びあがって、そっと謝花の口許に近づけた。新しい餃子をプレートに並べたおばちゃんはしばらく待つように言い、焼けたばかりの餃子をふたつ、あらためてくれた。

淳ちゃんはみんなと趣味が微妙にちがっていて、ローストビーフだのクラッカーに塗られたレバーのパテだのといった洋食系のものばかりを選んで、やたらと醒めた顔で口に運んでいる。

どちらかというと鼻持ちならない子供であるが、臥薪の連れであることがわかると、なぜかやたらとおばちゃんたちのサービスがよくなる。淳ちゃんはクールな表情の裏で、とても御満悦である。

そんな臥薪の一行を、すこし離れた場所から見守っている男がいた。デパ地下の責任者であった。この地下食品売り場の売り上げを半年ほどで倍増させた遣り手と評判だが、まだ若い。

常時売り場に詰めている部下が、責任者の背後にそっと近づき、注進した。

「あいつら、ときどきあらわれるんですけれど、じつはホームレスなんですよ。放置していて、いいんですか」

御注進した部下であるが、じつは責任者よりも年長だ。年季のはいった揉み手の似合う中年男である。

「私がさりげなく追い出しましょうか」

責任者は口をすぼめ、横目で部下を一瞥した。すぐに臥薪に視線をもどす。

「いいんじゃないの」

「はい？」

「いいよ、べつに。身綺麗にしてるし、雰囲気を壊してるわけでもないし」

「でも、放置はならんでしょう」

部下は安物の金縁メガネを中指の先で押しあげながら、食い下がる。じつは若造が自分の上にあることに納得していないのだ。

責任者は、ピシリと言った。

「騒ぎ立てるな。騒ぎ立てるキミの気配がこの場を乱す」

傍らにいた女店員がニヤッと笑う。部下は拗ね気味な声をあげた。

「じゃ、ほっといていいんですね。私は知りませんよ」

責任者は無視した。黙って謝花たちを見守る。その頬に柔らかな笑みが泛んでいる。

臥薪が責任者の眼差しに気付いた。

責任者は、頷いた。

臥薪は叮嚀に頭をさげた。幼くてぎこちない。けれど感謝がにじんでいた。

謝花は、なにも気付いていない。食べ放題が自分のおかげであるかのような顔つきで、宣言する。

「よし。餌場の鉄則は、ほどほど、だ。ここはこれくらいにして、次、いくぞ」

賢ちゃんも淳ちゃんも臥薪も、和気藹々と従った。売り場のおばちゃんたちから、またおいで——と声がかかる。

すっかり気が大きくなった謝花を先頭に、一行は専門店から離れ、スーパーのブースを抜けていく。ここを抜けると、のぼりのエスカレーターだ。

レジカウンターのすぐ近くに卵の売り場がある。そうだ、ついでに——といった感じで客の手がでやすい場所にあるのだ。LとM、白いのや茶色いの、高いのや安いのと、ありとあらゆる種類の鶏卵が山積みだ。

臥薪は笑顔のまま十個入りのパックを撫でた。

謝花たちが消えて、数分後だ。

透明パックのなかの卵に、ちいさな罅がはいった。十個、すべての頂点に、控えめな稲妻がはしった。

孵った。

卵が、孵った。

透明パックのなかで雛が押し合いへし合いしている。卵の殻とちがって、パックはそのちいさくてデリケートなくちばしではいかんともしがたい。

レジの店員が気付いた。

あわてて駆けよる。驚愕の眼差しのまま、パックをひらいてやる。

雛たちは弾けでるように飛びだした。

フロアをひよひよ駆けまわる十羽の雛たちに、客も店員も目を丸くしている。部下は金縁メガネの蔓を持ちなおして呆気にとられているが、責任者は嬉しそうに破顔した。

呼ばれた鶏卵の係のおばちゃんが途方に暮れた声をあげる。

「だって、孵るはずがないじゃない！　無精卵なんだよ」

そんなおばちゃんの足許に雛たちが押し寄せ、整列した。まるでおばちゃんを親鶏のように慕っている。

地下食品売り場は可愛(かわい)いパニックに大騒ぎだ。

ぴよぴよぴよぴよぴよ——。

皆の驚いた顔、そして和んだ顔、親密なざわめきと笑顔が拡がる。

責任者が鮮魚売り場から発泡スチロールの箱をもってレジに向かった。おばちゃんは腰をかがめてそっと雛を抓(つま)みあげ、スチロールの箱に入れていく。

「どうしよう」

責任者が困ったような、けれど嬉しそうな顔で尋ねる。

おばちゃんは、答えるかわりに目を細め、白い箱のなかで押しくらまんじゅうをしているちいさく淡い黄色い命を撫でさする。

*

地上にでると、タケルが行儀よく座って待っていた。賢ちゃんが戦利品のウインナをタケルの口に落としてやる。

次のデパ地下の雰囲気はあまりよくなかった。従業員たちが、即座に眉を顰(ひそ)めた。さされだった気配が拡がった。サディズムを仕込んだ空気が黒く尖る。

客たちも顔をそむけ気味にしてひそひそしはじめた。

一行は歓迎されざる者たちであった。

謝花はそれにすぐに気付いたが、賢ちゃんと淳ちゃんはのんきにあれこれ物色しはじめた。

「ここは、アレかもしれんぞ」

謝花が呟くと、臥薪はちいさく頷いた。小走りに賢ちゃんと淳ちゃんのところに駆けより、首を左右にふった。

賢ちゃんも淳ちゃんも店員や客の眼差しに気付き、頬を強ばらせた。

これ見よがしに店内を巡回していた責任者の視線が刺さった。臥薪が見やると睨みかえし、薄笑いを泛べて店員を呼び寄せた。

「どうする？」

店員は薄い唇を歪めた。

「マネージャー。私にまかせてください」

行きかけた店員を呼びもどす。そっと付け加える。

「客商売だからね。わかるよね」

店員はわかっているくせに、責任者に胡麻を擂るために小首をかしげてみせた。

「わかんないかなあ。お客様に気付かれぬよう、さりげなく。鉄則でしょ」

「あ、そうでした。あぶない、あぶない。思慮が足りないんですよねえ、私。調子に乗って騒ぎかねないところでした」

「うん。さりげなくね。さりげなく」

　言葉と裏腹に、かなり強引に謝花たちは追いだされた。他の店員も、客たちも、汚物を見る目をむける。

　急(せ)きたてられるようにしてスーパーのブースを抜けていく。賢ちゃんが小声で文句を言ったが、もちろん相手にされない。

　卵売り場を抜けた。

　先ほどと同じように臥薪は十個入りパックを撫でた。

　店員は一階出口までついてきて、謝花たちにむけて、おまえたちは汚物だ——といったニュアンスの言葉を浴びせかけ、逃げだすタイミングの遅れた淳ちゃんの臀(しり)を蹴り、追い散らした。

　謝花たちの後ろ姿を見やり、反っくりかえる。職責を全うし、正義を為(な)したかのような誇らしげな顔だ。

「うちのマネージャーも無能の事なかれだから、ホームレスなんかに付け入られるんだよな。ま、じき、俺が下克上かますよ。そのとき歴史は動いた、なんちゃって」

　嘯(うそぶ)きながら店員は売り場にもどった。卵売り場を抜けかけて、異変に気付いた。

お一人様2パックまで——の断り書きがさがっている。客寄せの特売で、十個入りの透明パックが山積みである。その全体がわさわさと微振動している。

立ちどまった。眉間に縦皺を刻んで凝視する。あきらかに振動はパックの内側で起きている。卵がぶれて見える。

卵の頂点が罅割れた。

なにごとかとさらに顔を近づける。

その眼前で、卵が孵った。

「！」

声がでなかった。仰け反った。それでも凝視した。

まちがいない。

蛇だ。

黒く嫌らしい艶のある無数の蛇だ。売り場のパックのなかのすべての卵が孵って、無数の、無限の蛇が蠢きあっている。

やがて、パックの隙間にそのぬめる身をねじ込み、強引に伸び縮みさせながら外にでてきた。

いっせいに、けれど不規則に、腐肉の臭いを漂わせた無数の蛇が床に落ちて這いまわりはじめた。

蛇たちは地に落ちたとたんにその体長を伸ばした。手首から指先ほどの長さだったものが、いきなり二の腕ほどの長さに育ったのである。

真っ先に間近にいたこの店員が蛇に全身を覆いつくされた。口から、鼻の穴から、耳の穴から、穴という穴に殺到して強引に軀のなかに潜り込もうとする。

店員が倒れ込んだ。もはや動けなくなった店員を覆った蛇は黒く編みこまれた絨毯(じゅうたん)のようにみえる。

ふたつに裂けた、血の色じみた舌をちろちろ淫らに揺らせ、鎌首を擡(もた)げて四方八方に散っていく。ありとあらゆる売り物のうえを蛇が嫌らしく蠕動(ぜんどう)しつつ這う。

悲鳴があがり、転んだ年寄りが冷凍ショーケースの角に顔面を強打した。

彼女が倒れ込むと、蛇たちはいっせいに集中し、覆いつくし、その口から体内に入りこもうと身悶(みもだ)えした。

人に絡みつき、侵入しようとするばかりでなく、蛇たちは肉や魚に群れて、丸呑みしはじめた。尋常でない食欲だ。しかも、それらを食い尽くすと共食いだ。

共食いをしても絶対数が減ったようにもみえぬが、蛇どもは確実に巨大化していき、数メートルを超える体長にまで育っているものさえあった。鱗(うろこ)がこすれる音がみしみしと響く。

店内は大パニックで、それでも大部分の客は逃げだしていたが、逃げ遅れ、狼狽(うろた)えた客がエレベーターに殺到して倒れ込む。

やがて階上から悲鳴がきこえた。地下食品売り場で飽和状態になった蛇たちが、縺れあいながら上階にむかって這いあがっていったのだ。

逃げ損ねた店員や客たちは、為す術《すべ》もなく壁際に寄り、黒く巨大化した傍若無人な蛇を見守るばかりだ。

＊

タケルが嬉しそうに駆けよっても、憤懣《ふんまん》やるかたない淳ちゃんと賢ちゃんであった。タケルは怪訝そうにふたりから離れ、臥薪の傍らに行った。どうしたの？　と臥薪を見あげる。臥薪は黙ってタケルの背を撫でる。

これがホームレスの宿命だ——と謝花が諭した。もちろん臀を蹴られた淳ちゃんは怒りがおさまらない。

賢ちゃんと淳ちゃんはホームレスの現実を悟ったようだ。人々が善意のみで接してくれるはずもないことは、頭では理解できても、どうしても甘えがあるから、期待してしまうのだ。

やがて、自分自身がホームレス狩りに参加していたことに思い至り、淳ちゃんは泣きそうな顔で俯いた。

「僕、頭にきたから、これをもってきた」

賢ちゃんがポケットからカシューナッツを取りだした。追いだされるときのどさくさにまぎれて万引きしてきたのだ。

頭にきたわりに繊細な手つきでパッケージを裂くと、まず臥薪の口に幾つかいれてやった。

臥薪は丹念に咬(か)んで、呑みこんで、満面に笑みを泛べた。はじめてカシューナッツを食べたという。

賢ちゃんは嬉しそうに笑みをかえした。じっと見あげるタケルの口に投げ入れてやり、それから淳ちゃんの顔を窺い、その口にカシューナッツを押し込んだ。

咀嚼(そしやく)しているうちに淳ちゃんの肩から力が抜けていった。

謝花は子供たちを見守りながら、柔らかく頰笑んだ。これはこれでバランスがとれている。うまい組み合わせができたものだ。

「自慰爺も食べて」

「ああ。しかしでかい袋を盗んできたなあ」

「ああいうときって、逆に気付かないみたいだね」

「そうかもしれんが、万引きはいかんよ、キミ」

「あー、自慰爺、嘘(うそ)くせえ」

皆でカシューナッツを食べながら、ゆるゆる歩く。昼下がりの歩道は春の陽射しに温められ、なんとも長閑だ。植え込みのうえで紋白蝶が絡みあって舞っている。謝花が大あくびし、放屁した。

## 6

空梅雨だった。晴れわたるわけでもなく、雨に至らず——といった天気が続いた。雲が低いせいもあり、湿気はひどい。

そんな六月のある日、謝花が倒れた。意識はすぐにもどったが、ひどく咳き込むようになった。看病していると、虚ろな目をあけ、おもむろに呟いた。

「俺は自由に疲れた……」

賢ちゃんと淳ちゃんは、きょとんとした。さらに呆気にとられ、顔を見合わせて、思わず苦笑した。

こんなに青臭い五十代なんて——。

臥薪は意味がわからず、曖昧に小首をかしげている。

さすがに謝花は恥ずかしかったのかもしれない。照れ隠しもあるのだろう、奇妙な意地を張りはじめた。臥薪が自販機から『拾ってくる』五〇〇円玉では病院に行きたくないというのだ。

淳ちゃんが理由を訊くと、謝花は偉そうに捲したてた。

「俺は保険がない。ホームレスだから、当然だ。そこで診察を受ければ、支払額は相当のものになるはずだ。たとえその支払額が払えるとしても、すべてが五〇〇円玉というのは俺の美学が許さん」

まったく、なにを言っているのか。要は五〇〇円玉を積みあげるのが恥ずかしいと駄々をこねているのである。

「じゃあ、一〇〇円や五〇円や一〇円が混ざっていればいいの」

縋るような眼差しで臥薪が問いかけると、鼻で嗤った。聞く耳持たぬとばかりに寝袋に横たわる。とたんに喘息の発作がおき、臥薪があわててその背をさする。

淳ちゃんは推理した。単純に病院に行きたくないのである。医者嫌いかもしれない。その前に人嫌いであるが。髪の毛が典型的なレゲエのおじさんだ。自分の姿や身なりに劣等感があるのかもしれない。

それはともかく、淳ちゃんも賢ちゃんも臥薪も、そして動けない謝花も、物を食わなくてはならない。謝花を寝かしつけて三人は、まだ明けぬうちに餌場に向かった。

実際にホームレスになって初めて思い知らされるのだが、食糧事情だけを抜き出せば、冬のほうがいい。当然のことだが、暑くなってくると物が腐るのだ。

謝花の縄張りの餌場にはコンビニが一軒ある。コンビニをもっているかいないかはホームレス生活の豊かさに大きく関わってくる。けれど、この陽気である。賢ちゃんが弁当の蓋をひらいて顔をしかめた。

「あちゃー、エビ天が糸引いて納豆化してるぜ」

確認のためにほぐしたエビの身が細かい糸を引いている。他の弁当のおかずも、あまり状態がよくない。まだ点いている街灯の下で三人は弁当を点検して、溜息をついた。

以前は欠品を出さぬために、大量に弁当などを廃棄していたコンビニであるが、最近はコンピュータのデータをもとに無駄のないように仕入れている。だからただでさえ廃棄される弁当がへっているのに、この有様である。

「昔はコンビニの弁当といえば、保存料を食ってるみたいなもんだって言われてたけど、昨今は――」

淳ちゃんは言葉を呑みこんだ。消費者からすれば歓迎すべきことも、ホームレスにとっては死活問題である。

保存料の使用を控えるようになって製造から配送、そして店内に並べるところまで徹底した温度管理が為されているわけだが、その管理から外れたとたんに物は腐るという当然のことがおきる。

「僕は保存料使用を切に願うな」

「残念ながら、流れは変えられないよ」

「淳ちゃんはどっちの味方だよ」

賢ちゃんがぼやくと、淳ちゃんは頭をかいた。さすがに死活問題であるから、得意の正論を吐くわけにもいかない。

淳ちゃんはさりげなく臥薪を見た。この子には不思議な能力が宿っている。手をかざせば腐った食べ物くらい、再生できそうなものだ。

けれど臥薪はきょとんとした眼差しをかえすばかりで、具体的な奇蹟をおこそうとはしない。

結局その朝はめぼしい餌を確保することができずに空腹を抱えてテントにもどった。謝花は相変わらずといったところ、周期的に咳き込む。端で見ていても咳き込むたびに疲労し、衰えていくのがわかる。

淳ちゃんは居たたまれなくなって、臥薪を誘ってテントからでた。

「自慰爺だけど、やばいよ。ほんと、あのままじゃすこしずつ衰弱してって、アレしちゃうかも。なんとかしなくちゃ」

「僕、どうすればいいのか、わからないよ」

「正太郎は病気を治せないのか」

「病気を治すのは、病気になった本人」

「なに、醒めたこと言ってんだよ」

「でも、そうだもん。僕が熱をだして死にかけたとき、自慰爺がそう言ったもん。僕、ぜんぜん動けなくなっちゃったんだ。苦しい、苦しい、助けてって泣いたら、病気を治すのは、病気になった本人だ、って」

どうやら謝花は危ない状態の臥薪を病院に連れていかなかったようだ。たぶん、おろおろして見守るばかりだったのだ。

謝花には世の中を恐れているようなところがあることに淳ちゃんは気付いていた。一見高みの見物に感じられる不作為は、そのあらわれだ。

社会と関わりをもちたがらないのは、怖いからだ。

もっとも、なにを恐れているのかは、よくわからないのだけれど。とにかく謝花には過敏なところがある。

けれど、いまは謝花を批判したり糾弾している場合ではない。淳ちゃんは焦り気味に迫った。

「正太郎。なんとかならないか」

「僕にはどうしていいか、わかんないよ」

「あれだけ自在に五〇〇円玉を出現させられるのに」

「——お金があればいいの？」

「当たり前だろう。金があれば、他にはなんにもいらない」

「ふうん」

「あ、いま、僕のことを軽蔑しただろう」

「だって、お金じゃ幸せになれないって」

「どうせ自慰爺の科白だろう」

「うん。自慰爺が言った」

「だろうな。稼げない奴にかぎって、そういうことをいって自分を慰めるんだって。いいかい、正太郎。抛っておくと、自慰爺はヤバいかもしれないんだよ」

淳ちゃんが腰をかがめて念を押すと、臥薪は上目遣いで見あげて、ちいさく頷いた。

けれど、だからといって、なにでどう稼げばいいかはわからない。

そもそもは謝花が五〇〇円玉で病院にかかるのは嫌だなどと吐かさなければ、どうということもなかったのだ。

「頑なっていうの？　自慰爺は変なとこで頑なだから、いちど五〇〇円玉じゃいやだって言っちゃったら、たとえ死にかけても意地を張ると思うんだ」

いつのまにか傍らにやってきていた賢ちゃんがぼやくと、テント内から烈しく咳き込むのが聞こえた。

あわてて臥薪がテントのなかにもどる。

しばらくして顔をだし、消え入るような声で訴えた。

「自慰爺、口から血がでた」

淳ちゃんと賢ちゃんがあわててテント内にもどると、謝花の吐血が新聞紙の上でわずかに盛りあがっていた。新聞紙は臥薪が拡げたらしい。

「自慰爺、なんかオエッてなってたから、あわてて新聞拡げた。そこに――」

「うん。これはシャレにならないよ。僕たちにも移るかも」

「なにが」

「わかんない。わかんないけど喀血っていうんだ。映画で見たことがある。結核かも」

淳ちゃんと賢ちゃんが臥薪を見やる。けれど臥薪はきょとんとしている。ふたりは溜息をついた。

やがて淳ちゃんが眦を決した。

「よし。僕が自慰爺を説得する。五〇〇円玉でもなんでもいいから、病院に連れていく。でも、その前に、正太郎。五〇〇円玉をたくさん拾ってこい。いつもの量じゃ、だめだからな。たくさん！　だ。大量に、だ」

臥薪は賢ちゃんを見あげた。賢ちゃんは大きく頷いた。淳ちゃんに謝花をまかせて、賢ちゃんは臥薪をつれて外にでた。

ところが――。

いくら自販機の釣り銭口に指を挿しいれても五〇〇円玉があらわれない。渋谷のあちこち、二十ほどもまわっただろうか。さすがに虚しくなってきた。

「あれは」

「うん」

臥薪は真っ赤な自販機に駆けより、指を挿しいれた。泣きそうな顔で背後の賢ちゃんにむけて首を左右にふる。

「どうしちゃったんだよ。なんなんだよ。肝心のときには役に立たない超能力かよ」

思いあまった賢ちゃんがなじると、臥薪は悲しそうに俯いた。

「あのね」

「なに」

「僕には超能力なんて、ない」

賢ちゃんは黙って臥薪の頭を撫でた。

「そうだね。僕も人ならば、正太郎も人だ。変な期待をしちゃって、ごめん」

その真っ赤な自販機は、パチンコ屋の店頭にあった。最近のパチンコ屋は店外にチンジャラ音が洩れぬように防音に気配りしているから、ふたりはそこがパチンコ屋であることに気付いていなかった。

自動ドアが微振動して、唐突にひらいた。パチンコの金属音が飛びだしてきて、その音に後押しされるかのように痩せた狐目の男がでてきた。

大勝ちだ。男は鼻の穴が拡がっていた。特殊景品を得意げに両手でもって、周囲を睥睨している。パチプロだろうか。黒いシャツから覗く太い金の喜平ネックレスがどうみても堅気ではない。賢ちゃんは男を、そして男の手の特殊景品をぼんやり眺め、呟いた。

「あれって換金アイテムかな」

賢ちゃんと臥薪は、なんとなく男のあとをつけた。男は数ブロック先の路地のちいさな窓口で特殊景品をわたした。窓口のなかにはお婆ちゃんがいるようだ。

男は札を鷲掴みにすると、鷹揚にズボンのポケットに押し込んだ。その指先がパチンコ玉に触れた。どうやらゲーム中に紛れ込んだようだ。

一瞥して、投げ棄てた。

裏路地の荒れたコンクリートの舗装のうえで銀玉は意外に弾んで、綺麗な楕円軌道を描いた。賢ちゃんと臥薪は側溝に転がっていく銀玉を目で追い、それからおもむろに顔を見合わせた。

パチンコ玉は側溝に落ちず、ぎりぎりで止まった。賢ちゃんが目で合図をした。臥薪は男に気付かれぬようにパチンコ玉を拾いあげた。

たった一個のパチンコ玉だ。

それなのに、なにか希望の宿った銀の玉に見えた。

賢ちゃんと臥薪は見つめあった。賢ちゃんが思いつめ、昂ぶった顔を臥薪の耳許に寄せて囁いた。

「僕が打つ。この一個の玉にすべての思いを込めて、打つ。だから正太郎は、この玉を穴にいれろ」

一息おいて、不安そうに付け加える。

「問題はさ、僕が童顔だってことなんだ。しかも、まだ十八歳になってないってことだ。しかも、しかも正太郎みたいなチビといっしょだってことだ。抓みだされちゃったら、どうしよう」

正太郎が不安そうに見あげる。賢ちゃんは立合前の相撲取りのように頬を両手で叩いて気合いをいれた。

「よし！　いまから弱気でどうするんだ。いいよ。やるよ。一世一代の大勝負だ」

銀玉を宝石のようにポケットに忍ばせてパチンコ屋に取ってかえそうとした、そのときだ。

「ぅおい」

おい、と言ったのだろうが、頭にちいさなぅが付いて聞こえた。

「ガキ共が」

それは銀玉の本来の持ち主である狐目の男だった。

「んなもん、後生大事にポッケに仕舞って、なにをしようってんだよ」

「申し訳ありません！」

賢ちゃんは最敬礼だ。臥薪はぼんやりした眼差しを男に注ぐ。男は臥薪を見おろして、鼻で嗤う。

臥薪が一歩前にでた。男を見あげて言う。

「榊原さん、お金がいるんです」

「金ね。——ちょい待ち。なんで俺の名前を知ってる」

臥薪は小首をかしげた。なんとなく——と口が動いた。

「なんとなく、ね。ま、いいか」

「榊原さん、目が細い」

「うるせえな。よけいなこと言うな、ガキ」

「ごめんなさい」

「——金が要るのか」

臥薪はこくりと頷いた。

「で、その玉、一個で荒稼ぎしようってか」

ふたたび臥薪は、頷いた。

榊原は臥薪の背後で固まっている賢ちゃんに声をかけた。

「なんで金が要るの」

「はい！　僕たちが世話になっている人が病気で、保険がなくて、金がなくて、知り合いもなくて、とにかく金がなくて」

「落ち着けよ。取って食うわけじゃねえ」

「はい！」

榊原は耳に人差し指を挿しいれて、顔をしかめた。

「声がでけえよ」

「はい！」

「だから、でけえって言ってるだろうが！」

臥薪がそっと割り込む。

「ふたりとも、でけえ」

榊原が肩をすくめて笑った。

「まったくだ」

臥薪が寄り添うと、榊原はそっと臥薪の背を押した。賢ちゃんを振り返る。

「どこからみても十八歳未満のおめえが打ってちゃ、ぜったいに追いだされるぜ。こういうときはさ、逆にこのガキに打たせればいいんだよ。店員は父ちゃんにつれてこられたガキが悪戯（いたずら）で打ってるって思うぜ」

「なるほど！」

「だから、声がでけえって」

「――ごめんなさい」

たった一つの玉でうまくいくわけがないと榊原は思っているのだ。万が一、わらしべ長者的にたった一個の玉から、大量の玉がでたとしたら、それはそれで子供がふたりでは換金不能である。

榊原が淡々と諭すと、賢ちゃんはしょんぼりしてしまった。けれど臥薪は榊原の手をとって言った。

「だからおじちゃんがいる」

「――ま、そういうことだな。でもさ」

「なに」

「おまえ、その玉一個で勝負するんだぞ」

「わかった」

榊原はじっと臥薪を見つめる。勝負師的な勘が働いて、臥薪がふつうの子供ではないことを、なんとなく直感していた。

「打ち方、教えようか。権利物はともかく羽根物でいくか、ハネデジでいくかくらいは、決めといたほうがいいぞ」

「いい」

「潔いガキだね」

「ガキじゃない」

「だが、大人じゃない」

「うん」

臥薪は榊原にぴたりと身を寄せている。榊原は籠絡されてしまったといっていい。

裏路地からでて、パチンコ屋にむかう。なんとなくうまくいくような気がしてきた。

賢ちゃんはふたたび頬を叩いて気合いをいれなおす。

榊原は顔がきいた。俺の孫にちょいと打たせてやってくれと店員に声をかけてくれた。お墨付きをもらったので、賢ちゃんは気が楽になった。得意げに周囲を見まわす。榊原が諭す。

「あくまでも、一発だよ」

声は優しいが、込められたものは冷徹だ。臥薪は上目遣いで頷いた。金属のノイズと電子音、タバコの煙と人々が運を転がす熱気に充ちている。賢ちゃんは息を詰めた。

臥薪を真ん中に、右に榊原、左に賢ちゃんが座った。榊原が球を打ちだすハンドルの握り方を教えた。なぜか人が集まってきてしまった。榊原が盤面の中心、やや下部を示してさらにレクチャーする。

「スタートチャッカーね。ここに玉を入れればいい。すると、液晶の数字が動きだす。おなじ数字が三つ揃えば大当たり。この台の数字が揃う確率は三百五十分の一だったかな。ただし完全確率だから、三百五十回に一回、必ず当たるわけじゃない」

　賢ちゃんが小首をかしげた。

「みんな勘違いしちゃうんだけどね、たとえば三百五十本に一本当たりがあるクジがあるとするよ。それを三百五十回引けば、必ず当たるよね」

　あたりまえだ。

「けどさ、完全確率というのは、クジを引くその一回一回が毎回おなじ確率になるような仕組みなの。三百五十本のクジのことを言ったけど、完全確率だと、引くたびに、引いたクジを元にもどしちゃう。だから永遠に三百五十本のクジがある。分母が一定と言えばいいのかな。あるいはサイコロ。何回、転がしたって特定の数字が出る確率は六分の一だよね。一を当たりにしよう。サイコロは六回転がしたからといって、必ず一がでるというわけじゃない。完全確率っていうのはサイコロといっしょで、この台の場合、永遠に三百五十本のクジがあるということ」

　三百五十回に一回、必ず当たるわけではないというのだから、意外に難物だ。賢ちゃんは眉を顰めた。結局は店が儲(もう)かるようにできているのだ。榊原は、さらに臥薪に球の打ち方の実際を教えようとした。

「ブッコミって言ってさ――」

賢ちゃんが目を剝いた。説明の途中で臥薪が玉を打ってしまったのである。

天の釘のうえを舐めるように銀玉が流れていく。

右端までいって、反転し、落下した。

玉は明後日の方向に落ちていく。賢ちゃんは失望に顔をそむけた。

「入っちゃった――」

デジタルの数字が回転しはじめた。

賞球と呼ばれる玉が三個だけ上皿に吐きだされた。

ところが臥薪は、そのままハンドルを握っている。即座に賞球が弾かれ、打ちだされ、盤面で躍る。玉は限られているのに、あまりに雑だ。賢ちゃんは慌てた。

しばし間をおいて――。

電子音が姦しく騒ぎたて、皿にあふれる銀玉の金属音が高まった。しかも、それはとどまることをしらない。

周囲に集まってきてしまった人々が大きくどよめいた。歓声があがる。

＊

大当たりの回数が六十回を超えた。そろそろいいだろうと榊原が臥薪を制止した。その人の医療費が、それで足りなければ俺が出してやるから——とも耳打ちした。

賢ちゃんは大当たりのたびに流れる曲が耳について苛立たしいと文句を言いながらも大喜びだ。

パチンコ屋から特殊景品をもって臥薪の一行がでてきた。関係のないパチンコ屋の客までぞろぞろついてくる。換金すると六万円強ほどになった。榊原が感想を訊いた。

「あまり、おもしろくなかった」

榊原は頷き、そっと臥薪の背を押した。大通りにでてタクシーを止める。大通りまで客たちがついてきていた。

手をふって見送る客たちを榊原と賢ちゃんが振り返る。臥薪はつまらなそうに真ん中で脚をぶらぶらさせていた。

公園に着いた。榊原は運転手に病人を運ぶから手伝えと命じた。運転手は謝花のレゲエのヘアに困惑顔だ。それを見て榊原がおもしろそうに笑う。

情けないのは謝花だ。榊原の姿を見たとたんに借りてきた猫だ。普段の勢いはどこへやら、ひたすら低姿勢だ。なんとなくわかってはいたけれど、口ほどにもない——と賢ちゃんが肩をすくめる。

謝花と淳ちゃんと賢ちゃん、そして榊原に臥薪では、定員オーバーだ。けれど運転手も開き直ってしまって、榊原に臥薪を膝のうえにのせていてくれと頼んだ。

車中、淳ちゃんが病状を説明した。

「え、結核なの」

榊原が顔をしかめた。運転手も心配そうにミラーを見た。謝花は俯いた。榊原が呟く。

「伝染病だよね」

「申し訳ありません」

「病気になりたくてなるのは、学校に行きたくない子供くらいだ。あんたが謝ることはない。俺も疲れちゃったから、療養生活も悪くないね」

博奕打ちらしい達観だ。何事もなかったかのように臥薪の巻き毛に指を突っこんで掻きまわす。嬉しそうに臥薪が身をよじる。

運転手は車を広尾の総合病院につけた。万が一のときのためにと榊原が運転手に名刺をわたした。ヤクザ丸出しの竹の皮を削いでつくった名刺だ。それはともかく、意外とあとのフォローがしっかりしている榊原である。一緒に入院しようと運転手に笑いかける。タクシー代金は榊原が払った。

すっかり慣れてしまった賢ちゃんが名刺をねだった。舎弟頭とあった。榊原は賢ちゃんも知っている渋谷一の伝統ある博徒、高階組の幹部だった。組長の次に偉い人だ。淳ちゃんが醒めた顔で呟いた。

「プラチナの代紋つけてるもんね」

臥薪が淳ちゃんの視線を追った。背伸びして手をのばし、襟元のバッチに触れた。榊原はなぜか照れた。

肝心の謝花は自覚症状の説明が曖昧かつ不明瞭なので、徹底した検査にまわされた。意外に早く結果がでた。胃潰瘍だった。ただし重症である。

「なんだよ、喀血なんて言うからさ。胃潰瘍なら吐血だろ」

榊原が淳ちゃんの早とちりを咎める。淳ちゃんはしょんぼりしてしまった。

謝花は入院させられることになった。その前に看護師の助けを借りて入浴させられることになった。どうやら謝花は、それが嫌だったようだ。汚れた軀を若い女性に曝したくなかったのだ。

「臥薪は俺が面倒みとくからさ」

パチンコで臥薪が稼いだ金を手わたして榊原が言うと、謝花は泣きそうになった。

「安心しろよ。あんたから小僧を奪う気はないよ。あんたがよくなったら、また一緒に暮らせばいい。あと医療費だけど、支払いは毎月十日だってさ。その前に、若い者に様子を見させにくるから」

徹底した善人である榊原を、賢ちゃんは尊敬の眼差しで見つめた。賢ちゃんの視線に気付いた榊原が言う。

「おまえたちも一緒にこい。ホームレスの生活を知るのも社会勉強ならば、ヤクザの生活を知るのも社会勉強だろう」

淳ちゃんが構えた。頬が強ばっている。榊原が笑う。

「安心しろ。おまえみたいのをスカウトする気はねえって」

謝花は看護師に脇を固められて、フロアから消えた。

臥薪はすっかり榊原に懐いて、いつもその傍らにいる。榊原が携帯で連絡をいれると、すぐに迎えの車がやってきた。

メルセデスのS、ロングボディなので、タクシーとちがって広々だ。淳ちゃんだけが奇妙に畏まって座っているのがおかしい。

一旦公園に寄って、取り残されていたタケルを乗せた。タケルは尾をブンブンふって乗り込んできた。車中で淳ちゃんが尋ねた。

「テキ屋は一家ですよね。なんで博徒は組なんですか」

「おまえ、意外なこと、知ってるね。じつは明治の時代に大刈込みってのがあってね、博奕をしたら裁判なしで懲役十年て決められちゃったんだ。そこで、博奕打ちは何々組っていう建設業の看板をだして誤魔化すことにしたわけ」

運転をしている組員が、舎弟頭はいつもひとりで外出してしまうとぼやいた。自重してくださいと訴えた。榊原はとぼけている。

松濤（しょうとう）にある組長の屋敷に連れていかれた。やたらと高い塀には点々と監視カメラが据えられ、庭には巨大な番犬が幾頭も放たれている。タケルに緊張がはしる。困惑気味に臥薪を見つめた。

臥薪が頷くと、逆立っていたタケルの肩の毛が和んだ。

駆けよった番犬たちがタケルの臭いを嗅ぎまわる。そのままタケルはなんとなく犬の集団のなかに入っていった。次の瞬間には広い庭を先頭切って走っていた。

パンチパーマの怖い人もいれば、身綺麗な実業家にしか見えない人もいる。皆が榊原に頭をさげ、叮嚀に挨拶する。臥薪たちは奥に通された。長い廊下を幾度も曲がっているうちに、方向感覚がなくなった。

「組長、おもしろいの、見つけました」

組長は髪をオールバックに撫でつけて、ひょろりと背が高い。鼻も高い。鷲鼻だ。芥川竜之介（あくたがわりゅうのすけ）を思わせる顔つきで、美男子といっていい。とてもヤクザに見えない。

だが、そんなことよりも榊原の様子が微妙に変わっていることに賢ちゃんは、なにやら背筋が冷えるのを感じた。

榊原は臥薪がたったひとつの玉から大当たりを連続してだして、さしあたりの病院代を稼ぎだしたことを抑えた口調で語った。

「そりゃ、博奕打ちにとって夢みたいなガキだなあ」

「ええ。こいつを飼っとけば、思い通りですよ」

「けどさ、総長賭博に、そいつを連れてけないさ」

「なんの。孫だって言い張って、連れてっちゃえばいいじゃないですか」

榊原が臥薪のほうをむいた。

「総長賭博って組の偉い人が親睦でやる博奕なんだけどね、親睦。わかるか」

臥薪は首を左右にふった。

「わかんなくていいや。重要なことはね、バッタでね、一晩で何億もお金が動くんだよ。臥薪は組長に力を見せてあげられるよね」

淳ちゃんと賢ちゃんは顔を見合わせた。臥薪を使って総長賭博とやらで億単位の金を稼ぐつもりなのだろうか。やはり、ヤクザはヤクザだ。とにかく親切にしてくれたのにはわけがあったのだ。

しかし、ここから逃げだすわけにはいかない。どこをどう通ってこの部屋にやってきたかもわからないのだから。

ところが、庭先にタケルがやってきた。間延びして見えるくらいに広い縁側に前脚をついて長閑に臥薪たちに甘えかかる。

淳ちゃんはタケルに八つ当たりして、その背を叩いた。賢ちゃんが淳ちゃんにさりげなく耳打ちした。

「タケルについてけば、ここから逃げられるかも」

「アホタン」

「アホタン？」

「タケルだけならともかく、他の犬たちはどうするの」

「タケルが塩梅（あんばい）してくれるんじゃないの」

「あの犬のなかに入る勇気があるんなら、どうぞ。僕はやだね」

　タケルを追って三々五々、他の犬たちも集まってきた。ドーベルマンだけはかろうじてわかる。そのほかの巨大な犬の名は判然としないが、牙を剝き、涎（よだれ）をたらしている。穏やかな気性でないことだけは確かなようだ。

　榊原は組長となにやら声を潜めて遣り取りしている。賢ちゃんは臥薪を手招きした。

「ここから逃げよう」

「なんで」

「なんでって、やばいじゃん」

「僕たちが逃げても、自慰爺が病院に閉じこめられてるし。僕たちも、ここに閉じこめられてるし」

　賢ちゃんは目を見ひらいた。臥薪の言うとおりだ。逃げれば謝花に危害が及ぶかもしれないし、謝花を病院に放置しておくわけにもいかない。いずれは謝花のところに顔をだざねばならないだろう。

淳ちゃんが聞き咎めた。腰をかがめて問いただす。

「いま、閉じこめられてるって言ったね」

「うん」

「僕たちは閉じこめられてるのか」

「閉じこめられてる。榊原さんに閉じこめられてるわけじゃないけど」

「じゃ、組長か」

「ちがう。もっと他の、なにか。——霧絵さんかな」

「キリエさん。なんだ、それ」

臥薪は組長たちに駆けよった。

「ねえ、霧絵さんは」

組長と榊原は顔を見合わせた。

「榊原よ、おまえ、話したのか」

「いいえ」

榊原は咳払いをした。目で喋っていいかと組長に訊く。組長は頷いた。榊原は腕時計を一瞥した。

「霧絵さんは昼寝なさってる時間だから、いまは会えないよ」

「起きてるよ」

「なぜ、わかる」

臥薪は小首をかしげた。榊原は重ねて訊いた。

「そもそも、なんで霧絵さんのことがわかったの」

臥薪はさらに首をかしげた。

「あのね」

「うん」

「僕は、なにもわからないんだ。でも、急にわかったりする」

榊原はふたたび咳払いした。

「なに言ってるか、よくわかんねえよ。もうすこし叮嚀に説明してくれねえかな」

「僕には、なにもわからないってこと」

「だって、霧絵さんのことがわかったじゃないか。パチンコ玉一個で大当たりを六十三回続けたじゃないか。俺はね、六三のカブになったから、やめさせたんだよ。あのまま、いくらでも続けられただろう？」

「それでもね」

「うん」

「僕には、なにも、わからない」

「わからないままに、いろんなことがわかったり、できたりしちゃうのか」

「――そうかもしれない。でもね」

「うん」

「でも、できないこともいっぱいある。こんどね、パチンコ玉を打っても、うまくいくかどうかはわからないんだ」

「確実性がねえのか」

そっと淳ちゃんが割り込んだ。臥薪が自動販売機の釣り銭口に指を挿しいれると、無限に五〇〇円玉があらわれることを語った。ところが謝花が体調を崩したときは、五〇〇円玉で病院に行くのはいやだとわがままを言ったこと。その結果かどうかはわからないが、臥薪がいくら釣り銭口に指を突っこんでも五〇〇円玉はあらわれなかったこと。喀血と吐血を間違えることはあるけれど、理路整然と喋ることのできる淳ちゃんである。

組長も榊原も納得したようだった。

「そうか。俺はわらしべ長者を狙ってたんだけどな」

冗談めかして榊原が呟いた。組長は苦笑気味に笑った。臥薪を手招きした。

「正太郎っていったか」

「うん」

「安心しな。おじさんはキミをバッタマキになんか連れていかないからね。それよりも日計り商い、してみようか」

　榊原が人差し指を振り立てて、それはいい——と顔を輝かせた。淳ちゃんが上目遣いでこわごわ訊いた。

「なんですか。日計り商いって」

　組長の代わりに榊原が答えた。

「横文字ではデイトレードとかいうね」

「——株ですか」

「そう。むりくり定義すれば、その日の市場が閉じるとき、売りポジも買いポジも関係ない株取引だね」

　さすがの淳ちゃんも、株のことはよくわからない。ただ、デイトレード、そしてデイトレーダーという言葉は知っている。それらが一日のうちに幾度も取引を、つまり売り買いすることも、なんとなく知っている。

「儲かるんですか」

「株だからな。儲かる場合もあれば、損する場合もある。ちなみに一流どころだと、一億の資金があれば年間十倍くらいは軽いね」

「儲かるんですね！」

「うーん。どうだろうね。アメリカじゃ、破産自殺借金まみれのあげくの犯罪、その他てんこ盛りになっちゃって、大問題になってるよ。日本だって似たようなもんだけどね」

「そうか。そうですよね」

「そうだよ。甘い話って、ないのね。ただ、俺たちは博奕打ちじゃないか。だからね、デイトレードのことをオンラインカジノって呼んでるよ。合法的な賭博だね」

「そんなことに正太郎を巻き込むんですか」

「べつに損したって、かまわないからさ。なにしろ我々にはオンラインカジノって割り切りがあるからね」

「嘘だ」

「おっかない顔をするなよ」

「だって、正太郎はまだ子供です」

「俺だって、まだ大人だよぉ」

薄笑いを泛べる榊原だ。淳ちゃんはすがるように榊原を見つめた。けれど榊原の眼は完全に淳ちゃんを遮断していた。

淳ちゃんは臥薪を護(まも)らなくてはならないと強く考えていた。他人のことなど、どうでもいい——というのが淳ちゃんの生きる基本姿勢だったが、臥薪と関わるようになって、臥薪だけは護らなくてはならないと念じるようになっていた。

奇妙な音がした。

なにかが転がるような音だ。自転車が広縁を走っているというのも奇妙なものだが、タイヤの音だ。

榊原の顔つきが変わった。組長の表情も微妙に変化した。タケルの相手をしていた臥薪と賢ちゃんが縁側の彼方（かなた）を凝視している。淳ちゃんは榊原に黙礼して、臥薪と賢ちゃんのところに行った。

広縁を、車椅子がやってくる。藤色の和服を着た年配の女性が緊張した面持ちで押している。乗せられているのは、女と呼ぶには早く、けれど少女と呼ぶには躊躇われる気配の娘だった。

ほとんど陽にあたっていないのだろう。色が白いというよりも、青褪（あおざ）めて見える。そのせいか、唇の紅（あか）さが際立って、まるで血が透けて見えているかのようだ。しかも肌の白さだけでなく、着ているものが白い一枚布に頭を通す穴をあけただけの貫頭衣（かんとうい）なので、全体が純白で、そこに唇の朱と真っ直ぐな髪の毛の黒が際立っている。

これが霧絵か。淳ちゃんは娘から目が離せなくなった。賢ちゃんも同様だが、しばらくして素っ頓狂な声をあげた。

「萌（も）え〜」

淳ちゃんが顔をしかめた。

「賢ちゃん、古いよ。いまどき萌えなんて言わないって」

「でもさ、他になんて言えばいいの。アイドル真っ青じゃない」

そんな遣り取りをしているうちにも車椅子が近づいてきてしまったので、ふたりは緊張まじりで、しかもにやけて、場所をあけた。庭先のタケル以下、猛犬たちもおとなしくしゃがみ込んで姿勢を正した。

霧絵は淳ちゃんと賢ちゃんには目もくれなかった。ただ、臥薪だけを見つめていた。

臥薪が頰笑みかけた。

霧絵が頰笑みかえした。

淳ちゃんは息を呑んだ。臥薪に泛んだ笑みも霧絵に泛んだ笑みも、アルカイック・スマイルだったからだ。

神々が笑みを交わしている。

瞬間、いまだかつて感じたことのない静寂につつみこまれた。

鈴の鳴るような銀色の音楽が遠くにきこえた。息をするのも躊躇われる。

車椅子を押していた年配の女性が臥薪に深々と頭をさげた。ほとんど貴人に対するもののようだった。

臥薪が車椅子に近づいた。

「霧絵。悪い子」

「正太郎ほどじゃないわ」

「僕はなにもしてない」

「わたしもなにもしていない」

「嘘だ。僕を招き寄せた」

「それが、悪い子？」

「悪い子なのは、それじゃない。霧絵は壊したくてしかたがない」

「正太郎は壊したくないの」

「ぜんぜん」

「それこそ、嘘っぽいな」

「嘘じゃないよ。なぜ、自慰爺に血を吐かせたの。なぜ自慰爺のおなかを壊したの」

「謝花があなたを撲つから」

「もう撲たないよ」

「でも、いつか、あなたの叫びを聞いたもの」

「お願いだから、自慰爺の躯を治して」

「いいけれど、しばらくは入院させてあげなさい。看護婦さんに優しくされて、ずいぶん幸せそうよ」

「僕のこと、忘れちゃってるのかな」

「うん。綺麗に忘れているわ」

「僕は自慰爺が大好きなのに」

「謝花は、あなたが好いているほどに、あなたのことを好いているわけではない」

「――そうかもしれないね。でも」

「でも？」

「うん。僕は、それでもいいんだ。僕は、僕は、僕は、僕は、僕は、僕は――」

臥薪の白眼が喪われていた。瞳全体が真っ黒になっている。仮面の目の部分に穿たれた穴のようだ。

霧絵がそっと臥薪の額に触れた。

「僕は、僕は、僕は、いちばん打ちひしがれている人のために」

「それが謝花では、あんまりじゃない」

「僕は、僕は、僕は、僕は、僕は、自慰爺が僕を、僕を、僕を、必要としているから」

「ところが、わたしも、あなたを必要としているの」

とたんに臥薪に白眼がもどった。いつもの眼差しだ。黒眼と白眼がバランスよく同居して涼しげだ。

淳ちゃんと賢ちゃん、そしていつのまにか傍らにやってきていた榊原と組長も、臥薪の瞳の変化に呆然としていた。

けれど臥薪と霧絵は皆を無視し、そこに誰もいないかのような調子で言葉を交わし続けている。

「ね、わかるでしょう。わたしにはあなたが必要なの」

「霧絵はひとりだってやっていける」

「それは、そうよ。ひとりでやっていける。でも、ひとりではたりない」

「なにがたりないの」

「とりあえず、脚かな」

「僕には治せない」

「べつに、頼んでいないもの。それに、ほんとうのことをいえば、歩くなんて野蛮なことはしたくないのね」

「嘘だ。外を見たくないだけだ」

「もう、慎みってものがないんだから。言いたいことを言えなんて言ってないわ」

「じゃあ、黙っちゃうよ」

「黙ったって、読めちゃうもの」

「いま、僕はなにを考えた？」

「わたしの裸が見たい」

臥薪はきょとんとした。霧絵は小首をかしげた。横目で淳ちゃんを見た。

「あの子の念だった。すごく強かったから、勘違いしてしまったわ。すました顔をしているけれど、それは演技みたいなものなのね。けっこう外面を取り繕っているわ」

淳ちゃんは首まで赤くなった。賢ちゃんが軽蔑した眼差しを注ぐ。榊原が笑いをこらえている。組長は淳ちゃんの赤面の烈しさに呆れた眼差しを投げる。

「霧絵はけっこうおっぱいがでかいね」

「ええ。それなりよ」

「なんで、大きくなったの」

「なんでかな。正太郎に吸わせるためかな」

霧絵は含み笑いを泛べながら、組長のほうを向いた。

「お父さん」

「——なんだ」

「正太郎につまらないことをさせないで」

「つまらないことって、なにかな」

「とぼけないで。株なんかさせたら、お父さんも血を吐くかも。あるいは頭の血管が切れちゃうかもしれないな」

言い終えるのと同時に、娘とは思えない冷たい眼差しで見据えた。組長は怯んだ。精一杯の笑顔で応えた。

「あれは冗談なんだよ」

「わかっている。でも、相手はまだ子供よ。お父さんは、冗談がすぎる」

一呼吸おいて、榊原の顔を見つめる。

「あなたは、正太郎の力を目の当たりにしただけあってけっこう本気だったわね」

「お嬢様。あれを目の当たりにしたら、誰だって」

「ここにいるエッチな子たちや、どうしようもない屑の謝花も含めて、正太郎に関わりのあるすべての人に、何かあったときには、あなたと、あなたの家族や親や、あなたに関わりのある親族すべてが――」

すべてを言わず、霧絵は肩をすくめてみせた。組長が眉を寄せた。

「霧絵。そういう物言いは、よくないな」

「ごめんなさい、お父さん。でも、わたしは正太郎のことにはムキになります」

組長は苦笑いをかえした。独白するように言った。

「どんどん母親に似てきやがる」

怯えて俯いている榊原の肩を叩いて、続ける。

「だいじょうぶだよ。霧絵は過剰なくらいに同族意識というか、身内に対する気持ちが強い。おまえも、身内だ」

霧絵は頷いた。

「榊原。御苦労様。あなたには、これから先もいろいろお世話になります」

霧絵が頰笑みかけると、榊原は姿勢を正した。霧絵は榊原を手招きした。腰をかがめるように命じる。そっと耳打ちする。

「五分以内に、明田精機」

「売り、ですね」

「あたりまえです。あがりの幾らかは、正太郎に取り憑いている貧乏神に使ってくださいね」

「貧乏神――謝花か」

呟くと、榊原は組長と霧絵に一礼して、小走りに立ち去った。

どちらかというと物怖じしない賢ちゃんが咳払いしながら尋ねた。

「あの、失礼ですが、霧絵さんのお母さんはどうなされたのですか」

「死にました。わたしの命と引き替えに」

組長が俯いた。賢ちゃんはよけいなことを訊いてしまったことを悟った。

「亡くなったんですか。ごめんなさい」

「いいんです。べつに隠し立てする気はありませんから。わたしはなんでもすべてをありのままに語ります。隠し立てしなければならないのは、いわゆる弱者という括りにはいる人たちですから、わたしには無関係ということですね」

　霧絵は臥薪を手招きした。

「この子の母親も、おなじです」

「僕のお母さんは――」

「そう。目の当たりにしたわけではありませんけれど、わたしや正太郎のような子供を産むということは、母体にとっては相当に大変なことらしいのです」

　臥薪の瞳がくもった。霧絵が手をのばし、臥薪の頭に触れた。その白すぎる指先が、臥薪の巻き毛に絡んだ。そのまま臥薪は膝をつき、霧絵の膝を抱くようにして声をころして泣きだした。

「なぜ、泣くの」

「なんとなく。僕は、わかっていたんだ。僕がお母さんを殺したことを」

「だからって、謝花のような貧乏神に尽くすこともないでしょう」

「霧絵にはわからないの？」

「なにが」

「自慰爺は、神様なんだよ」

「先ほどから、貧乏神って言ってます」

　臥薪は顔をあげた。手の甲で雑に涙をこすりながら、言った。

「ちがう。貧乏の神様じゃない。うまく言えないけれど、繋(つな)ぐもの。くっつける神様。神様じゃないかもしれないけれど、そういう役の人」

霧絵は瞳を見ひらいた。臥薪の頬の涙に指先で触れ、呟いた。

「あの薄汚い男が媒(なかだち)ですか」

## 7

夏の盛りだ。前面がガラス張りの、まるで動物園のような犬舎だ。エアコンがはいっているが、タケルは舌をだして転がっている。他の猛犬たちも、だらけきっている。

賢ちゃんが、こいつら毛皮着てるんだもんね——と呟いた。ときどき言わずもがなの親父臭いことを口ばしる。もちろん誰も相手にしない。

淳ちゃんは先ほどから犬たちにブラシをかけてやっていた。床の汚物は水で流したが、陽当たりが強いので、さすがに獣の臭いがきつい。

臥薪は霧絵の面倒を見ている家政婦の茂手木(もてぎ)さんに甘えている。純白の割烹着(かっぽうぎ)に頬を押しあてて離れない。

そのべたべたぶりに、霧絵は呆れ果てていた。もちろん臥薪は茂手木さんに母を見ているのだ。

茂手木さんも臥薪がかわいくてならず、なにくれと面倒を見る。あきらかに過干渉である。その睦まじい姿に、霧絵は密かに嫉妬してさえいた。

視線を低くすれば犬は温和しくなるということを教えてくれたのは茂手木さんだ。賢ちゃんと淳ちゃんはアドバイスに従い、おそるおそるしゃがみこんだ。犬よりも顔を下にした。

動物でも人間でも、上から見おろされると緊張するのだ。いまでは、犬たちは淳ちゃん賢ちゃんを子分だと思っている。逆に霧絵と臥薪には絶対服従だ。

犬舎の奥のドッグフードなどがストックされた棚には、パンパンに膨らんだ紙製のショッピングバッグが無造作におかれている。中身は札だ。いくらあるか、よくわからない。誰も数えない。

このあいだ榊原に頼んで臥薪たちは府中につれていってもらった。謝花の入院費用がたりなくなってきたからだ。榊原がお金をだしてくれると言ったが、それはあんまりだと謝花の様子を正直に話して、断った。

じつは、謝花はとっくによくなっているのだ。けれど、ヤクザのところに世話になるのはいやだと駄々をこねていた。

臥薪のようなチビには虚勢を張るが、ヤクザが怖いのだ。ヤクザだけではない。謝花には対人恐怖がある。追いつめられれば暴走することもあるが、ほとんどの場合は事なかれで逃げてばかりである。

ともあれあそこが痛い、ここがおかしいと騒いで病室に居座り続けている。図々しくも個室である。

榊原は苦笑したが、それでも臥薪たちに馬券の買い方から教えてくれた。

淳ちゃんと賢ちゃんは理解したが、臥薪は三連複や三連単といった言葉の意味を理解できなかった。そこで淳ちゃんが臥薪に、好きな数字を三つ並べてみろとアドバイスした。

「五十四と七五三と十七だもんな」

ブラシにびっしりまとわりついた犬の毛を始末しながら淳ちゃんが笑う。五十四は謝花の年齢だ。七五三は文字通り千歳飴の七五三である。十七は霧絵の年齢だ。

さすがにこの数字では馬券を買えない。みんなで大笑いした。そこでレースによって一桁、あるいは二桁までの数字を三つ言わせて馬券を買った。

全レース的中だった。

榊原は醒めた顔で自動払戻機に馬券を挿しいれた。榊原に命じられた賢ちゃんが、紙のショッピングバッグをゴミ箱から拾ってきた。

札はショッピングバッグからあふれた。榊原は相変わらず醒めた顔のまま、足で札を踏み固めた。そのあと、しみじみと呟いたものだ。

——勝つだけの博奕は、つまらない。

賢ちゃんはけっこう昂奮していたが、淳ちゃんも奇妙なまでに退屈した。はじめは競走馬の疾駆する姿にスペクタクルを覚えた。けれどすぐに見る気がしなくなり、臥薪も投げ遣りに数字を口にするばかりだった。

「勝つか、負けるか。運命の醍醐味は、それがわからないことにあるんだね」

淳ちゃんの呟きに、賢ちゃんが逆らう。

「なにを言ってんだかね。そういう科白は勝ちを約束された者の傲慢だよ。みんな、泣きたい思いをして、勝とう、勝とうと足掻いているんだぜ。それは淳ちゃんだっていっしょのはずじゃん。勝ち続けることのできる人間がそばにいるってだけで、自分まで勝ち続けることができるって思い込んじゃってるんじゃないの。とにかく、よく他人事みたいに言えるよな」

勝ち続けることのできる人間——が自分を指していることを悟り、臥薪が困惑した顔で淳ちゃんと賢ちゃんを見較べる。

沈黙していた霧絵が割り込んだ。

「勝ち負けや運命は、その生の先に否応なしに死が訪れる存在、つまり人間の言い訳。運命とは、死を避けられぬ存在が苦しまぎれに編みだした方便です」

「まるで自分が人でないみたいな言い種だ」

　賢ちゃんの憤った口調に、霧絵は笑う。

「親父臭い、いえ賢ちゃん臭いって言われそうだからあまり口にしたくないけれど、運ぶ命で運命です」

「なんか小賢しいね」

　めずらしく賢ちゃんが挑む目つきだ。霧絵があしらう。

「賢い賢ちゃんからすると、わたしは小賢しいですか」

　淳ちゃんが取りなす。

「まあ、まあ。いちばん小賢しいのは僕だからさ。さあ、タケルの面倒も見終えたし、行こうよ」

　賢ちゃんは黙ってL.L.Beanの通販でとどいたばかりのダッフルバッグに札を移す。

　しばらく好きにさせてあげて——と霧絵が組長や榊原に口をきいてくれたので、今日三人はいよいよ退院を迫られている謝花を病院に迎えにいくのだ。

　松濤の組屋敷に来るように謝花にいえば、駄々をこねるのがわかりきっているので、霧絵のアドバイスで、さしあたりホテル暮らしをする予定だ。タケルとはしばらくお別れだ。

　榊原が送ってくれると言ったが、硬直してしまった謝花を見るのは哀れだ。断った。歩いて渋谷にでた。安売り紳士服の店で謝花の衣裳を整えた。三人も別のカジュアルシヨップで多少の衣類を購入した。

広尾の総合病院でお金を払い、嫌がる謝花にスーツを着せた。どのみち安物だから、というのが口説き文句だった。

安物のスーツでも、もともとが途轍もない恰好をしていた謝花である。すっかり見違えるようになった。謝花が看護師と別れを惜しんでいるあいだに、淳ちゃんと賢ちゃんは相談した。

「霧絵さんの言うとおりにしよう」

「それはいいけど、どこにする」

「ホテルといえば思い浮かぶのは帝国ホテルかな」

じつは、淳ちゃんは霧絵から薦められていたのである。帝国ホテルと聞いて、賢ちゃんが目を見ひらく。

「いくら一流のほうがストレスがないって言われたからって、敷居、高すぎないか」

なにもわからない臥薪が嬉しそうに割り込む。

「帝国ホテルがいい。みんなで泊まろう」

金を稼いだ臥薪がそう言うならば、と賢ちゃんも納得した。淳ちゃんが緊張して電話した。多少は世間を知っているから、無理をせずにいちばん安価なツインを二部屋とった。

「凄く叮嚀な受け答えだった！」

「あたりまえじゃん。商売だもん」

「敷居、高すぎって言ってなかったっけ」

賢ちゃんはとぼけて、臥薪といっしょに謝花を呼びにいった。病院前にはタクシーが並んでいる。助手席に座った淳ちゃんが帝国ホテルまでお願いしますというと、とたんに謝花は落ち着かなくなった。淳ちゃんがあえて軽い調子で言った。

「所詮は宿屋。それに自慰爺はぱりっとした恰好をしてるから、問題ないよ」

けれど謝花は黙りこんでしまった。過剰に構えてしまっている。所詮は宿屋とは思えぬようだ。そこで賢ちゃんが大きなダッフルバッグをそっとひらいてみせた。

謝花は声こそあげなかったが、大きく目を剝き、息を呑んだ。臥薪が怪訝そうに見つめるほどに息を荒らげている。

莫大な札。帝国ホテル。どちらも社会に対して適応できず、過剰なまでに臆病になっている謝花にとっては、相当に刺激が強かったようだ。偉そうなことを吐かしても、五〇〇円玉止まりの、やたらと気のちいさな男なのである。

六本木通りを抜け、たいした渋滞にも遭わずに霞が関から内幸町、日比谷公園の緑を左に見ながら、タクシーは帝国ホテルの車寄せにつけた。謝花はダッフルバッグの中から札を大量に摑みだした。

「つ、釣りはいらん」

あわてて淳ちゃんが抑える。

「やめなよ、自慰爺。広尾から有楽町までそんなたくさんの万札を払う人なんて、いないって。逆におかしいって」

運転手も困惑している。淳ちゃんは謝花の手から一万円札を一枚奪いとって、運転手にわたした。これでお願いします。お釣りはいいですから——それでも運転手は顔を輝かせた。

ドアマンが迎え、なにも知らないベルボーイがダッフルバッグに手をかけた。運んでくれるというわけだが、密かに緊張した。フロントで淳ちゃんが予約を告げる。さすがにすこし頬がこわばっている。隣ではインド人だろうか。慣れた調子で遣り取りしている。端正な、学校の先生のような発音の英語だった。

いきなり淳ちゃんの肩に手がかかった。謝花だった。淳ちゃんを押しのけて、フロントマンに言った。

「さ、最高の部屋を用意しろ。さ、さ、最高の部屋だ」

フロントマンはにこやかに応対する。

「ご予約はスタンダードのツインを二部屋でございましたが、どういたしましょう」

「だから、さ、最高の——」

「インペリアルフロアのスイートならば、二部屋ご用意できます。ただ禁煙フロアでございますが、よろしいでしょうか」

「それ。それだ」

淳ちゃんが臥薪と賢ちゃんを振り返って、肩をすくめ、首を左右にふる。

前金を要求された。淳ちゃんは幾日分かのツインの代金をポケットに用意していたが、それでは当然たりない。

謝花がダッフルバッグをよこせと振りかえった。上擦った声だった。無造作に、けれど烈しく震える手で万札を摑みだそうとした。淳ちゃんはあわてて押しとどめた。

フロントで淳ちゃんと賢ちゃんがあせり気味に札を数えた。とりあえず一週間分ということで百五十万ほど支払った。

心強いのは、百五十万払っても、ダッフルバッグの中身はまったく減ったように見えないことだ。

荷物はカジュアルショップで買った衣類の袋とダッフルバッグひとつだけなのに、二部屋とったせいかベルボーイがふたり、案内に立った。

十四階だった。他の階とちがってエレベーターフロアをでると和服を着た女性のゲストアテンダントが控えていた。しかも客室に至る通路の前には透明な両開きのドアがあり、そのフロアに泊まっている者のカードキー以外ではひらかないようになっている。

よけいなちょっかいをださないか心配だったが、謝花はがちがちで、美しいゲストアテンダントのほうを満足に見ることもできなかった。

廊下を行くと、他の部屋の倍ほどもある木を組み合わせた立派なドアの部屋があった。淳ちゃんが立ちどまる。ベルボーイがにこやかに見守る。

「フランク・ロイド・ライト・スイートだって」

物怖じしない賢ちゃんが訊く。

「一泊いくらですか」

「四十万円でございます」

目を丸くする。もっとも淳ちゃんは霧絵から一流のホテルに泊まれと言われたとき、彼女から帝国ホテルには一泊百万以上する部屋があることも聞いていた。

それよりも値段を聞いて、謝花がまた札を摑みだしたりしないか心配したが、杞憂に終わった。

謝花の虚勢はフロントの遣り取りで使い果たされてしまったらしい。緊張のあまり、右足を踏みだすと右手が前にでてしまう、なんばと呼ばれる歩行になってしまっていた。器用なものだ、と思ったが、淳ちゃんはもちろん黙っていた。

謝花と臥薪の部屋は手前だった。謝花にダッフルバッグを持たせるとあぶないので、淳ちゃんがさりげなくベルボーイに目配せして自分のほうにきてもらった。

フロアのずいぶん奥まで進んだ。スイートは甘いという意味ではない。そんなことは、賢ちゃんはともかく、淳ちゃんだって知っていた。

それでも想(おも)い描いていた煌(きら)びやかなものとはまったく別の、どちらかといえば地味な落ち着いた部屋に案内された。

ベルボーイは賢ちゃんがぎこちなく差しだしたチップをにこやかに辞退し、どのようなことでも御相談くださいと言い残して退出した。

二間続きの最初の部屋にはデスクや応接用のソファーなどの他に、黒い革張りのリクライニングチェアがあった。トイレが二カ所あると賢ちゃんが素っ頓狂な声をあげた。淳ちゃんはためしにリクライニングチェアに座って、驚いた。ここまでしっとり柔らかな革があるとは思ってもいなかった。

賢ちゃんが隣の部屋から飛びだしてきた。おおげさに手招きする。淳ちゃんが苦笑しながらリクライニングチェアから起きあがって寝室にはいると、賢ちゃんが派手にベッドにダイブした。

家庭にあるベッドとは高さも大きさもちがう。もちろんスタンダードの部屋にあるベッドとも格がちがう。淳ちゃんもベッドに横たわってみた。

「なんか、このまま寝ちゃいそうだ」

溜息をついていると、液晶アクオスかよと呟いて賢ちゃんがテレビのリモコンをオンにした。なんかそぐわないな、と思いつつ淳ちゃんは半身をおこした。

衛星放送ではCGを多用したスピルバーグ製作の映画をやっていた。見逃していたものだ。うまい具合にはじまったばかりだ。淳ちゃんはすぐに見入った。賢ちゃんが窓際にいって、カーテンを引っぱった。

「おかしいな、すっげー重たい。高級なカーテンだからかな」

そんなこともないだろうと思いつつ、片目で液晶画面を見つつ、ふと気付いた。悪戯心がおき、さりげなくスイッチを押した。カーテンがおごそかに動きだした。賢ちゃんがおおげさに飛び退いた。電動なのだ。手許で開け閉めができるのである。

恥ずかしがることもないのだが、賢ちゃんは妙に照れてベッドにもどり、悪ぶって靴も脱がずにどさりと座ると、映画に熱中しはじめた。

＊

謝花は虚脱した表情で、リクライニングチェアに軀を横たえた。臥薪は高い天井や、巨大なベッドに驚愕している。

重厚なボードのうえにあるものがテレビであることはわかったが、操作方法がわからない。いまだかつてまともにテレビを見たことがないからだ。臥薪は謝花に甘えた。

「自慰爺、テレビが見たい」

謝花は顔だけ臥薪にむけた。光の加減か、その眼が赤く輝いた。しばしの沈黙の後、低い声で訊いた。

「なんで、こんなところにいる」

「霧絵さんが、泊まれって」

「誰だ、それは」

「高階組長の子供。女の子」

「——なんで組長の娘が」

臥薪は困惑した。説明できない。謝花の傍らにいき、膝をついて言った。

「自慰爺はヤクザが嫌いだから、ヤクザの家は居心地が悪いだろうから、淳ちゃんと賢ちゃんが心配してくれた」

「舐めるな」

「——ごめんなさい」

「俺はな、ヤクザなんぞ怖くない」

さらに付け加える。

「ここだって、たかが宿屋じゃねえか」

所詮は宿屋と言ったのは淳ちゃんで、その受け売りだ。臥薪とふたりだけになると、やたらと居丈高にふるまいだす謝花であった。臥薪は謝花の腕をとり、精一杯の笑みをつくって言った。

「自慰爺も見たでしょう。お金なら、たくさんあるんだ。競馬場に行った。たりなくなったら、また行くからだいじょうぶ。自慰爺は病気あがりだから、ここでゆっくりしてくださいって」

「あのガキ共が言ったか」

「――そうは言ってないけど」

「なんで嘘をつく」

「嘘じゃなくて、淳ちゃんも賢ちゃんもそう思ってるんじゃないかって」

音もなくリクライニングチェアの背もたれが起きあがった。謝花は立ちあがると、スーツの袖口を一瞥した。ゆっくりスーツを脱いだ。赤い眼で臥薪を見おろす。シャツを腕まくりした。臥薪は黙って真っ赤な目の謝花を見あげていた。

次の瞬間、臥薪の頰が爆ぜた。

一切の加減がなかった。

臥薪はフロアに転がった。

「立て」

震えながら臥薪が立ちあがる。

謝花が振りかぶる。

殴打した。

連続して、殴りつけた。

臥薪のちいさな軀がそのたびに吹き飛ぶ。

謝花は暴力の陶酔のなかにある。いよいよ瞳が赤い。血の色に染まっている。その唇がせわしなく動いている。おなじ言葉を繰り返している。

——恥を掻かせやがって。恥を掻かせやがって。恥を掻かせやがって。恥を掻かせやがって。恥を掻かせやがって。恥を掻かせやがって。恥を掻かせやがって。恥を掻かせやがって。恥を掻かせやがって。恥を掻かせやがって。ガキが、恥を掻かせやがって。

どれだけ殴りつけたことだろうか。ようやく謝花は拳をおさめた。肩で息をしている。仁王立ちだ。

臥薪は四つん這いになって、床を見つめて動かない。滴り落ちる鼻血が尋常でない。絨毯のあちこちで盛りあがっている。掠れ声が洩れた。

「自慰爺」

「——なんだ」

「なんで、なんで僕を撲つの」

悲しく問いかけ、顔をあげた。

早くも大きく変形し、顔全体が青黒く膨らみはじめていた。裂けてまくれあがった唇の内側から薄桃色の肉がはみだしている。鼻からの出血で顔の下半分、そして胸元にかけてが真っ赤に染まっている。

「ねえ、なんで僕を、撲つの」

腫れあがって前が見えない瞼で、問いかける。

立とうとした。

転がった。

臥薪は転がって天井をむいたまま、黙って涙を流しはじめた。

**覚醒しかけた。**

**臥薪が覚醒しかけた。**

**赤い眼のキリストは逃げだすことにした。時期尚早だった。しかも覚醒させてしまうと無が拡がることを悟った。完全なる、無だ。手に負えない。**

**しかも——。まだ謝花は臥薪に依存している。謝花は臥薪なしには生きていけない。**

謝花をモノにするには、なんらかの新たな依存対象を与えてやらねばならないだろう。

媒。

こんな粗末な男が必須なのだから、存在とは皮肉なものだ。だが、赤い眼のキリストにも媒は必要不可欠だ。

媒、すなわち繫ぐ者がなければ、赤い眼のキリストは名前にすぎず、概念にすぎない。

謝花の耳や口や鼻から深紅の血飛沫（ちしぶき）のようなものが逃げだした。

仁王立ちしていた自慰爺の頬に狼狽（ろうばい）の引（ひ）き攣（つ）れが疾（はし）った。喉仏がぎこちなく上下した。口が閉じなくなった。震えた息を吐いた。もう瞳は血の色ではない。膝をついた。その膝でにじりよって、臥薪を抱きおこした。

臥薪の唇がわななきながらも、動いた。

――なんで僕を撲つの。

声は発せられなかったが、謝花は唇の動きを読み、そして絞りだすような声で応えた。

「おまえしか、俺にはおまえしかいないからだよ」

謝花は臥薪を抱きしめ、嗚咽しはじめた。それに呼応するかのように、ようやく臥薪が泣き声をあげはじめた。

＊

淳ちゃんと賢ちゃんは、金属生命体が戦闘機からロボットに形状を変える場面で、ベッドを揺らして歓声をあげていた。テンポのよい画面の連続に、謝花と臥薪のことなど、きれいに失念していた。

＊

どれほど泣いていただろうか。謝花は我に返った。

臥薪は発熱し、朦朧としはじめていた。顔の腫れもいよいよひどくなり、目や鼻の位置もわからぬほどだ。

謝花は狼狽え続けている。正太郎、正太郎と声をかけて揺するばかりだ。淳ちゃんたちに力になってほしいのだが、部屋がどこであるかわからず、大の大人が為す術もなく途方に暮れて、ただただ無闇に臥薪を揺すり、声をかけ続ける。

＊

防音のたしかなインペリアルフロアのスイートでは、淳ちゃんたちが超越的なCGにいかに歓声をあげようが、謝花がどれだけ烈しく暴力を振るおうが、物音は一切他に伝わらず、ホテルは徹底した静寂のなかにあった。

＊

「正太郎」

いきなり声をあげ、霧絵は大きく目を見ひらいた。

「お嬢様、いかがなされました」

茂手木さんが問いかけたが、答えない。

霧絵は中空を睨みつけ、顔色をなくして震えていた。あわせて車椅子もちいさく揺れている。

「それでも、媒――」

溜息まじりに呟くと、がっくり首を折る。それきり霧絵は動かなくなった。

臥薪の身になにか起きたことはわかった。けれど霧絵が説明してくれない以上、茂手木さんは息を潜めるしかない。謝花の謂れなき暴行を受けて死にかけている臥薪の様子を知ったら、彼女は卒倒していただろう。

＊

淳ちゃんと賢ちゃんは見逃していた映画を見続けた。すっかり暮れていた。ようやく空腹を覚えた。謝花の部屋にむかう。ドアホン越しに遣り取りする。

「おまえたちか」

「夜御飯、食べにいきましょう」

「ハウスキーピングとかいってな」

「なんのこと」

「よくわからん。係がやってきやがった」

「ああ、カーテンを閉めたりベッドカバーを外してくれたりする人でしょう。僕たちの部屋にもきて、バスタオルとかも替えていってくれたよ」

ようやくドアがあいた。血の気をなくした謝花の顔を見るまでもなく、なにかおかしいなとは思っていた。賢ちゃんが絨毯を汚した血に気付いて眉を顰めた。

「ひょっとして自慰爺――」

「うるせえ。早く鍵をかけろ」

「正太郎は」

「――寝てる」

淳ちゃんと賢ちゃんは寝室に駆けた。

子供であることは大きさからわかったが、凄まじく腫れあがったその顔に臥薪の面影はなかった。ふたりは変わり果てた姿に、呆然とした。

賢ちゃんが臥薪に触れ、凝固した。

「やばいよ。すごい熱だよ」

いくら名を呼んでも、反応はない。幽かに呻き続けるばかりだ。淳ちゃんが背後を振り返った。

「自慰爺、なんで、こんなひどいことを」

「――おまえたちに、わかりゃしねえさ」

「わかるもなにも、なんで、ここまで」

「このガキな、テレビを見たがった」

淳ちゃんには謝花がなにを言っているのかわからない。よほどテレビが見たいと駄々をこねたのだろうか。

「正太郎はテレビ、まともに見たこと、ないんでしょう?」

問いかけると、吐きだすように応えた。

「このガキな、俺を哀れみやがった」

「だって正太郎は、自慰爺が高階組にお世話にならなくてもすむように、榊原さんに頼んで、買いたくもない馬券を買って、退院した自慰爺にゆっくりしてもらおうと」

顔色をなくして黙りこんでいた賢ちゃんだったが、謝花を一瞥して、受話器をとり、フロントに電話した。

「はい。お医者さんをお願いします。子供です。小児科……どうなんだろう。怪我をしています。打撲っていうんですか。救急車。いえ、とりあえず、その、お医者さんを。とにかくお医者さんを」

謝花がまばたきを忘れて狼狽える。

「医者を、医者を呼んじまうのか」

「当たり前でしょう。抛っておけるわけないじゃないか。正太郎が死んじゃうよ。おまえは人殺しじゃないか」

途中から激して、挑む眼差しだ。しばし睨みあったが、謝花はすぐに視線をそらした。せわしなく貧乏揺すりをはじめる。この男は臥薪の手当てなど二の次で、自分が為したことが露見することだけを恐れているのだ。

すぐに医師がやってきた。黙って臥薪と謝花を見較べた。ちいさく息をつき、治療をはじめた。

謝花は立ったまま俯いて、せわしなく貧乏揺すりをし続けている。その口許が引き攣れ気味に動いている。気配から察するに、なんらかの呪詛(じゅそ)の言葉を吐いているようだ。

隣室ではホテルマンたちが血で汚れた絨毯を替えている。ベッドにも相当血が沁みているが、とりあえず臥薪を動かせないので、このままということになった。

医師が顔をあげ、謝花を睨みつけた。

「どうやら鼻骨などは奇跡的に折れていないみたいだが、どれだけ殴りつければ、こうなるのかな」

「き、教育だ。よけいな口をださんでくれ」

「あなたは、いつも、こういうことをしているのですか」

「してるわけ、ねえだろうが。あんた、適当なことを言わんでくれ。なあ、おまえたち。なんか俺、誤解されてるよ」

淳ちゃんと賢ちゃんが醒めた目で見かえすと、謝花は虚ろな笑みを引っこめ、ふたたび俯いてしまった。また貧乏揺すりをはじめるのかとうんざりしていると、謝花は急にその場から立ち去った。どこへ行くのか、と医師が声をあげると、震え声でかえしてきた。

「小便だよ。トイレだよ。逃げるわけじゃねえよ」

自分で逃げると言っているのだから世話がない。案の定、謝花はいつまでたってもトイレから出てこない。

ホテルマンが氷嚢(ひょうのう)などを用意してくれた。腫れあがった臥薪の顔にあてがう。するとちいさく呻いて、言った。

「自慰爺は、悪くないんです。許してあげてください。僕がテレビを見たがったから。僕が嘘をついたから。僕が、悪いんです」

「かわいそうに。怯えているんだね。自分を責めなくていいからね。なにがあったって、暴力は許されないんだよ。まして年端もいかぬ君のような子供を——」

臥薪が力なく手をのばした。医師の指先に触れる。きつく握りしめた。医師は両手で握りかえし、唇をきつく結んだ。

「こういう場合、私には児童相談所に連絡する義務がある」

淳ちゃんと賢ちゃんを見やる。淳ちゃんが硬い表情で言った。

「謝花さんは、身寄りのない正太郎をずっと育ててきました。普段は、こんなことはないのです。どうしてしまったのでしょうか。まさに魔が差したとしか言いようがありませんが、僕が責任をもちますといっても、リアリティーがないでしょうが、僕が責任をもちます。正太郎は僕たちといっしょに寝ます。謝花さんにはわたしません」

それから身元引受人として高階組組長の名と住所を告げた。医師はまだ憮然としているが、今回だけは――とちいさな声で呟いた。さらに付け加える。

「絶対にあの男に近寄らせては、だめだよ」

淳ちゃんが大きく頷いた。賢ちゃんはベッドサイドに座って、臥薪の手を握っている。

「おい、アンパンマン」

「それは僕のこと？」

「そうだよ。正太郎はアンパンマンになっちゃった」

「すこし、いやかも」

大きく腫れあがった顔で健気に笑う臥薪を一瞥して、医師は大きな溜息と共に立ちあがった。それを潮にホテルマンたちも静かに立ち去っていった。謝花はまだトイレから出てこない。

## 8

秋雨が降りこめている。前線が停滞しているらしい。犬舎から遠吠えがきこえる。

霧絵はもてあましていた。

内側から迫りあがるものだ。

最初に発生するのはどのあたりだろうか。おそらくは脳の内側だ。そこで発生したパルスが後頭部のごく一点に凝縮される。発火して頸椎を突き抜けていく。まだ躊躇いがちな蛇行がみられる。ところが脊椎のなかの白い神経線維を疾って下降していくうちに過大に増幅される。腰椎のあたりでついにパルスは周囲にまで漏電するかのように青褪めた無数の触手をのばして進退窮まる。仙椎に凝固して爆ぜた瞬間に叫ぶ。

「茂手木さん！」

「はい」

「源川を呼んで」

「少々準備のお時間を」

「いいから、いますぐ」

「──はい」

周期的にあることとはいえ、今回はいつもより早い。茂手木さんはおろおろしながら小走りに廊下をいく。

準備をしなければ、と源川が呟く。茂手木さんが大きく首を左右にふる。

「早くいらしてくださらないと、もう御機嫌を損ねかけていらっしゃいます」

源川は溜息を呑みこんだ。霧絵の前で注射などしたくはないが、しかたがない。素早くクラッチバッグを摑む。小柄な軀を前傾させて濡れ縁をいく。あとを茂手木さんが追う。源川が霧絵の部屋にはいると、茂手木さんは外から扉を閉めてしまった。

霧絵は源川の顔を見たとたんに幽かな安堵を泛べた。

源川は霧絵の様子を素早く窺う。前回からまだ十日ほどしかたっていない。さりげなく訊いた。

「お嬢様、まだその時期ではないのでは」

「知らないの？　ＰＭＳは黄体期におこるものなの」

源川が困惑する。上目遣いで見つめる。その一方で慣れた手つきでクラッチバッグをひらき、硯をとりだした。細かい彫刻の施された硯を目で示す。

「お嬢様の前でいささか不調法なことをしなければなりませんが、お許しください」

それには応えず、居丈高に言う。

「ＰＭＳ、premenstrual syndrome よ。月経前症候群のこと」

「それは、その、なんと申しましょうか、気持ちが亢進するのですか」

霧絵は肩をすくめた。それがなにを意味するのか、源川にはわからない。霧絵が源川の顔を一瞥して嘯く。

「そういう症状があるらしいわ。イライラして、怒りやすくなって、憂鬱になって、集中できなくなって——女は大変なの」

それならば女のすべてが当てはまるのではないか。もちろんよけいなことは言わない。源川は一礼して硯を畳のうえにおいた。

「それは端渓？」

「はい」

「冗談で訊いたの。なんだか装飾過多って感じだけれど、ほんとうに端渓なんだ」

「はい。ちいさなものながら、老坑です」

つぎに源川がクラッチバッグからとりだしたのは墨ではなく、大きめのフリージングパックにはいった大量の白い結晶だった。片手で器用にファスナーをひらく。

「中毒者がそれを目の当たりにしたら、失禁してしまうかもしれないわね」

「極上の雪ですから」

「大切な商売道具？」

「はい」

「源川は中毒していないの」

「どうでしょうか。巷(ちまた)で出まわっているナフタリンを混ぜたような代物とはちがいますから不調は覚えませんが、無傷というわけでもないでしょう」

いったん、息を継ぐ。

「仕事ですから多少のリスクは」

「プロフェッショナルね」

「趣味と実益と仰ってください」

「嫌気がさすことは、ないの」

「ありますよ。でも、仕事ですから」

霧絵の頬が皮肉に歪む。

「さすが、稀代のスケコマ師」

「――お褒めにあずかりまして」

「褒めてないわ」

源川の頬も得体の知れない笑みに歪む。笑いの真似のような笑いである。最上の笑いにみえて、笑いに到達していない。霧絵が凝視する。源川が笑っていないことを悟る。

言葉の遣り取りの最中も源川の手は休むことなく動いている。手にしているのはごくちいさな黄金のスプーンだが、形状は耳掻きそのものだ。純度が高いメタンフェタミンのクリスタルメッスなので、耳掻きで扱うくらいでちょうどよい。

源川の手入れの行き届いた手指はすべての女が色香を感じる繊細さをもち、しかも男っぽい。甲に浮かびあがった血管の美しさは、あやうい稲妻を思わせる。その巧みな動きが妄想を湧きあがらせる。

「それは」

「精製水です。純粋な水ですね。コンタクトレンズなどを洗うのに使うものですが、こうしてシャブを溶くのにも用います。私はプロですから、茶碗の糸底に落として薬罐の蓋についた水滴で溶くような粗雑な真似はいたしません」

「真顔で言うから、おかしい」

「面白がっていただけましたか」

「すこしだけ」

とたんに源川は満面の笑みである。先程の虚構じみた笑みとはべつものの、稚気と雑味のない男っぽさが漂う。

その笑みに打たれたかのように霧絵の頰から皮肉が消える。食い入るように見つめる。喉仏が幽かに上下した。

源川は硯の墨池に落とした結晶に精製水を注いだ。吸湿して控えめに爆ぜる音がした。指先をつかって丹念に溶いていく。

「純度が高いので、なかなか溶けません」

ごりごり音がするくらいに力を込める。完全に溶けたのを見計らい、その濡れた指先をひょいと差しだす。

指先が霧絵の口に挿しいれられた。

「どうですか」

「――苦い」

「快楽の苦味といったところでしょうか」

「わたしには、必要ない」

「もちろんです。奉仕するしか能がない私のような者にこそ必要な代物です。アンリ・ミショー、御存知ですか」

「誰」

「ベルギー生まれでしたか。二十世紀の初頭から中頃までフランスで活躍した詩人にして画家です」

「それが、どうかしたの」

「その詩画集に〈みじめな奇蹟〉というものがあります。あるいは〈荒れ騒ぐ無限〉というものも。メスカリンというLSDに似た幻覚剤を自ら用いて、その精神状態を記録したものですが、私は自分の行っていることを、若干の自己憐憫と共に〈みじめな奇蹟〉と呼んでいるのです」

「そういうことをぺらぺら喋って、女を誑かすわけ?」

「そのとおりです」

まったく意に介さない。

「で、ミショーには〈夜動く〉というすばらしい散文詩もあります。私はそれらに影響を受けて」

「スケコマ師になった」

「そのとおりです。職業に貴賤はないと申しますし」

「似合わない」

「まったくです。だがミショーに影響を深く受けているのは事実です。ところで職業に貴賤はありませんが、収入には差があります。貴賤はどうでもいいのですが、収入差はなんとかしていただきたいものです。平等と博愛の阻害はいたたまれません」

「コミュニスト？」

「これでも私はヤクザですから国家社会主義者ですと答えたいところですが、どちらかといえばやはりコミュニストでしょうね。平等と博愛は、私の生き甲斐ですから。私は幸福を与えたいのです。ただし、異性に対してのみ――ですが」

「幸福の押し売りじゃない」

「ええ。幸福なんて、押しつけるくらいで、ちょうどの代物なんです」

　脈絡のないお喋りで霧絵の緊張をほぐしているのである。パッケージを裂く。注射器があらわれた。ベクトン・ディッキンソンの細身の注射器である。薬液を吸いあげる。

「ディスポーザブルなんですよ。電子研磨された、潤滑剤付きの針です。これなら醜い痕もほとんどのこらないし、よけいな肝臓の病気などを引き受けなければならないこともない、というわけです」

注射器内の空気を抜いて、悪戯っぽい眼差しで続ける。

「パーフェクトなマゾヒストにしてサディストのお嬢様。お願いします」

差しだしたのはバンダナを裂いて編んだ細紐だ。顎で左の上膊を示す。きつめに結わいてくれと囁く。ややぎこちなく紐を扱う霧絵の洩らす息が不規則に乱れる。上腕二頭筋が括れるほどに締めあげると、すぐに血管が浮きあがった。

ちいさく頷くと、まったく躊躇いなく針を突きたてた。軽くピストンを上下させると、注射器内の薬液のなかに血液が逆流し、濁った朱色のちいさな薔薇の花が咲く。

「こうしてもったいつけるから針貧乏なんて言われるんです」

「ときどき映画なんかで、腕を締めあげずに針を刺したりしているわ」

「あの手のリアリズムの欠如は許し難いものがあります」

言いながら、すべてを血管内におくりこんだ。やや横柄に顎をしゃくる。霧絵は頷き、細紐をほどいてやった。

源川はちいさく息をついた。髪をいじっているのは、薬液が軀のなかを巡ったとたんに頭髪が逆立つ錯覚がおきるからだ。

「さ、もう挨をたててもかまいません。茂手木さんを呼んでください」

首をすくめるようにして茂手木さんがはいってきた。霧絵が短く命じる。

「床。延べて」

源川が車椅子の霧絵を移動させた。部屋の真ん中に布団が敷かれた。茂手木さんは一礼すると、そそくさと退出した。

いきなり源川が全裸になった。小柄だがバランスのとれた軀だ。やや不釣り合いなくらいに熱り（いき）たってみえるが、じつはごく平均的といったところだ。

車椅子の上から見つめる霧絵の後頭部に手をかける。引きよせる。薬理作用もあって、漲（みなぎ）っている。霧絵が源川の腰を抱く。

しばらく奉仕を続けて、霧絵が切れぎれに訊く。

「あの、なんて言えばいいのか、この、こんな硬さは、誰でも、こうなの」

「さあ。私は他の男は知りません。一応の評価は、誰よりも硬いと」

「女が言う」

「そのとおりです」

「聞きわけのない硬さです」

「まったくです。難儀しています」

「でも、これで御飯を食べているわけなんだから」

源川はそっと霧絵の頭を撫でた。

「お嬢様のお相手でなければ、覚醒剤も不要なんですけれどね。残念ながら俺ごときがお嬢様に対抗するには、薬物の助けがいる、ということです」

「俺」

「砕けすぎですか。畏まったほうがいいですか」

「いいえ。俺で。それと」

「はい」

「わたしに命令して」

「それは、なかなか難しい」

呟きながら、ひょいと抱きあげた。

そっと布団に横たえる。切羽つまった声をつくって訴える。

「もう我慢できない」

「いいわ」

「我慢できないから、見る」

「見て」

加減なしにすべてを剝ぎとった。霧絵は身を竦めるようにして布団のうえに横たわっている。

「してほしいことは」

「率直に、して」

「わかった。霧絵。いくよ」

霧絵の両脚は、自分の意思ではまったく動かない。源川は容赦なく霧絵の足首に手をかけた。左右に拡げる。

やや不自然なかたちにねじまがった。

霧絵にはどうすることもできない。頬に引き攣れるような狼狽が疾る。

源川はさらに不自然なかたちに霧絵をねじまげた。霧絵は顔をそむけた。

とても長い脚だ。おなじ年頃の娘に較べれば多少、細めではある。だが、外見からは欠落も判然としない。適度に鍛えられた長距離走者の脚を想わせる。いまにも走りだしそうに見えるから、残酷だ。

それでも、見つめているうちに、長すぎて逆にややバランスを欠いているように感じられてくる。

冷たい眼ですべてを見おろす。

脚をねじまげられたせいで露わになった性の傷口は幼児じみた光景だ。未発達である。それでも充血して血の色めいている。源川はそこに充分な愛撫(あいぶ)を加えたい慾求(よっきゅう)を覚えた。だが、率直に――とのことだ。すべてを省くことにした。

強引に断ち割った。

そうされたかったから呼んだのだが、霧絵は引きしぼるような叫びをあげた。脚が使えぬぶん、腕で源川を絡めとる。

自らを殺して奉仕し続けることができる源川であるが、なによりも相手がしてほしいことを読みとる能力に長(た)けている。ときに首に手をかけ、絞める。眼球に舌を挿しいれる。脇腹や腋窩に犬歯をたてる。内腿(うちもも)などの柔らかい部分を狙って爪をもちいる。

無感覚な脚部末端からさかのぼっていき、麻痺(まひ)と過敏の境目をさがしだす。グレーゾーンとでもいうべき部分だ。微細な反応を確かめながら源川の指先は、そこを確実にさぐりあてる。その曖昧な境界を痛めつける。明瞭と不明瞭のはざまで霧絵が乱れる。

霧絵は拒絶しながら密着を訴える。同時にグレーゾーンに加虐されることを希(こいねが)う。ほしいものは感覚である。

霧絵は過剰なまでに感覚を慾する。結果として、痛みを求める。無感覚な脚であるが、グレーゾーンに至って、唯一のわかりやすい感覚として、痛みがある。

快(かい)と痛みが重なりあった瞬間に、忘我に陥り、後頭部が烈しく床を打つ。

十数度ほど霧絵が極めるのを見届けて、動作を抑えた。これ以上、加減せずに送りこむと霧絵は酸欠で不快になる。いまでも失神しかけているのだから。

やがて霧絵の黒眼がもどってきた。源川は霧絵の口の端から流れた唾液をやさしく舐めあげた。まだ霧絵は周期的に烈しい痙攣をおこす。微妙に焦点が定まっていない。

　源川は霧絵が極めてしまわぬように、けれど揺蕩うような快が持続する程度にごく控えめに動作し、支配する者のように囁く。

「あえて訊く」

「訊いて」

「組長たちが教団を立ちあげると言っていたが」

「ああ、そのこと」

「事実なのか」

「いやなの」

「俺は古臭いのかな。なんでもありは、ちょっとヤクザにそぐわない気がする」

「わたしがいるから非合法なことに手をださなくても組を維持できてしまうでしょう。そうするとリスクを冒すのがバカらしくなるようね。いま、いちばん儲かるのは宗教よ。信教の自由とやらで徹底的に法律で保護されているばかりか、信者たちはすべてを擲つわ。身も心も、そしてお金も」

「それで教団か——」

　源川は苦々しげに眉を顰める。

「宗教は嫌い？」

「わからない。わからないんだ」

「たしかに父や榊原が考えているものは、かなり胡散臭いかもしれないわ。けれど、わたしが、そして正太郎が関わるから、まったく別のものになる」

「ヤクザが税務対策を考えるなんて、耐えがたい」

「それだけでもないのだけれど」

「そうか。霧絵が教祖になるなら、話はべつだが」

「お世辞がうまい」

「うん。スケコマ師だから」

「わたし、あなたの心が読める」

「いやな女だ」

「ほんとよね。でも」

「でも？」

「でも、ありがとう」

「なにが」

「わたしに言わせるの」

「言え」

「あなたの心のなかには、わたしに対する無私の愛情がある」

「――最悪だ。ほんとうにいやな女だ」

「自分でも、そう思うの。ときに、この命を終わらせてしまいたいくらいに」

霧絵が溜息をついた。源川の腕のなかで、霧絵の体温が一気にさがっていく。

「わたしは身近な者のすべてが読めてしまうでしょう。だから茂手木さんやあなたのようにわたしに帰依した人ならいいんだけれど、そうでない人を近づけると、発狂してしまいそうになる。見ぬもの清しとはよく言ったものね。こんなに鬱陶しい人生ならば、とっとと終わらせてしまいたい」

「自己否定は好みではない」

「あのね」

「なんだ」

しばし躊躇ったが、霧絵は沈みきった声で告げた。

「わたしは慾望が目覚めてしまった」

「なんのことだ」

「慾望が目覚めてしまったから、わたしはこうしてあなたをおなかの中に潜り込ませている。わたしの慾望は抑制しようがなくて、際限がない」

「慾望か。おまえだけじゃない。すべての者が慾望から逃れられない」

「幼いうちは、こんな濁った慾望とは無縁だったわ」

「どういうことだ」

「わたしだって正太郎のようなときがあったってこと」

「正太郎――。あの子供か」

「正太郎のような無垢でなくては、資格がないの。わたしには資格がなくなったの。せいぜいが介添え役かしら」

「なんの資格だ」

「資格――そうね、なんと言えばいいのか。世界を終わらせる資格、かしら」

源川は組み敷いている霧絵を見つめる。その頬に泛んでいるのは絶望の影だった。どのような存在よりも傍若無人であったはずなのに、霧絵は無垢の喪失を嘆き悲しみ、果無んでいた。

霧絵が弱々しく頬笑んだ。

「わたしは、あなたしか知らない。他の男では、たぶん能力的にわたしをいっぱいにするのは不可能だから。あなたは肉体的にも強いけれど、なによりも心が強い」

「心の強いスケコマ師」

「自嘲しないで。わたしは他の男と比較するわけにはいかないけれど、おそらくは肉体的にはごく標準なんでしょう」

「ああ。若干、標準を下まわっているかもしれない」

「全然関係ないのね」

「関係ない。必要なのは、愛情だ」

「ぬけぬけと」

「まったくだ」

源川はいきなり加減せずに全体重を霧絵にあずけた。きつく頬ずりする。耳朶を咬む勢いで言葉を押しこむ。

「いいか。生きるということ自体が、それ自体が慾望なんだ。慾望が目覚めてしまったから資格が失せたのではなくて、もともと誰にも資格なんてないんだ。臥薪正太郎とやらだって、それはおなじことだ。なぜなら、臥薪正太郎も息をしている」

「むきにならないで」

「だが、おまえに資格がないなんて、耐えられない」

「わたしは諦めているから。正太郎にすべてを賭ける」

「賭けるって、なにを」

「それが、わたしにもよくわからないの」

「難儀だな」

「あ——」

「どうした」

「難儀だな、って言いながら、わたしのことをいとおしいって思ったでしょう」

源川は、めずらしく乱れてしまった呼吸を整える。

「――怖い。正直、薬物の助けがなければ、とっくに萎えてしまっているよ」

「心を読まれてしまうから」

「そうだ。どんなに集中力があったって、常におまえのことだけを思っているわけにはいかない」

「わたしはそんな無理を望まない。一瞬の真実で満足することができるの」

見つめあった。源川の顔が切なげに、苦しげに歪んだ。名を呼んだ。

霧絵――。

しばしあいだをおいて、また呼んだ。

霧絵。

そして、連呼した。

霧絵。霧絵。霧絵。霧絵。霧絵。霧絵。

声に合わせて加減せずに動作しはじめた。性を職業とする男から、完全に職業意識が消えていた。源川と霧絵は交情した。

*

夕刻というには、暗い。そんな時刻になってしまった。源川は半日以上かけた。さすがに霧絵も限界がきた。皮膚があまり強いほうではないから、血とリンパ液が流れだしていた。敷布を薄桃色に染めている。

虚脱しきった霧絵の様子を見てとって、源川は離れようとした。霧絵がすがった。源川は頷き、男の顔になった。

たいして時間もたたぬうちに霧絵の奥底に精を充たした。脈動のさなか、冷静な源川がこらえきれずに控えめな雄叫(おたけ)びをあげた。そのまま頽(くずお)れる。全体重をあずける。

霧絵は労(いたわ)りの手つきで源川の背を撫でた。脊椎に汗がまとわりついている。とりわけ腰のまわりなど風呂あがりのようだ。尋常でない熱気だ。源川が切れぎれに訴えた。

「まるでツブレがきたかのようです」

ツブレがなにをあらわすのかよくわからないが、霧絵はそっと囁いた。

「お疲れ様です」

気力を振り絞って源川が体重を抜こうとした。霧絵は源川の臂に手をかけ、それを押しとどめた。

「重くしていて。どう頑張ったところで、結局、最後には離れてしまうのでしょう。離ればなれになる」

「――はい」

「ならば、それまで、わたしに重みをかけていて」

いったん、息を継いで、付け加える。

「すべては離ればなれになる」

「寂しいことを言う」

「まだ、人々は、真の離ればなれを知らないの。ほんとうの離ればなれ。永遠の離ればなれ」

瞬間、源川の肌が収縮した。

真実の孤独とでもいうべきものの片鱗（へんりん）が、伝わってきたのだ。

すべてのものが遠ざかっていく。

自分が宇宙の中心で、自分を中心として、すべてのものが遠ざかっていく。

頭を抱えたくなった。中心であることの不安と悲哀が源川を嘖（さいな）んだ。

小半時もそうしていただろうか。さすがの源川も柔軟にかえり、緻密な霧絵から追いだされてしまった。源川は上体をおこした。霧絵にむけて一礼した。

追い打ちが必要なときのために寝具の傍らに安置してあった硯や注射器、そして結晶をクラッチバッグにしまう。

一呼吸おいて、微妙な寂寥を追い払うがごとく、抑揚を欠いた声をかける。

「不調法はございませんでしたでしょうか」

もう職業人の顔にもどっていた。霧絵も醒めた声をかえす。

「茂手木さんを呼んで」

源川は霧絵の着衣に視線を投げる。身支度を手伝わなくていいのかと眼で訊く。霧絵は黙って首を左右に振る。表情を消した源川が退出した。

入れ替わるようにして茂手木さんがはいってきた。不自由な霧絵の軀の後始末をする。淡い出血をガーゼでぬぐいながら、咎める口調で迫る。

「よろしいのですか」

「なにが」

「源川の精があふれでてまいりました」

「いいの」

「妊娠したりすれば、源川がかわいそうなことになりますが」

「だいじょうぶ。自分の軀のことは、自分がいちばんよくわかっているから」

「過信でなければいいのですが」

「おっかない」

「無防備で泣くのは、いつだって女です」

茂手木さんはちいさな息をつく。苦笑まじりに続ける。

「際限ありませんね」

「なにが」

「源川の精です。こんなに大量だなんて」

「そんなに凄いの」

「尋常ではありません。こんな酷使のしかたをすると、長くありませんよ」

「死んじゃうかな」

「ええ。源川は命を削ってお嬢様に奉仕しているのです」

ややや困惑した顔の霧絵だ。それを見てとって、茂手木さんはもう一度ちいさく息をつき、表情を柔らかなものに変えた。

「源川はそれが生き甲斐かもしれませんね。ただ」

「ただ？」

「ただ、避妊はきっちりなさったほうが」

「あのね」

「はい」

「わたしと源川は種がちがうの」

「種がちがうとは」

「いやな喩えだけれど、チンパンジーの牡とあなたが交わっても妊娠しないでしょう。わたしを妊娠させられるのは、臥薪正太郎だけです」

茂手木さんは霧絵をじっと見つめ、おもむろに訊いた。

「お風呂はいかがいたしましょう」

「うーん。面倒ね」

「せっかく沸かしたのですから」

霧絵が口をすぼめて頷く。

この少女のどこがちがう種なのか。茂手木さんには理解できない。ただただ、いとおしい。

気持ちをこめて抱きおこし、車椅子に座らせる。霧絵は脱力している。茂手木さんの腰のあたりに顔を押しつけ、離そうとしない。

＊

謝花は独りでスイートにこもっている。ホテルが金銭と引き替えに他人と関わらずに暮らしていける場所であることを悟ったのだろう、すっかり落ち着いた。

食事はすべてルームサービスだ。部屋からでるのは、係の者が清掃にやってきたときだけで、その時間は賢ちゃんたちの部屋に避難するだけだ。

もともと対人関係が苦手でホームレスになった謝花である。生活環境は雲泥の差であるが、ホテル暮らしとホームレスの生活は似ている。

ホームレスはドロップアウトで、ホテル暮らしは金銭で孤独を得る。対人恐怖も金銭的余裕のおかげでおさまってきていた。

学歴はないが、インテリ気質である。淳ちゃんにノートパソコンを買ってきてもらい、すぐに操作に熟達した。ネット通販で呆れるくらい本を買いこみ、読み耽る日常だ。

臥薪の傷もすっかり癒えた。しかし謝花を独りにしてあげたいという思いから、賢ちゃんと淳ちゃんといっしょに暮らしている。

完全な孤独が保証されているばかりか、少年たちとの手頃な遣り取りもある。そんな理想的な環境を与えられて、謝花自身、なぜ臥薪を殴打したのかよくわからなくなるほどに気持ちが落ち着いている。

謝花はパソコンを立ちあげた。ここ数日、ホームページをつくるのに熱中している。もう大まかなかたちはできあがっていた。わからないことがあると淳ちゃんを呼びだす。

淳ちゃんは文句を言いながらも教えたがりだから、なにを差し置いても謝花の部屋にやってくる。謝花が不明な点をぼそぼそ呟く。淳ちゃんは横柄に顎をしゃくる。

「ちょっとエディタでＨＴＭＬソースをひらいてみ」

淳ちゃんはすぐに問題点を指摘した。謝花は理解が早い。とても五十代とは思えない。うまく画面が表示されるようになって、顔を見合わせて頷きあった。

液晶画面には〈電脳琉球〉というホームページが表示されていた。深紅のハイビスカスがいかにもだが、魂を軀のなかにもどすまぶいぐみの言葉――マブヤー、マブヤー、ムドゥティソーリー――がチカチカ光って流れていく。謝花がつくりあげたものだ。

# 9

庭先を駆ける犬たちの吐く息が白い。室内では組長と榊原が密談している。悪事の相談は愉しいものだ。双方の口許に笑みが泛ぶ。

言葉の遣り取りが途切れた。榊原が鼻をひくつかせる。組長も香りを嗅いだ。

カレーの匂いだ。厨房から流れてくる。詰めている若い者たちのための昼食だ。組長がこっちにもカレーをもってこいと命じる。榊原が嬉しそうに口をすぼめる。密談よりもさらに愉しいのが、カレーの香りだ。

「ときどき、無性に食いたくなりますね」

「カレーは和食だよな」

他愛のない遣り取りである。高階組の賄いカレーは牛の臑肉をとことん煮込んだものだった。インスタントのルーではなく、叮嚀にスパイスを調合したものだ。組長も榊原も顔を見合わせた。

「いまの若いもんは、昼間っからこんなうまいもんを食ってるのか」

榊原が上目遣いで応じる。

「霧絵さんが雇わせた料理人らしいです。なんでも、うまい物さえ食わせておけば組織なんてうまく転がる——とのことで」

「そうよ。食って寝て、やる。それが充たされていれば人はそれなりに動くわ」

組長も榊原もスプーンをもつ手を止めた。いきなりあらわれた霧絵を凝視する。背後で茂手木さんが控えめに会釈した。霧絵が嘲笑うように言う。

「カレーに夢中でわたしに気付かないんだから」

組長と榊原が苦笑いをかえす。もちろんカレーのせいではない。接近に気付かないように意識を操作されていたのだ。組長がちいさく息をつきながら、言う。

「いつから、いたんだ」

「おふたりの会談がはじまってすぐ」

「——じゃあ、おおむね聞かれてしまったということだな」

「ええ。宗教は麻薬である。すばらしい言葉ね。感じ入ったわ」

組長が頷く。

「宗教は麻薬である、か。正確には、民衆の阿片である——というんだが」

「どなたのお言葉？」

「カール・マルクスだ」

霧絵が瞳を中空に投げる。

「それって共産党宣言の人じゃなかったかしら。意外ね。ヤクザがマルクス」

「マルクスは死んでいない。それがヤクザ者の結論だよ。資本主義自体が決して巧く作動しているわけではない。マルクスのあれこれを継ぎ接ぎして、かろうじて自由主義社会とやらは命脈を保っているのさ」

「どういうこと？」

「単純だよ。もっとも顕著で象徴的なことを顕かにすれば、経済活動の自由からはじまって、神といった超越的な存在までをも認める自由を保障する自由主義とやらを作動させている原理の根底にあるのも、やはり仮借なき無神論だからだ。ぶちあけたことを言ってしまえば金の亡者が、つまり経済至上主義者が神など信じているはずもない。マルクスはこう言った。——宗教が人間をつくるのではない。人間が宗教をつくるのだ——。いまの時代に耳にすれば、そりゃそうだろうといったところかもしれないが、マルクスの生きた十九世紀には画期的な言葉だったんだ。ニーチェとほぼ同時代に生きたマルクスだが、このふたりは真の天才だ」

組長のアジテーションが一段落した瞬間、榊原は上目遣いのまま黙礼して、あらためてカレーを食べはじめた。すぐにその目に嬉しそうな光が泛ぶ。それを見ていると、霧絵も無性に食べたくなってきた。組長だけが自分の言葉に酔っている。

「宗教とは悩める者の溜息であり、心なき世界の心情であり、さらには精神なき状態の精神である。それは民衆の阿片である」

組長が巷間(こうかん)、宗教は麻薬である——とされているマルクスの言葉の正しいかたちを口にしたのに、霧絵は横をむいて茂手木さんに、わたしにもカレーを、すこしでいいから、ああ、茂手木さんも食べて。とてもいい香り。こらえきれなくなっちゃった——などと囁いていた。

組長は拗ねて榊原と同様、カレーの皿に専念した。霧絵は柔らかく頰笑む。

「カレーはわたしたちの阿片である、といったところね」

すぐに小皿のカレーが運ばれ、父と娘は幾度か見交わし、黙ってそれを食べた。

先に食べ終わった榊原が、紙ナプキンでおちょぼ口を拭い、あえて解説させていただきますが——と断って喋りはじめた。

「まったく宗教は麻薬であるというのは至言というべきか名言で、たとえば私らが覚醒剤を扱って一稼ぎしたあげくに逮捕起訴されれば、えらいことです。営利の目的でシャブを輸入したり製造した場合、無期もしくは三年以上の懲役に処し——ですからね」

無期刑まで設定されているとは霧絵も思っていなかった。榊原が組長に目で訊く。自分のお株を奪われたのでややおもしろくないのだが、鷹揚なところを見せなくてはならない立場である。組長は解説を続けろと顎をしゃくる。

「ところが宗教という麻薬でシャブ漬けならぬ宗教漬けにしてやって、家土地財産なにもかもすべてを投げださせても、それは信教の自由というやつですからね」

榊原の脳裏には、風光明媚（ふうこうめいび）な観光地などに突如として出現する巨大宗教施設の姿があった。勧誘はしつこいくせに、本殿の門を固く閉ざした排他的なその姿こそが現代の新興宗教の本質をよくあらわしている。

ああいった宗教施設は、信者でない一般人には窺い知ることもできぬが、なかにはいれば、趣味はともかく、贅（ぜい）をこらしたあれやこれやがこれでもかとお待ちかねである。たいがいが失笑ものの金ぴかだ。

もちろん金ぴか趣味が教祖様のお気に召さなければ、常軌を逸した美術品コレクションなどにかたちを変えて、莫大な財産を保持しているというわけだ。

「宗教という麻薬がすばらしいことはよくわかったけれど、麻薬なんだとしたら、そうそう簡単に宗教団体なんて認可されないでしょうに」

「いえいえお嬢様。信教の自由ってやつは、我が国においては憲法第二十条によって保障された国民の権利ですからね。宗教団体設立なんて一見、ハードルが高そうですが、じつは三年の活動実績があれば法人格が取得できちゃうんですよ」

「三年の活動実績——。たった三年、でいいの?」

「はい。一般公益法人てやつは主務官庁の許可が必要不可欠なんです。で、その裁量によっては、許可がおりないことも、ままあります。それどころか意外に審査が厳しかったりするんです。けれど信教の自由という大原則がありますからね、宗教法人には裁量の余地がありません」

裁量の余地がないとはどういうことか。霧絵は嫌悪も露わに眉を顰めた。

誰もが感づいていることであるが、お役所関係の言葉は、あえて理解不能となるようにつくられている。厳密を装いつつ、言質をとられぬための保身が見え隠れしている。役所に類する職場は所詮は親方日の丸で、上は我が物顔で国家を食いつぶす非国民、下は潰れぬから公務員になるといった若いうちから老後を考えているような覇気のない屑のたまり場である。

したたかなヤクザ者である榊原は、それを逆手にとる。尋ねるのも癪だが、裁量の余地がないということはどういうことかと眉を顰めたまま霧絵が問う。

「この手のことに関する説明はくどくなりますが、お許しください。裁量の余地がないということ、すなわち認証主義です。宗教法人には認証主義を当てはめるわけです。認証主義とは要件さえ充たしていれば必ず設立が認められるということです。しかも信教の自由がありますから、どのように奇抜というか、奇妙で不可解かつおぞましい教義を掲げていようと宗教法人の設立はじゃまできません。たとえば、いかにも金銭目的めいていて怪しい……という宗教法人であっても、あるいは実際に金銭を神として崇め奉る銭金教であっても、問題ありません。鰯の頭も信心というところから認めないと信教の自由は保障されませんからねえ」

榊原の目が嬉しそうに笑う。

「宗教法人というやつは、認証をうけてから設立登記をすることで成立します。手続きはまさにお役所仕事で、もう自動的になっちゃってるわけです。憲法二十条があるから、設立登記をじゃまするものは皆無です。あとは責任役員を三人以上選ぶことくらいですかねえ。その三人のうちから代表役員を一人、選んで、お仕舞いです」

「そんな簡単なことだったら、さっさと設立してしまえばいいじゃない」

言ってから霧絵は小首をかしげた。すぐに頷いた。

「そうか。三年という活動実績を充たしていないものね」

「お嬢様。それに関しては、潰れかけたいい加減な寺の名義を借りるなりすればすむことなんです。実際、博奕なんぞにはまりこんで二進も三進もいかねえアホ坊主なんて腐るほどいるし、裏における名義の売り買いも盛んです」

「そんなので、いいの」

「はい。そんなんで、いいんです。上っ面の要件さえ充たしていれば、なんだっていいんです。所詮はお役所仕事ですからね。でも、どうせやるなら、こだわりたいじゃないですか。単なる税金逃れのために宗教法人をでっちあげるわけじゃないですし」

榊原はいったん息を継いだ。自負心に鼻の穴を膨らませて、続けた。

「私と組長は、いわば宗教デザインとでもいうべきものを相談していたわけなんです」

「宗教デザインですか。なんか恰好いいわ。でも大切よね。美意識ね」

「わかっていただけますか、お嬢様」

「わかる。もっと雑な人たちかと思っていたけれど、見直したわ」

組長が苦笑する。

「お父さんは、けっこう細かいものね。わたしもそれが遺伝しているから、ときどき自分が鬱陶しいし」

「そうかもしれんが、大雑把なよりはずっといいさ。大雑把な奴は大成しないし、俺は細かいところを誰にでも見せるわけではない。俺が細かいのを知っているのは、榊原ぐらいだよ。あとの者は、俺が大雑把な奴だと思っているさ」

「そうね。ねえ、お父さん。わたし、力になってあげようか」

有無を言わせぬ口調に、組長がやや怯む。

「どういう風の吹きまわしだ。ずっと薄笑いを泛べていたくせに」

「いいから、手伝わせて。ちょっとパソコンを立ちあげてみて」

榊原がおもしろがってノートパソコンを起動した。霧絵が口にするアドレスを入力していく。

「ふーん。〈電脳琉球〉ですか。ありがちじゃないですか。まだブームなんですかね、沖縄」

そんな呟きにかぶさるように、呪文のような言葉が流れだした。

――マブヤー、マブヤー、ムドゥティソーリー。マブヤー、マブヤー、ムドゥティソーリー。マブヤー、マブヤー、ムドゥティソーリー。マブヤー、マブヤー、ムドゥティソーリー。マブヤー、マブヤー、ムドゥティソ――

子供の声だ。エンドレスである。眉間に皺を刻んで、榊原はサウンドをオフにした。組長も微妙な表情だ。榊原は鮮やかなハイビスカスの画像を一瞥して訊いた。

「なんですか、これ」

「声の主は臥薪正太郎」

「ほんとうですか！」

榊原はサウンドをオンにした。独特の節回しで続く臥薪正太郎の声に耳を澄ます。同時に光輝をともなって画面を流れていく文字を目で追う。

字幕を読みとったおかげで判然としない呪文が――マブヤー、マブヤー、ムドゥティソーリー――と言っていることを理解した。意味はわからない。組長も腕組みをして、背後からディスプレイを覗きこんでいる。

「このあいだまでは、サウンドはなかったんだけれど、なんていったかしら、謝花だったっけ。ずいぶんパソコンに詳しくなったみたい。かなり充実してきているの」

途方に暮れたような表情の榊原を見やり、愉しそうに霧絵は続ける。

「マブヤー、マブヤーっていうのは、魂を軀のなかにもどすまぶいぐみの言葉らしいの」

「まぶい、ぐみ、ですか」

「わたしも詳しくないから、あまり偉そうなことはいえないけれど、人は驚いたりショックを受けたりするとまぶい――魂を落としてしまうらしいのね」

「それは、沖縄限定、ですよね」

「あら、東京だって魂を落としちゃった人だらけじゃない」

霧絵にじっと見つめられて、魂を落としちゃったのって俺？　といった表情で、自らを指差して困惑する榊原だ。にこやかに霧絵が受ける。

「榊原だけじゃなくて、お父さんも。ひょっとして、わたしも」

最後は真顔の霧絵だ。真顔のまま、組長を見つめた。組長は頷いた。

「魂を落とした人々。これは使えるかもしれんな」

「でしょう。臥薪正太郎を中心に据えましょう」

「それが、おまえの望みだろう。もはや議論の余地はない」

「ええ。でも、お父さんだって正太郎が教祖様になれば絶対にうまくいくと思っているはず。そこでお願いがあるの」

組長は当惑を隠さなかった。娘がなにを求めているかはだいたい悟っているが、ヤクザのシノギとしての宗教団体経営と、霧絵が思い描いているであろう純粋な神的世界との交感交流のバランスをどうとるか、難しいものがあるのではないか。

霧絵は父の気持ちを即座に読んだ。

「わたしには瑣事(さじ)がうまくこなせないの。この脚のこともあるけれど、そうでなかったとしても、実務面をうまくこなせるかどうか。だから榊原があれこれ仕切ってくれれば、とてもありがたいわ。ただ、基本的な宗教デザインはわたしにまかせてください。無様なものはつくりませんから。吸いあげたお金は組のものです。わたしは関知しませんから、どんどん稼いでください。宗教に縋るような人たちは、本質的にマゾヒスティックな人たちですから、相当に儲かると思います」

霧絵は組長と榊原をゆっくり見まわした。人差し指を突きだす。断定する。

「宗教に夢中になる人っていうのは、勝てもしないパチンコにはまりこんで無駄なお金を注ぎこむ人とそっくりです。競馬場で安っぽい運命を弄んで感情を昂ぶらせる人々は、簡単に宗教に転びます。賭博と宗教には、根っこの部分で強い類似があります。宗教にはまる人は、自分の運命を他のなにものかに仕切られたいと希っています。賭博に夢中になっている人は、自分が運命を仕切っていると信じ、主体であるという実感を慾しています。これらは表裏にすぎません。どちらも自分に自信がないのです。生きている実感もないのです。暗い穴の底で蠢きながら頭上の光を慾する中途半端な生き物で、人間未満です。だから宗教法人経営のツボというか、コツは、パチンコ店の経営ノウハウを見本にすればうまくいきます。そっちの方面はお父さん、いえ榊原のほうがよほど詳しいでしょうから、実務面は榊原にすべてをまかせます」

榊原と組長は霧絵の冷たい表情に、不明瞭に頷くばかりだ。霧絵はことさらに醒めた調子をつくって付け足した。

「はっきりさせておきますが、わたしが必要としているのはプラス方向でもマイナス方向でもどっちでもいいのですが、エネルギーです。そのために、一方向にむいた集団が必要なんです」

組長が父親の顔で尋ねる。

「一方向にむいた集団。なんのために。必要なエネルギーとは、いったいなにに必要なのか」

　霧絵は中空に視線を投げる。

「それが――わたしにもよくわからないんです。一糸乱れず、おなじ方角を向く人々の群れを組織しろというのです。ただ、そうしろという声が降りかかってくるのです。その声には逆らいがたい力があるのです」

　霧絵は溜息をついた。すぐに頰笑んだ。

「お父さんと榊原の愉しみである宗教デザインを奪ってしまったことは申し訳なく思っています」

「おまえは、沖縄のまぶいとやらをもってきて宗教を立ちあげるのか」

「そうです。魂を落としてしまった人々のために――。まあ、お題目は、そういったところです。沖縄はお父さんが思っている以上に強い引きになります。下火になってきたとはいえ、スピリチュアルなものに縋る人々、正確には人間未満は尽きません。それは狷介(けんかい)固陋(ころう)、頑迷な羊の群れ。一方向にしか進めない弱者です。この世界が、なぜ、そのような人々で充ちあふれているのか、その理由がようやくわかってきました。エネルギーを取りだすためです」

　わかったようなわからないような霧絵の言葉だが、組長は深く頷いた。霧絵は榊原に声をかける。

「ごめんなさいね。まぶいなんて泥臭いものをもちだして。せっかくの宗教デザインが台無しかも」

「いや、組長はともかく、私が口にしていたのはまんま邪教って趣の怪しいやつでしたからね。私が言うとおりの教団ができあがっていたら、セックス教団になっちゃっていましたよ」

「性は宗教の大切な柱です。キリスト教が世界に広まっていったのは、腰にわずかに布を纏(まと)っただけの全裸に近いキリストが十字架にかけられて血を流しているヴィジュアルがあるからです。エロティックに痩せた裸体の男が頭には茨(いばら)の王冠をかぶせられ、手足を太い釘で打ち抜かれて固定され、恍惚(こうこつ)を想わせる苦悶(くもん)の表情を泛べて両手を拡げて腋窩を露わにし、中空で血を流しているのです。脇腹には女性器のかたちにひらいた傷口さえつけられています。こんな卑猥(ひわい)な姿が教会に行けばいくらでも拝めるのですから。信者は誰もそれを卑猥とは思わないでしょうが、無意識の領域では、きつく性と結びついています。サディズムとマゾヒズムの混淆(こんこう)です」

「では、お嬢様の宗教デザインも性を暗示するなにかを潜ませるのですか」

「そうですね。キリスト教のような露骨なものではなく、けれどキリストを超えるようなものがデザインできれば、世界的な宗教になるでしょう。でも、どうやら、臥薪正太郎がいるので、誇大妄想と思われるかもしれませんが、たいした時間もたたぬうちに、世界規模の宗教になるでしょう」

「――なりますかね」

「なります」

霧絵が断言すると、組長と榊原は曖昧に視線をそらせた。霧絵がそう言うのだから、世界規模にまでなるのだろう。だが、自分たちが思い描いていた宗教団体とは絵柄が違う。違いすぎる。だが、逆らえぬ。霧絵は委細かまわず続けた。

「必要なのは、エネルギーです。弱者、一方向にしか進めない狷介固陋にして頑迷な羊の群れのエネルギーが必須です。世界規模はともかく、ある臨界点を超えるだけのエネルギーがあればよいわけです」

エネルギーとはなにか。どことなく古臭くさえ感じられる言葉だ。榊原の心を読んだ霧絵が呟く。

「ドイツ語です」

「いえ、お嬢様。そういう問題ではなくてですね」

「わかっています。わたしにも説明できないんです」

なるほど、と榊原が邪心のない笑顔で応える。霧絵も和らいだ笑みをかえす。

ディスプレイ上を無限に流れていくマブヤー、マブヤー、ムドゥティソーリーという言葉を横目で一瞥し、榊原が尋ねた。

「お嬢様。失礼な質問をします。人の心を読むというのは、どういう感じなんですか。他人のマブヤーとやらに触れるわけでしょう」

「答えづらい質問ね。そうね、あえて説明すれば、肌が暑い寒いを感じるようなものね。よほど熱かったり冷たかったりしないかぎりは、なにも感じないというのが本当のところなの」

ほんとうだろうか。だが榊原には計り知れぬことだ。愚問だった。

じっと見交わすと、霧絵は大きく頷いた。肯定の眼差しだ。

それがなにをあらわすのかは、榊原にはわからない。

すべてが榊原にはわからない。

だが、一方向にしか進めない弱者である狷介固陋にして頑迷な羊の群れのエネルギーが集まったときに世界になにが起きるのか。その瞬間を目の当たりにしたい。霧絵の話を聞いているうちに、それは思いのほか強い慾求に育っていた。榊原はとことん骨を折るつもりになっていた。

# 10

傷痕は残っているはずだ。けれど時間がたてば痕跡は残っても、さしあたり傷はふさがる。いまでは臥薪も謝花もなんの屈託もなく遣り取りをする。

淳ちゃんや賢ちゃんは実際に暴力を振るわれた当事者ではない。だからこそ、逆に謝花の理不尽な暴力の印象が強い。同時に謝花と臥薪の関係に立ち入れぬものがあることも悟りはじめていた。

ホテル暮らしも板についた謝花だ。当初のおどおどしたものはきれいに消え去った。すべては慣れが解決するというわけだ。

帝国ホテルのスイートで読書に耽り、パソコンにはまりこむ。これほど優雅な引きこもりもないだろう。

謝花のホテルに対する過剰反応は、当然ながら劣等感やねじまがった自尊心が根底にあるが、なによりも金銭を用いる方法に慣れていなかったことによる。金を払いさえすれば安穏な空間が買える。

理屈としては脳裏にあっても、実際に安穏な空間を買ったことがなかったので、戸惑いと緊張に押しつぶされて暴走してしまったようだ。

中卒のまま集団就職で沖縄から上京した。勤め先の寮は安アパート借り上げにして二段ベッドの並ぶ四人部屋で、プライバシーもへったくれもなかった。諍（いさか）いをおこせば、針のむしろと化す空間だった。ゆえに息を潜めて自己を殺し、波風を立てぬこと、この一点にすべてを集中した。読書のみが謝花の救いとなったのも、このころだった。

なにしろ初任給が二万円にとどかなかった時代であり、職場である。そんな雀の涙の給料から、食事を削ってでも書籍を購入した。こういったことも周囲からは疎まれた。読書といえばマンガか男性週刊誌のみといった環境で、哲学書などを読めば、嫌われるにきまっているのだが、謝花にはそのあたりの機微がわからない鈍さがあった。ある面においては、ひどく間抜けで要領が悪い。そのうえに並外れて感受性が強い謝花にとって他人はすべて迫害者だった。

先輩から加えられる理不尽は、尋常でなかった。

東京者は沖縄の訛りを笑うだけだ。

だが、先に沖縄からやってきていた先輩が謝花を田舎者扱いし、虐待した。彼にとっても東京は殺伐の地、新たな生贄を必要としていたのである。

赤羽の家内工業に毛が生えた程度の規模の工場だった。作業中に旋盤で指を喪う事故がよく起きるような職場だった。

指を喪って満足な作業ができなくなった工員にとって、この工場から抛りだされてしまえば、あとはホームレスになるしかない。そこまで追いつめられた存在が工場内の雑用をこなしつつ、卑屈と傲慢の狭間で、上目遣いで蠢いていた。

この指のない弱者たちも、周囲と若干雰囲気のちがうおとなしい謝花を虐(いじ)めの標的とした。すべての弱者は、さらにより弱い存在を必要とする。それこそが生きるよすがでもある。

幾年かたち、いっしょに上京した同級生が器用に標準語を喋るようになっても、謝花は沖縄の言葉と吃音(きつおん)を棄て去ることができなかった。

やがて謝花は沈黙するようになった。屈辱や怒り、そして悲しみはすべて内向するばかりで、その心の底深くに澱(よど)んで、腐って、悪臭を放つほどにまでなった。ますます謝花が周囲から嫌われ、疎まれ煙たがられるようになった所以(ゆえん)である。当人は意識していないが、なぜか空気を乱すのである。謝花という存在が負の緊張をもたらす。

結果、謝花はさらにきつく殻にこもるようになって、世界を憎しみの眼差しで見あげるばかりになった。悲しいことに謝花にとってこれが人生のデフォルトとなってしまったのである。

自慰爺という渾名(あだな)がついたのはホームレスになってからであったが、腹立たしくも苛立たしいことに、謝花は異性からまったく相手にされないくせに、性的欲望が尋常でなかった。

結局のところ性はおのれで処理するしかなく、自慰もデフォルトである。謝花は、いまだに異性を知らない。童貞である。

俯き加減で寂しく笑う。もう異性と肌を合わせることもないだろうが、この静謐な環境を喪いたくない。

一生を無音と一定の温度と湿度が保証された清潔なこの空間で送りたい。

なにしろ最低限の生存のためにしか金銭を用いたことがなかった謝花である。ホームレスになって、マイナス方向ではあるが、ようやく心の安らぎを得ることができた。

だが世の中には、こんな境地があるのだ。一泊十万ほど払えば我がものにできる。なにを差し置いても現在の生活を死守したい。そのためには臥薪をうまく籠絡しておかねばならない。

謝花の口許が歪む。笑っているのである。とっととホームレスから抜けだして、こうして暮らせばよかったのだ。臥薪がいれば、可能な生活だ。五〇〇円玉などにこだわっていたのが間抜けだった。

スイッチを押し、カーテンをひらく。

灰色をした埃が舞いおちていた。

「雪か」

確認するかのように呟く。暗くなりかけていた。そのせいで雪が沈んで見えたのだ。

謝花は無意識のうちに両手に息を吹きかけていた。

ホームレスの境遇であったなら、心底から遣る瀬ない場面だ。

だが、世の中には暑くなく、寒くなく、乾いているわけでも、湿っているわけでもない環境があるのだ。この人工的な均質こそがいまの謝花にとって至高のものだ。

電話の呼び出し音が控えめに鳴った。当初は呼び出し音が鳴るたびに胃に痛みを覚えたが、かけてくるのは淳ちゃんたち以外に存在しないので、いまでは慣れた。

ちなみに掃除をしてもらうときは淳ちゃんたちの部屋に行き、淳ちゃんに清掃係に連絡してもらう。最高の貴族である謝花は、下々に対しては声さえ発さないのだ。もはや一般の人間がするようなことには手を染めないのである。

「なんだ、いまごろ」

すっかり横柄な口調の謝花だ。はしゃいだ声がかえってくる。

「あのさ、霧絵さんが遊びにきてんだ」

「――霧絵というと」

「そう。なんでも自慰爺に力になってほしいんだって。相談があるそうだよ」

「俺にはなにも、その、力も、なにも」

ここしばらくやたらと堂々とした自慰爺であったのに、とたんにしどろもどろだ。一呼吸おいて受話器から聴こえたのは臥薪の声だった。

「自慰爺、霧絵さんに会ってあげて」

それだけ言って、電話は切れてしまった。謝花は受話器をおくと、室内をうろつきまわった。口が閉じていない。それに気付いて、深呼吸した瞬間にドアホンが鳴った。

謝花は頭を抱えた。文字通り、頭を両手で押さえこんだのである。

だが、会わぬわけにもいかぬだろう。霧絵だけならば無視もできるが、背後にはヤクザの組織がある。そんなみじめな安っぽい計算をする謝花であった。

唇を真一文字に結んで、ドアをひらいた。

その瞬間——打たれた。

目を見ひらいた。やがて喉仏がぎこちなく上下した。

茂手木さんに車椅子を押されて、霧絵が室内に入ってきた。謝花を上から下まで見まわし、意外そうに頷いた。すぐに表情が笑みに変わった。

「謝花さんとふたりだけでお話がしたいの。退出するときは呼びますから、正太郎の部屋で控えていて」

茂手木さんが退出しようとした。霧絵が付け足すように言った。

「すこし時間がかかるかもしれないわ。なんだったら子供たちとお食事にでてもかまいませんせん。ぜひ、そうしてあげて」

ふたりきりになった。

霧絵は醒めた眼差しで室内を見まわした。けれど左手中指が小刻みに車椅子の肘掛けを叩いている。霧絵自身がそのちいさな打音に気付いた。さりげなく指先の動きをとめる。謝花は凝固していた。瞬きさえしない。

「いい部屋ね。抑制がきいていて、はしゃいでないわ。落ち着ける」

「なに、しに、きた」

「喉が渇いたわ」

「俺は静かに」

「お願い。お水を」

「静かに暮らしたいだけだ」

「気がきかないわね」

霧絵は自らハンドリムに手をかける。車椅子を動かした。いつも人まかせなのでぎこちない。デスクに前屈み(まえかが)になった。受話器を手にする。

「——水だけ頼むのか」

「あなたがなにもしてくれないから」

「す、すまん。悪気はない」

「はい。それは、わかっています」

霧絵が柔らかく頬笑む。すぐに水がとどいた。これだけ恭しく運ばれると水も本来の価値をとりもどしたかのようだ。磨きぬかれたコップに注がれた水を、霧絵は三分の一ほど飲んだ。

「水を、水を頼んでもいいのか」

「お金を払うんですもの」

「そうか。そうだな」

「ええ。そうです」

「次は俺も頼む」

「頼みなさい」

「頼むさ」

「ええ」

他愛のない遣り取りは尻窄(しりすぼ)みになった。霧絵は窓外を斜めに、不規則に飛ばされていく雪を見つめた。誘いこまれるように謝花も雪を凝視した。

霧絵はさりげなく謝花の横顔を窺った。そんなに緊張しなくても——と苦笑しつつ、密かに戸惑う。

読めないのである。

謝花の心が読めない。

その態度、立ち居振る舞いから謝花がどのような精神状態であるかは推察できる。わかりやすいほどに感情がおもてにあらわれる謝花である。

けれど、読めない。

その心自体はまったく読めない。

分厚い遮光カーテンが幾重にも引かれているがごとく、謝花の心からは一切光が洩れてこない。

「謝花さん。あなたは誰」

「え」

「いったいあなたは誰なんです」

「俺は——謝花だ」

「そうですね。謝花さんですね」

「なにが言いたいんだ」

「さあ。わたしにもよくわかりません」

霧絵は上目遣いで見つめた。謝花は真っ赤になって顔をそむけた。その年寄りじみた顔貌を裏切って、まるで思春期にようやく片足のかかった少年のようだ。

「ベッドは乱れていますか」

「ベッド——乱れ——いや、その、ベッドメイクがはいったばかりだから」

「よかった。疲れました。すこし横になりたい」

「誰が」

「わたしに決まっています」

「だが——」

「いいから。押しなさい」

霧絵の命令口調に、謝花はぎこちなく車椅子を押した。霧絵の耳に荒い鼻息がとどく。ベッドルームにはいった。さらに謝花は困惑し、泣きそうな顔で霧絵を見やる。

「そう。あなたが思っているとおり、わたしはひとりでは横になれません」

謝花はいままでにも増して露骨に息を荒らげた。それでも意を決して霧絵を横抱きにした。俺は介護をしているんだ——。自らに言い聞かせた。

ストッパーで固定しなかったので車椅子が不規則に動いた。霧絵は見かけよりもさらに軽かった。熱が伝わった。思いのほか体温は高い。

「これってお姫様抱っこ、だったかしら」

霧絵から首に腕をまわされた。謝花は仰け反るように顔をそむけた。大仰だ。霧絵は笑いを抑えこもうとした。結局は笑いだしてしまい、揺れた。

謝花にも揺れが伝わった。謝花は霧絵を抱きあげたまま、動けなくなった。霧絵は謝花に両腕をまわし、上体を近づけて密着し、その頬に頬ずりした。

「無精髭（ぶしょうひげ）」

「さ、刺さるか」

「そうでもない。ある程度のびているからかしら」

「次に会うときは、剃っておく」

「いいの。あなたのお髭、気持ちがいい」

霧絵が眼で促す。謝花はロボットじみた歩行だ。どうにか霧絵をベッドに横たえた。

霧絵は謝花の首にまわした腕をほどこうとはせず、息継ぎをせずに、命令口調でひと息に言った。

「腕まくらして。いいから、あなたはなにも考えずにわたしのまくらになりなさい」

謝花は、煮え切らない。逃げだそうとしている。霧絵が険しい眼差しを投げる。釈明した。

「俺は、その、風呂にはいっていない」

「幾日」

「三日、四日か――わからん」

霧絵はベッドルーム奥、左側のバスルームを一瞥した。

「蛇口をひねるだけ。それでいつでもはいれるのに、はいらないのですか」

「すまん。臭うだろう」

霧絵は謝花の無精髭を指先で抓んだ。そのまま引きよせる。幽かに鼻をうごめかせた。

鼻梁に不機嫌な猫のような皺が刻まれる。ぽつりと呟く。

「そんなわけで、俺はおまえに近づけない」

「かまわない。もう充分に近づいたのだし、わたしはあなたの体臭が嫌いじゃない。さ、腕まくら」

不安げに謝花は横たわる。腕を伸ばす。賢ちゃんから借りた藍色のジャージ上下といういでたちだ。そこに純白の貫頭衣を纏った霧絵が密着する。霧絵は謝花の腋窩に鼻先を突っこんだ。

「この匂い、ぜったいに忘れられない」

「なぜ」

「凄く匂うから」

「悪臭だろう」

「ううん、いい香りとは言えないけれど、大好きな匂い。あのね」

「なんだ」

「腋窩を舐めたくなる」

「腋窩を舐める」

「ええ。わたしの唾でべとべとにしたい」

「やめてくれ。狂いそうだ」

「無臭ではないわ」

「狂っていいの。狂ってしまって、わたしに手荒な重みをかけてほしい」

「俺はな」

「なに」

「異性を、しらんのだ」

「まさか」

「そのまさかだ。童貞だ」

なぜか霧絵に対しては見栄（みえ）を張ったり突っ張ったりする気がおきない。いまならどんなことでも告白してしまいそうだ。謝花は虚脱気味に軀から力を抜いた。

霧絵は黙って謝花の着衣をまくりあげる。くすんだ色つやの不健康な腹や胸が露わになった。醜い景色だ。疎（まば）らに草木の生える酸性土といったところだ。それなのに郷愁に似た感情を覚えた。

謝花の乳首のまわりには縮れた体毛が盛大に渦を巻いている。その渦に従うように舌を這わせ、乳首に歯を立てる。謝花は無力な子供のように身悶えした。

しばらく乳首を咬んでいたぶっていたが、霧絵は謝花の体臭に圧倒されたくなり、その腋窩に唇を押しあてた。口中に腋毛（わきげ）を含み、舌先でかきわけ、その酸味と腐敗を秘めた香りを息苦しさと共に愉しんだ。霧絵は自分でも制禦（せいぎょ）不能な慾望に突き動かされて、その手を謝花の下半身に用いた。謝花はしばらくのあいだは無力化してしまい、霧絵のなすがままであったが、それが唐突に反転し、手荒に霧絵を全裸にし、のしかかり、押し入った。はじめてだけにぎこちないのだが、霧絵の下半身は一切の力と無縁で、まるで屍体を扱っているかのような錯覚がおきた。けれど、その胎内には不思議な生き物が棲(す)んでいるようだった。謝花は感動に近い昂ぶりに、一心不乱となり、ひとつの牡となった。自慰のときにはあれこれ複雑な妄想に耽ったものだが、現実には手管もなにもあったものではない。ただただ霧絵の内側に自らを埋め込んで、加減せずに動作するばかりだ。謝花はせわしない息遣いと共に、獣じみた乱れた呻きをあげる。霧絵の肉体から与えられる快は、謝花が自らの手指を用いて得られる快感などとは比較にならぬ奥深さと強烈さがあり、それでもぎりぎりの緊張を維持したまま、手荒は手荒なりに、あるいは未経験は未経験なりに、徐々に独自の律動をものにして、それなりのかたちを獲得していった。

ふと、霧絵は気付いた。

目を瞠(みは)って、息を呑んだ。

動かないはずの脚が、いつのまにか謝花の胴に巻きついていた。脚は謝花の動きに合わせて自在に、巧みに絡みついている。霧絵は自分の軀に脚がついていることを生まれて初めて意識した。足指に至るまで自在に動く。血流がある。触覚がある。

静かな歓喜に打ちのめされた。

それは、まさに打ちのめされたのだった。

使われてこなかった脚の関節や筋肉が張りつめ、痛みさえ覚えている。あろうことか軽侮と嘲笑の対象であり、できたら距離をおきたい相手である謝花の体臭に惹きこまれていた。

その結果が――これだ。

霧絵は首をあげ、謝花の肩越しに我が脚が自在に躍るのを凝視した。

謝花の毛深い茶褐色の脚に、自身の純白の脚がまとわりついている。謝花を規制し、解放し、誘う。指先までもが、生きている。完璧な機械が作動している。

完膚無きまでに打ちのめされたので、我を棄てて身をまかせるしかない。

そう悟った瞬間だ。

霧絵の軀が青白く発光しはじめた。

帯電しているかのようだが、もちろん霧絵を青白く輝かせているのは、電気などではない。熱のない光輝は、霧絵の情動にあわせて明滅する。室内の影が伸び縮みし、揺れ、乱れる。光を受けて謝花の軀も青く美しく染まっていった。

忘我の霧絵は泣き叫ぶかのような呻きをあげて性を謳歌しはじめた。ここが防音に優れたスイートでなければ、フロアを行く者が思わず歩みを止め、耳をそばだてかねぬ呻きであり、喘ぎであり、唸りであった。

＊

すっかりナイフとフォークの扱いが巧みになった。幼いからこそ熟達も早い。まわりの誰よりも美しく食べるが、ステーキよりもハンバーグのほうが好きな臥薪である。ホテルの従業員たちは早くも臥薪の信者のような状態だ。王族に額(ぬか)ずくがごとくの完璧なサービスが常に提供される。

もちろん臥薪はそれで増長するようなこともない。いままでとかわらず、どこか頼りなげに、控えめに周囲と接している。今日は茂手木さんといっしょだから、甘え放題だ。大騒ぎをするわけではないが、にぎやかな席だ。賢ちゃんが冗談ばかり言う。そのほとんどが愛想笑いをかえすしかない代物であるが、しかたなしに笑いのかたちに顔をつくっているうちに、ほんとうの笑いになってしまう。つまり、思いのほか、和やかだ。

ふと臥薪が鎮まった。

小首をかしげるようにする。まるで耳を澄ましているかのようだ。

皆が注目した。臥薪が顔を輝かせた。

「自慰爺が喜んでいる。霧絵さんが喜んでいる。ふたりが喜んでいるよ。なんだか、いっしょに歌を歌っているみたいだ。合唱だ。僕には聴こえるよ。音楽が聴こえるよ」

＊

霧絵も謝花も微動だにしない。ずいぶん時間が流れた。

音楽が聴こえるという臥薪の言葉に微妙なものを悟った一行は、食事を終えてもあえて謝花の部屋を訪れることをしなかった。だからふたりのじゃまをする者はない。

やがて霧絵が含み笑いを洩らした。謝花が大儀そうに首をねじまげ、怪訝な眼差しで見やる。

「童貞のわりに、ずいぶん長い時間、頑張れるんだなって」

「――おまえが訪れるちょっと前に、自慰をした」

霧絵が眼で訊く。謝花が頷く。

「つまり、いちど、爆ぜていたわけだ。だから次の爆発までには多少は時間がかかったというわけだ」

やや困惑気味に霧絵が尋ねる。

「けっこう自分で爆ぜるの」

「毎日。ときに二度、三度」

「すごい」

「正直、こんな歳になっても際限ないところのある自分が鬱陶しかった。でも」

「でも？」

「うん。おまえとこうしたら、二度三度なんてとても無理だ。当分身動きがとれそうにない。なにか魂を抜かれてしまったみたいだ」

「わたしはね」

こんどは謝花が眼で訊く。霧絵が頷く。

「そうね。まぶい。まぶいがもどってきたような気がした」

「まぶい——」

霧絵は首をおこして、そっと脚を見た。もとにもどっていた。整ったかたちがすっと二本、精気なく揃って素っ気ない置物じみて並んでいる。意志をこめても、ぴくりとも動かない。血流も体温も触覚も軋み（きし）も痛みも、なにもかもが感じられない。

自分の軀に附属している他人の脚。

いや誰のものでもない、脚。

霧絵の視線を追って謝花がそっと触れてくれた。けれど謝花の掌の感触も体温も湿り気も感じられない。

「白磁のようなという比喩は気恥ずかしいが、まさに白磁のような脚だ」

「それはのっぺり白いということだけでなくて、動かないということも含めた比喩？」

「のっぺりじゃない。しっとりだ。――たぶん、おまえは、脚を棄てたんだな」

霧絵は不思議な笑いをかえした。しばらく脚をさすってくれる謝花の手つきを見つめていた。

「そうか。わたしは自分で棄てたのか」

「そうに決まっている」

「理由は」

「拾った、いやホテル暮らしだから届いた、だ。届いた新聞に、人の祖先はナメクジウオであるとあった。いままではホヤではないかと思われていたらしいが、ホヤよりもナメクジウオで、ナメクジウオの遺伝子の六割ほどが人と共通していて、並んでいる順番も似ていたそうだ」

「人の祖先がホヤかナメクジウオとやらというのは笑えます」

「まあな。脊椎動物はナメクジウオから発生したということだ」

そのあと謝花は滔々（とうとう）とナメクジウオについて語った。ウオというが魚類ではなく、頭索綱ナメクジウオ科の原索動物で、軀が透明で内臓が透けてみえる。血は無色で、雌雄異体、頭部が未発達で眼がない。

「中国の厦門（アモイ）では生で食ったり、煮干しにしたり、味をつけて干物にしておつまみにするそうだ」

呆れた博識ぶりに苦笑まじりの霧絵であったが、表情を引き締めた。

「話が蘊蓄になってしまって、脱線しているわ。わたしが自分で脚を棄てた、というのはどういうこと」

「どういうことって、ナメクジウオが人にまで至る進化の過程で獲得したものもたくさんあるが、棄て去ったものも夥しいのではないかということだ。ナメクジウオがなくしたものでわかりやすいのは鰓だ」

もちろん言わんとすることはわかるが、思いのほかシンプルというか、なんだか中高生じみた言葉が放たれて、霧絵は謝花の横顔を一瞥した。

得意げだった。以前だったら噴飯ものといったところだ。けれどいまはかわいらしいと思う。

ナメクジウオの進化に擬えられるのはあまり嬉しくないが、それでも謝花は霧絵がある進化の過程にあることを直観的に悟っているのだ。そこで自身のことにはあえて深入りせず、いきなり話を謝花のことにむけた。

「わたしが脚を棄てたとすると、あなたは、なにか棄てたの」

「俺か。俺は、そうだな。口にすると恥ずかしいし恰好よすぎるような気もするが、故郷を棄てた。俺は、沖縄を棄てた。沖縄的なるものを棄てた。正確にいえば、ひたすら沖縄的なるものを避けてきた。逃げてきた」

どうしたことか謝花は霧絵と寄り添っていると率直に語ることができる。口を動かしながら、それに気付いて、自身でもちいさく驚いていた。

「正太郎が言っていました。自慰爺は繋ぐもの。くっつける神様であると」

「こんな薄汚い神があってたまるか。せいぜい貧乏神だ」

謝花を貧乏神に喩えたのは霧絵だが、本人の口からそれが飛びだした。謝花のいでたちは、当人を含む誰にとっても貧乏神であるということだ。

ただ臥薪だけが謝花の媒としての本質を見抜いていた。その超越に加えて、幼さゆえに眼に曇りがないのであろう。

もちろん霧絵もこうして肌を合わせて実感していた。謝花といると、力が倍加する感じだ。交わったことにより一息に背が伸びたかのような実感がある。

臥薪が謝花を大切にする気持ちが身に沁みて理解できた。

ならず者の屑、安っぽいインテリだが、当人の意志と無関係に自分や臥薪の進化を補助する力を与えられているのだ。

媒。

いったいなにとなにを媒するのか。

わたしや臥薪と天との媒。

天、すなわち神と呼びならわされる存在。

わたしと臥薪を神と繋ぐもの。

人にとって、社会にとって存在理由を見いだせぬ、いなくていい人、謝花。

いつだって神はこういった皮肉が好きだ。

霧絵の思いなど与り知らぬ謝花は胸に手をあてた。汗に濡れていた。ようやく鼓動がおさまった。

まだ腰のあたりが痺れているが、どうにか動く気力がもどってきた。謝花は大儀そうに躯をおこした。霧絵の前に膝をつく。しばし焦点の合わぬ目頭を揉んでいたが、甲斐甲斐しく霧絵の躯の後始末をしはじめた。

その親切は霧絵の躯の様子、下半身をじっくり眺めてみたいという慾求を秘めたものであったが、霧絵の肉体はその性まで含めて完全な左右対称で、生き物の景色には程遠い。

ふと思いが至ったかのように謝花が尋ねてきた。

「言葉を、どう思う」

「質問の意味が」

「わからんか。アメリカ人とは、アメリカ英語で考える人のことだ。肌の色や民族や宗教は関係ない」

「そういう意味ですか」

「うん。だから東京人とは東京の訛りで考える人のことで、沖縄人とは頭のなかで、沖縄の訛りで考える人のことだ」

「生まれや育ちよりも、その土地の言葉で思考するようになることこそが重要というわけですね。東京人は生まれつきではなく、言葉を介して東京人になるということですか」

「俺は沖縄の訛りを必死で矯正した。初めはバカにされたくない一心で、やがて自分の内側に巣くっている沖縄的なるものを棄て去るために」

「いまは標準語という方言で考えるわけですか」

「標準語という方言。そうだ。標準語という方言で考えるようになった。沖縄の方言はきれいに消え去っている」

「ふとした瞬間に蘇（よみがえ）るようなことはないのですか」

「ない」

「たとえば夢のなかでも」

「ない」

頑なに否定する謝花にむけて、霧絵はくっきりと頷いた。肯定する気持ちをあらわしたつもりだ。

その一方で謝花が熱心に〈電脳琉球〉なるサイトをつくっていることを知っている。

いままでだったらとぼけていただろうが、率直に訊く。

「それなら、あのホームページは、どういうつもりでつくっているのです」

「あのホームページって、〈電脳琉球〉か。あれはHyperText Markup Languageを学ぶためにはじめた。俺にPCのあれこれを教えてくれている森(もり)淳という小僧が、素材として沖縄をつかってみろとすすめてくれたんでな。手をつける前はすこし気が重かったが、いざマークアップ言語を学びながら〈電脳琉球〉をつくりはじめたら、自分で驚いた。まったく沖縄的なるものにこだわりがなかったからだ」

「あなたは故郷を克服してしまったのね」

「うまいことを言う。そうかもしれない。正直、構えていたが、いざ始めたら、なにも感じないんだ。だから淡々と、しかもおもしろがってホームページをつくりあげているよ。当然ながら、沖縄のことなら酸いも甘いもお手の物だからな」

「昔話をする気はある？」

謝花はしばらく思案した。目をあげた。

「おまえだけに、ならば」

「嬉しい。聴かせて」

「俺は首里(しゅり)のユタの家に生まれた。父親は幾人か候補がいるが、誰だかよくわからない。女系というのか。母系か。母権かもしれんが。とにかく女がすべてを仕切っている家で、家のなかで男はガキの俺ひとりといった有様だった」

　ユタと聞いてちいさく息を呑んだ霧絵であるが、女のなかで謝花が育ったということになんとなく頷けるものがあった。逆に女という性に触れるのがきつくなる面があるのかもしれない。

　謝花が視線を中空に投げて思いをまとめているので、よけいな口を差しはさまず、先を促す。

「俺はといえば、要領の悪いガキだった。学校の勉強はそれなりにできるけれど、小学三年にもなって、満足にシャツのボタンもはめられないような、そんなガキだ。躾もなにもなかった。教えこまれるのは、いま流行のスピリチュアルってとこだ。そればかりで反吐がでそうなくらいだったが、まあユタの家系だから致し方ない。頭の足りない奴の別名だが、信心深いバカがたくさん拝みにくるんで貧しいというわけではなかったが、一般常識から見事にかけ離れた家だった。じつは一般常識だけでなく、琉球という島の常識からも微妙にかけ離れたユタの家系だった」

「ユタの家系」

　パズルのかなり重要なピースを発見したような気がして霧絵は感嘆した声をつくって繰り返した。けれど謝花は自嘲気味な声で呟くように言った。

「ま、ユタにもいろいろある。うちの女どもはいまでいう精神科か心療内科に通ったほうがいいような女どもだった」

べつにユタにかぎらず、神懸りには常にそういった側面があるものだ。霧絵はあえて訊いた。

「穏やかでないわ。どういうことかしら」

「たとえば東京の街中で、伸ばしにのばした黒髪を天にむけて捧げもって、電波がくる、電波がくる、と叫びつつ、踊りつつ、支離滅裂なお告げをしたら、どうなる」

「なるほど。そういうタイプのお告げをする人たちだったのですね」

「それをお告げ、というならば、な」

「立派なお告げです」

霧絵が断言すると、謝花は口を噤んだ。しばしの沈黙の後、呟くように言った。

「たしかに、うちの女どもの言葉には躊躇いというものがなかった。どんな荒唐無稽なことでも、常に迷いなく即座に断言した。台湾でおきた地震が沖縄にまでこなかったのは、わたしが祈ったからだ。わたしが地震を止めてあげたおかげだ、といった按配だ。すべてを真顔で断言したものだ。ガキの俺が、そんなことを言い切っちゃったら、まずいんじゃないか、と心配するような常軌を逸した事柄も平然と断言して、外れようが一切の変更をしなかった」

「断言こそが、お告げの本質。内容なんて、どうでもいいのです」

「おまえも極端な女だな」

「そうでしょうか。わたしたちの言葉は、いつだって逃げ道を用意してあるわ。断言できるのは世間一般で通用している常識や善悪で括れるようなことだけ。大多数の言葉に乗っかるだけです。荒唐無稽になればなるほど、逃げ道を用意してあるはず。冗談にしてしまうはず」

「まあ、一般人の言葉というものは、そういうものだ。理由は――」

狂っていないからだ、という言葉を曖昧に呑みこんだ謝花だ。それを読みとった霧絵が薄く笑った。

「正常とはどういうことですか」

「そう突っこまれると、よくわからん。意外に難しい。こういうときは語義を当たるにかぎる」

立ちあがると、ノートパソコンをもってもどった。DDwin で広辞苑を引く。

――せい‐じょう【正常】他と変わったところがなく普通であること。なみ。あたりまえ。

液晶を覗きこんだ霧絵と見交わした。お互いの唇に苦笑が泛んでいた。

人々は実生活において正常であることがなによりも重要なことであるかのように思い込んでいるが、正常なんて他と変わったところがなく普通であることにすぎなくて、なみであり、あたりまえであるという。

「正常の定義で重要なのは、他と変わったところがない――という部分よ」

「それは人間的な、あまりにも人間的な視点だ。逆に神こそが独善の最たるもの。だからこその神懸り」

こういった言葉を吐く謝花を前にすると、そう侮ったものでもないなと思う。青臭さと達観が同居している。世棄て人の生活は、謝花にとって思索を為すための時間であったのかもしれない。

「お願いがあるの」

「なんだ」

「横になって、わたしの背後にまわって、首に腕をかけて」

霧絵が促すと、謝花は怪訝そうに左肩を下にして横になった。右腕か左腕かしばらく悩み、右腕をかぶせてきた。左手は霧絵の首の下にとおした。首を絞めるかたちになった。軽く喉仏に力が加わる程度だ。さらに霧絵にぴたりと密着する。

「これで、いいか」

問いかけには答えず、霧絵はうっとり目をとじた。悪戯心をおこした謝花が腕に力を込めると霧絵はさらに脱力した。

完全に身をまかされて、謝花はいまだかつてない感情を抱いた。この娘を護りたい。

この娘に我が身を捧げたい。

いままで幼い臥薪を利用しきってきたくせに、安いインテリにありがちな他者を利用してやろうというさもしい気持ちがきれいに失せて、謝花は無私の幸福のなかにあった。同様に、霧絵も首に手をかけられて信じがたい平安のなかにあった。このまま身をまかせて殺されてしまっても一向にかまわない。究極の安らぎである。

やがて謝花の男がふたたび目覚めた。控えめに、けれどごく当たり前のように霧絵の内側に謝花が這入りこんできた。霧絵は謝花に動作を控えるように哀願した。いまでも充分に昇りはじめているのだ。これで牡の動きをされては、言葉を喪ってしまう。せめてすべてを語り終えるまでは、霧絵のおなかのなかでそっとしていてほしい。

霧絵はなかば快につつみこまれつつ、夢うつつで語りはじめた。いっしょに沖縄に行ってほしい。新たな宗教団体設立に力を貸してほしい。その思想的バックボーンをつくりあげるのに参画してほしい。戸籍や住民票がないならでっちあげてあげるから、宗教団体設立に要する最低三人の責任役員のひとりに就任してほしい。できれば沖縄という風土に詳しい謝花に実務面をアドバイスしてほしい。なによりも――。

「いつもわたしの傍らにいてほしい」

# 第二部　琉球篇

# 1

排ガスくさい。

沖縄に対する第一印象だ。榊原は小首をかしげる。鼻をひくひくさせながらトンネルのような通路を行く。

「ボーディング・ブリッジってさ、和製英語ってやつなんだってね。外人に言っても通じねえらしいよ」

謝花が迎合の笑いをかえした。榊原は臥薪の手をつないで歩いている。まだ鼻をひくひくさせていた。

臥薪は物珍しくてしかたがない。視線が落ち着かない。瞬きが少ない。なんとも嬉しそうだ。飛行機も初めてだった。いや旅自体が初めてだ。空気の匂いが、湿り気が違う。劇的に気温が変わる。ありとあらゆることが未経験だ。

ブリッジを抜けた。空港ターミナルに至った。榊原は左の小脇に抱えたダウンジャケットを一瞥した。東京では着ているアロハの上に羽織ってちょうどだった。先を行く若者の背をノックするような手つきで叩いた。

「おまえ、沖縄の若い衆か」

丸顔の若者はぎこちなく頷いた。榊原に因縁をつけられるのかと不安げに構えた。

「二月で、こんなに暑いなんて、おじさんビックリ。そこでキミにこの高級ダウンジャケットを進呈しよう」

若者がもじもじしていると、軀を寄せて囁いた。

「気に食わなかったら棄ててくれ、ってことだよ。沖縄の子は、ダウンなんて着ないか」

「――いえ。冬のごく短いあいだだけ、ファッションで着ます。下はTシャツですけど、北谷（ちゃたん）とかではけっこう見かけます」

「なら、利害が一致ってやつだ。お値段なんと十八万円也（なり）。おフランスはモンクレールの最高級ダウンだよ」

榊原が顎をしゃくると、謝花も自分のダウンを彼にわたした。臥薪も真似て満面の笑みで、ちいさなダウンを彼に手わたした。

ダウンを抱えて困惑している若者にむかって榊原が尋ねる。

「キミの友だちで、失業していて、なおかつ車の運転のうまい子はいるかな。俺たちの沖縄滞在中の運転手募集なんだけどさ。バカな子はだめよ。気のきく子がいいんだけど」

若者はあらためて榊原たちを窺った。脇に抱えていたダウンを押しつけてしまったから、もはや手荷物のひとつも持たぬやたらと身軽な一行である。

着替えからはじまって必要なものはすべて現地調達という金銭的に大雑把な遣り口は榊原ならではのものだ。ホームレスであった謝花も手ぶらになんの疑問もない。

「あの、俺、失業中です」

「運転は」

「うまいです。瀬長島(せながじま)でも一目置かれてましたし」

「なに、それ」

「空港の近くに瀬長島ってちいさな島があって、地続きなんです。以前はそこでみんながドリフトを――」

「おまえ、暴やん？」

「いえ、その気になれば飛ばしますし、滑らせますけど、暴走族ってことはないです」

「おじさんたちは別の意味での暴やんだけどさ」

「やっぱ」

「やっぱってことないだろ。至っておとなしいんだからさ。キミ、運転手になりなさい。車、もってるの」

「いまは――その、廃車しちゃって。俺、東京で働いてたんです」

「いいよ。車はこっちが手に入れるわ。スプリング二巻半カットみたいな車高短に乗せられてたら、胃が痛くなって、挙げ句の果て白蝋病になっちゃうからね。で、食事その他つきで日給はどれくらいが望みかな」

若者は物怖じせずに、榊原を見つめた。

「幾らくらいまでならもらえますか」

「こないだタクシーに乗ったときに運ちゃんに訊いたら、ちゃんとまんべんなく客が乗ってくれる理想的な情況なら月に四十万は堅いはずなんだけど――ってぼやいてたから、月に二十日働くとして日給二万か。どう?」

若者は最敬礼だ。自分は大城貢ですと自己紹介する。ダウンを抱えて榊原たちに付き随った。

空港ターミナルをでた。ようやく榊原は排ガス臭の原因を突きとめた。空港ターミナルに群れている大量の客待ちのタクシーだ。見るからに古い車両ばかりだ。アイドリングのままマフラーを震わせている。エアコンを止めたくないのだろう。

「地球温暖化万歳」

気のない声で呟く。レンタカー屋のマイクロバスに乗り込む。とりあえずレンタカーを借りた。無難にカローラだ。大城に外車ディーラーにむかえと命じる。

「外車って、ベンツとかですか」

「アホ言いなさんな。ヤクザ、イコールベンツって図式は成り立たないのね。なぜなら、ここはアメリカでしょ」

「沖縄です」

「だって、右側通行じゃない」

「——左側、走ってます」

「とにかくアメ車。希望を申せばチャージャーがほしい。ダッジだね」

「ああ、いいですね」

「いいだろう。バニシング・ポイントだ」

「なんですか、それ」

「映画。観たのはＤＶＤだけどさ。主人公、元レーサー。シャブかっ喰ってさ、七〇年型のダッジ・チャレンジャーでかっ飛ぶんだ。最後は自爆しちゃうんだけどね」

「シャブで暴走ですか。豪勢ですねえ。まてよ、チャレンジャーじゃなくて、チャージャーでいいんですか」

「しょーがないでしょ。チャレンジャー手に入れようとしたら大古車になっちゃうけど、チャージャーなら最近でたそうだからね。とにかく半球型燃焼室にいちど、乗ってみたいのだわ」

しばらく口をはさむか悩んでいたようだ。リアシートの謝花がちいさく咳払いして割り込んだ。

「たしかにコワルスキーはドラッグをやってましたけど、シャブかどうかは——」

「なによ、謝花ちゃんも観たんだ？」

「俺は年ですからね。リアルタイムってやつですよ。公開時に劇場で観ました」

大城はルームミラーのなかの謝花と窓にへばりついて外を眺めている臥薪をさりげなく見つめた。謝花ということから沖縄出身だろうと当たりをつけた。無精髭が濃い。目に落ち着きがない。しきりに唇を舐めている。扱いが難しそうだ。よけいなことは訊かないことにした。

カローラは明治橋で動かなくなった。対岸を行くモノレールを見やる。久々の那覇だ。大城には渋滞さえも懐かしい。

「ここからゴーパチ、国道五八号線です。沖縄の背骨みたいな道です。米軍がつくりました。いや、実際につくらされたのは沖縄の人間ですけどね。昔はハイウェイ・ナンバーワン、一号線でした。いまでも一号線て呼ぶ親父がけっこういます」

「混んでるね」

「毎度のことです」

明治橋の右側は漫湖（まんこ）という干潟だ。漫湖の写生大会。漫湖に近づいたら臭かった。漫湖の護岸工事を請け負った世紀建設。恩納のいんぶ、に類するダジャレを口ばしりそうになった。ルームミラーの謝花を一瞥して大城は言葉を呑んだ。黙って泉崎、久茂地、松山と渋滞している五八号線を巧みに縫ってカローラを前に進ませる。

助手席の榊原は退屈したのかｉＰｏｄのイヤホンを突っこんで揺れている。大城は明るい声をつくって左側を示した。

「坊や。ここが、とまりん。離島に行くフェリーがでてるんだよ。座間味とか、もう、たまんないくらい海がきれいなんだ」

すると臥薪が背後から手をのばしてきた。大城の首に手がかかった。熱いくらいに温かかった。恍惚とした。鬱屈していたもの、強ばっていたものが霧散した。

背後から警笛を鳴らされた。我に返った。先行する車はとっくに離れていた。ハザードを点滅させて謝った。カローラを進ませる。まだまだ渋滞は続くはずだ。けれどスムーズに泊交差点を抜けていた。

臥薪が耳許に顔を寄せて歌うように囁いている。

――とまりん、とまりん、とまりん、とまりん、とまりん、とまりん――

大城もちいさく唱和した。

――とまりん、とまりん、とまりん、とまりん、とまりん、とまりん――

臥薪の手は大城の首にある。気を許していない人間には、いちばん触れられたくない部位が、首だ。唯一、首に手をまわすといったスタイルで和めるのが、恋人同士だ。臥薪の手は大城の首にある。

夢見心地で運転していると、謝花の視線に気付いた。大城は唱和するのをやめた。臥薪の声も消えた。

「ちゃんと座れ」

謝花が命じた。臥薪は座席に畏まって座りなおした。

大城には謝花と榊原、どちらの位が上なのか、わからない。榊原は臥薪に遠慮気味なところがある。臥薪は謝花の言うことを必ずきく。謝花は榊原に対すると、おどおどする。

ただ、これだけは、わかる。臥薪は普通の子供ではない。

那覇から浦添（うらそえ）に入ったとたんに、左に広大な米軍施設が拡がった。榊原がイヤホンをはずして尋ねてきた。

大城はキャンプ・キンザーの巨大な倉庫群を示して説明した。これらは兵站（へいたん）、つまり後方補給基地で、極東においてはもっとも規模の大きなものだ。

「キンザーは基地の九〇パーセントくらいが私有地なんです。もともとは県民の土地ですね。で、地主たちに支払われる年間の賃料ですが、四十五億にもなるらしいです。この基地にかぎらず、米軍に出ていってもらったら困る、つまりこの収入を当てにしてる沖縄県民がたくさんいるわけで、ま、本音と建て前っていうんですか。平和では飯は食えないってとこですかね」

謝花を気にしながら喋っていた。さりげなくミラーで気配を窺う。とたんに引き継いだかのように謝花が口をはさんだ。

「沖縄の基地のほとんどは軍用地だもんな」

榊原が小首をかしげる。

「基地は軍用地じゃないの、はじめっから」

大城があえて黙っていると、謝花が語りはじめた。

「沖縄でいう軍用地とは、国が個人の土地を借りてる、つまり強制使用してる土地のことなんですよ。安保条約で日本は米軍に基地の土地を提供しなければならなくなって、日本のどのような土地であっても米軍に求められたら問答無用で差しださなければならないという駐留軍用地特措法っていかにも敗戦国というか植民地じみた法律をつくったんですけどね、まあ本土では基地のほとんどが国有地だったから関係なかったんですよ。けれど、七二年に沖縄が返還されてしまって、ふたたび駐留軍用地特措法がクローズアップされたってわけです」

「つまり、沖縄には日本の基地のほとんどが集中していて、しかもその基地の土地が民間のものであったたってことか」

「そういうことですね。日本は沖縄の軍用地借地料に年間九百億円ほどを注ぎこんでますから。反戦地主と呼ばれている者もいないでもないけれど、まあ、銀行に金を預けておくよりも、なによりも取りっぱぐれのない九百億ですからね。軍用地として借地料をもらっていたほうがよほど利率がいいんですよ。軍用地ってやつは借地料が毎年上昇してくから、ぶっちゃけ複利で増えてく超高利の定期預金みたいなもんで、いまの国債や定期預金の利率を考えれば、もう文句ない優良な投資でしょう。しかも国がすべてやってくれるから、アパート経営なんかとちがって入居者がバックレるといったことがない、つまり決して不払いがない不動産収入であるうえに、銀行やら証券会社といった第三者へ管理料や手数料を支払う必要が一切ないんです。さらには国の借地権がついているせいで土地の評価額が極端に低いんです」

「土地評価額が極端に低いってのは、問題じゃないの」

「いや、そのおかげで固定資産税が笑っちゃうくらい安いんです」

「あ、そうか」

「しかも戦争が起きたりするとさらに値上がりするんですよ。基地ですからね。戦争が必須なんです。戦争が起きると重要度が増す。だから軍用地をもってる者は、けっこう世界情勢を気にしますね。アメリカ、どっかで戦争起こさないかな——てなもんですわ。イランがミサイル飛ばせば株価は下がるけれど、軍用地の価値はあがるんです。で、絶対に返還される見込みのない軍用地をもってる地主なんて、ウハウハってやつですよ」

「謝花ちゃん、詳しいね」

「まあね。嘉手納(かでな)であってもたとえば基地外枠のカミッサリー、日本でいうスーパーマーケットの土地をもってるんじゃ、あまりたいしたことがないんですよ。いつ返還されるかわかったもんじゃない」

「絶対返還されない土地って?」

「たとえば滑走路です。で、嘉手納基地の滑走路をもってる地主ってのが、うちのオフクロです。いろいろあって拝みにきていた地主からせしめたんですけどね。もっとも長いあいだ会ってないから、いまも滑走路もってるかどうかわからないですけどね。沖縄銀行の枠々軍用地ローンのカードを見せびらかすのが趣味でしたもん」

「ワクワク軍用地ローン」

「枠組みの枠ですけど、榊原さんが口にしたとおりワクワクに引っかけてあるわけです。ローン限度額は三千万。それくらい軍用地って、価値があるんですよ」

「銀行のカードローンの限度額って、せいぜい三百万とかじゃなかったっけ」

榊原の顔つきが考え深げだ。ヤクザにとって、経済活動は命だ。枠々軍用地ローンを巧く活用して軍用地をアレしてコレして——と思いを巡らす。

身を乗りだして榊原の横顔を確かめた謝花がさりげなく諭した。

「国が咬んでいるから、ボロ儲けはむずかしいですよ。利率はたしかに高いんだけど、所詮は借地料ですからね。元金を減らしたくない慾深な庶民のものですよ」

榊原は頷いた。

「よけいなことをしてると、お嬢様に怒られちゃうもんな」

とたんに顔を赤くする謝花であった。霧絵に関することがでてきただけで、頬に血が昇るのだ。

知ったかぶりをしなくてよかった。肩の力を抜いて大城は運転に専念する。荒くならないようにスムーズに、けれど速く——。

学歴もなければ、免許以外の資格もない大城が就職難の沖縄で日給二万。そうそう得られるものではない。なんとか榊原に気に入られたい。なによりも臥薪から離れたくない。

キャンプ・キンザーもそろそろ終わるといったあたりの進行方向右側を大城が示す。アメ車専門のディーラーだ。クライスラー、ジープ、ダッジを扱っている。ダッジ・チャージャーの最新型である深紅のＳＲＴ８の試乗車が用意してあった。

長さは五メーターを超え、幅は一九〇センチ近く、重さは二トンを超える。ＨＥＭＩと呼ばれるＶ型八気筒の六・一リッター〇ＨＶエンジンは四三一馬力と五八キログラムの最大トルクを絞りだす。

ヤクザならではの有無を言わせぬ交渉で、書類などは後ほどということにして走行千キロほどの試乗車とカローラを交換することになった。

　もちろんそれなりの対価は支払った。ディーラーの係がカローラをレンタカー屋にもどしておいてくれるということだ。榊原がYナンバーにしろとごねた。係の者はさすがに困惑した。冗談だと榊原が笑う。

「いっちょまえにドリルドディスクにブレンボの赤いキャリパーじゃねえか」

　ホイールを覗きこんだ榊原が嬉しそうな声をあげる。臥薪もボディと同色の深紅に塗られた巨大な化け物のドアノブに触れて、昂ぶった眼差しを謝花にむける。謝花は免許さえもっていないので車のことはまったくわからない。一応、臥薪にむかって偉そうに頷きかえしておいた。大城はこれを運転できるのかと生唾を呑んだ。

　ディーラーの係の者が真顔で注意した。左下の奥にしょんぼり隠れている二度踏みリリース式のサイドブレーキをかけたままでも、なんせ五〇キロを超えるトルクである。平然と走ってしまうという。足踏みなのでもどし忘れたまま走ってサイドのパッドを焼き切ってしまうオーナーが多いと念を押す。さらには、パワーがありすぎるから通常のDレンジでは二速発進するようにセットされていること、マニュアルモードにしてアンチスピンデバイスも解除すれば一速で発進できるようになるが、簡単にホイールスピンをおこし、二〇インチの高価なタイヤのゴムを吐き気を催す臭いの白い煙に変えてしまうだけで、すぐに交換しなければならなくなるから、いかに愉しくとも一速発進はほどほどに——とのことだ。ただしオートマチックミッションはメルセデス製なので、耐久性は抜群であるという。

運転席におさまった大城がシートベルトをしながら昂ぶった声で示す。

「榊原さん！　二九〇まで速度計、目盛ってありますよ」

「最近のアメ車は侮れないからね。実速二五〇程度は楽勝ででるだろう。いやあ、パワーバルジの盛りあがりが色っぺーやな」

榊原はシートベルトをセットしながら、大城にそっと耳打ちした。大城はリアの謝花と臥薪がシートベルトをしていることを確かめ、嬉しそうに頷いた。

「ＥＳＰカット、マニュアルモードです」

「よし。行っけー」

臥薪の軀が宙に浮き、背もたれにぶち当たった。謝花は狼狽えて悲鳴をあげかけたが、加速重力に負けて、声がでなかった。

ぎょぎょぎょぎょぎょぎょぎょぎょぎょぎょ！

タイヤの空転する音が後から追ってきた。ダッジ・チャージャーは白煙を撒きちらしながら烈しく臀を振る。路上に飛びだす。

*

冷たい風が吹き抜ける三月上旬夕刻の有明埠頭だ。沖縄奄美航路船客待合所から霧絵があらわれた。車椅子を押す茂手木さんに声をかける。

「あの船かしら」

「そのようでございます」

「なんだか鉄錆くさい。見て。幽かに揺れてるわ。上下している」

「船は揺れるものです」

「酔わないかしら」

「お嬢様が飛行機はお嫌いだからと」

「つまらない意地を張るんじゃなかったわ」

「二部屋しかない一等ツインの個室をとりました。シャワーやトイレも専用です。テレビは衛星放送なので海のうえでもきれいに映るそうです。ゆったりした船旅が楽しめるのではないでしょうか」

こういうときの茂手木さんはとりつく島もない。霧絵は口をすぼめて黙りこんだ。淳ちゃんと賢ちゃんがだらだらと、付き随う組員たちが整然と霧絵のあとに続く。

霧絵が車椅子ごと乗りこめるように改造されたメルセデスのR550もフェリーの船腹におさまった。

組長がしょんぼり見送る。組員たちも整列して見送る。一般客は強ばっている。カモメばかりが奔放に飛びまわっている。定刻十七時、ありあけは埠頭を離れた。沖縄安謝（あじゃ）の那覇新港まで三日強の船旅である。

*

おなじころ榊原たちはハーバービューホテルの坂道をくだっていた。

東京だったらとっくに暮れているころだがまだ明るい。気温は二十五度以上ある。三月とは思えぬ陽気だ。

皆、Tシャツ一枚だが、意外と気のまわる榊原は腰にアロハを巻いている。気温が下がったら羽織るつもりである。

せっかく手に入れたチャージャーだがホテルの駐車場においてきた。大城にも酒を飲ませてやりたいという榊原の配慮だ。

とりあえず腹ごしらえをしようと大城の案内でハーバービュー通りに面した食堂にむかっている。

「大城食堂――なんだよ、おめえの実家がやってんのかよ」

「たまたま名前がいっしょなんで、中坊のころからここで飯、食ってたんですよ」

「しかし、すごい建物だな。バラックじゃねえか」

榊原がけなし、くさすと、大城は嬉しそうに笑う。ごくせまい店内には赤白のチェック柄のビニールのテーブルクロスがかけられた古びたテーブルが四つしかない。おなじく古びたパイプ椅子に座った客が数人、黙ってやや早い夕食をとっている。店を仕切っているのは年齢不詳のお婆さんだ。

店にはいるとお婆さんは曲がった腰のままゆっくり振りかえった。目を見ひらく。

臥薪はまっすぐお婆さんのところに行き、黙って頭をさげた。

お婆さんは臥薪の頭をやさしく撫でた。リウマチだろうか、指の関節がひどく変形している。その節榑立ち折れ曲がった指が臥薪の髪に柔らかく絡む。

臥薪はお婆さんにぴたりと身を寄せた。腰の曲がったお婆さんに背の低い臥薪がぴたりと組み合わさった。一体化した。そのまま微動だにしなくなった。

「なんかさ、正太郎の奴、沖縄にきたらほとんど喋らなくなっちゃったな」

謝花が頷く。

「どうも沖縄という土地に感応してるみたいですよ。眼だけが光ってやがる」

大城はお婆さんと臥薪の無言の交流を感動の面持ちで見つめている。

なにかがおきたわけではない。けれど食事中の男たちも箸をとめた。顔をあげる。黙ってお婆さんと臥薪を見つめる。

やがて、いちばん奥まった席の無精髭が濃い中年男が涙を流しはじめた。

榊原が囁いた。

「なんだよ、親父が泣いちゃってるぜ。これって泣くとこか」

謝花はごく抑えた声で臥薪を呼び寄せた。臥薪は素直にもどってきた。あいている唯一の席に四人は座った。

榊原が明るい声をつくって訊く。

「なによ、手引って。博奕の一種かよ」

「てびちと読むんですってば。沖縄ではきをちって発音するんです」

「ふうん。で、てびちって」

なに？　と尋ねようとしたのだが隣の席の丼を覗きこんで納得した。

「豚足じゃねえか。それも超巨大、大量、ビックリだぜ」

大城が謝花に耳打ちする。

「ビックリって、得意なんですか」

「最近、よく言うね」

「なんか古いですね」

「大城クン」

「はい、なんでしょうか」

「聞こえてるよ」

「まさか！　ビツクリ」

お婆さんが黙って立っている。大城が勝手にてびちを三人分注文した。臥薪にはポークの玉子だ。

てびちがテーブルに運ばれた。榊原が目を剝いた。謝花が怪訝そうに覗きこむ。

「いやさ、豚の足なんて人の食い物じゃねえと思ってたけど、脂。脂がまったく浮いてねえ！」

「沖縄の人間は暇だから、つきっきりで面倒見るんですよ」

謝花が懐かしそうに割り箸を割る。誰もが黙りこんでてびちに集中する。臥薪はスパムと玉子をまとめて口にいれて嬉しそうに頰笑んだ。けれど皆が食べているてびちが気になる。気付いた大城がてびちの丼を臥薪の前に移動させた。

豚足の他に煮込まれた大きな大根、無数の昆布、蒟蒻（こんにゃく）、そして庭先で獲（と）ったのかフーチバこと蓬葉（よもぎば）が鰹（かつお）仕立ての汁のなかにはいっている。どれを食べるべきか迷う臥薪に、大城はフーチバを示した。

臥薪は笑みを泛べたまま濃緑の葉っぱをつまみあげた。口にいれた。嚙みしめた。皆が注目している。だから顰めた顔を笑顔にもどした。だが、すぐに笑顔はくずれた。臥薪には蓬の葉っぱの苦味のどこが取り柄なのかわからない。

大城は肩をすくめた。笑いをこらえ、ぷるぷるのてびちの皮の部分を箸で千切って臥薪の口にいれてやった。臥薪はおそるおそる咀嚼した。こんどは含むところのない満面の笑みだ。謝花が頷いた。榊原はうっとりした眼差しで小皿に骨を吐く。

飲み屋が集中する松山までは歩いても一キロ少々ということだ。一行は県警裏からパレットくもじの西側を抜け、国道五八号線にでた。とっくに陽は暮れたが、すこし汗ばんでいた。

女のいるところに連れていけと榊原が騒いだ。一般人ならばボッタクリを気にするところだ。けれど榊原は稼業の人間だ。どんなところに連れていってもサバイバルできるだろう。チャージャーをいきなり購入するような経済力もある。

大城は思いきって、いまだかつてはいったことのない高級クラブと称される店の分厚いドアを押した。

脇をすり抜けて臥薪が店内にはいっていってしまった。すこしだけ大城は狼狽えた。なぜ狼狽えたのかは、よくわからない。フロアの奥から臥薪が手招きした。

臥薪はなんの違和感もなく奥の席の一行に迎えいれられていた。父親がいたずらに連れてきたのかと思われたようだ。けれど榊原に気付くと、女たちにも店の男たちにも緊張が疾った。

夜の遅い沖縄である。まだ出勤している女が少ない。その女のほとんどが盛琉会会長である上地将真一行の席に着いていた。臥薪は会長の隣に座って満面の笑みだ。

守礼の国、沖縄である。ヤクザの歴史は第二次大戦後からだ。二十万人余が犠牲になった沖縄戦の後、米軍の占領支配がはじまり、かろうじて生き残った沖縄の人々は鉄条網に囲まれた収容所に押しこまれた。そこからどうにか解放されたときは、沖縄島は米軍の基地と化していた。米兵による暴力、強姦、殺人が多発した。そんななか、逆に豊富な米軍の物資を略奪する者があらわれた。戦果あぎゃあと呼ばれる者たちである。この戦果あぎゃあが沖縄ヤクザの最初の成り立ちだ。武装した米兵から物資を奪いとるといった荒事を為すほどである。沖縄ヤクザは紛うことなき武闘派である。現在は人口十万あたりの組員数約百人。全国一といっていい。沖縄は、じつはヤクザの島なのである。この島にはすべてを許容する風土がある。人々は同じ血縁のなかに警察官がいてヤクザがいることをよしとする。なにか揉め事があったときに親戚にヤクザのひとりもいれば便利であろうといったところだ。

盛琉会は沖縄ヤクザの頂点である。組長のまわりを固めている者たちが即座に榊原一行に反応した。榊原の放つ気配はヤクザそのものだ。謝花は得体が知れない。そして物怖じしない臥薪である。盛琉会の若い衆など臥薪と榊原を見較べてソファーから腰を浮かせている。大城は恐怖に頭を抱えたくなった。

「こっち、こっち。こっちへおいで」

臥薪が呼んだ。表情を消していた榊原の頬に柔らかな笑みが泛んだ。会長のボディーガードたちはチノパンにTシャツ一枚の榊原が武器を持っていないことを素早く確認した。榊原は会長の前で頭をさげた。

「生憎、名刺を持参するのを忘れるという不調法ぶりですが、お許しください。渋谷は松濤の高階組で舎弟頭を務めさせてもらっている榊原郁夫と申します」

「郁恵じゃなくて、郁夫」

「はい。いいとこですね、沖縄」

「まあね」

上地は同意しつつ肩をすくめる。

「でもね、暮らしてりゃあ、それなりに苦労もあるんだよ」

「それは、そうでしょう。観光ではしゃいでいる我々には想像もつかない苦労がおありでしょう」

臥薪がソファーのうえに膝で立った。会長の頬に人差し指を突きたてる。会長は頬にめり込んだ臥薪のちいさな指を横目で一瞥した。

「あんたの息子?」

「いえ。孤児なんですよ」

孤児——と口のなかで呟いて、盛琉会会長上地は頰にあてられた臥薪の人差し指をつまんだ。

すっかり上地の目がなくなっている。溶けきっている。臥薪を膝のうえに座らせた。軽くリズムをつけて膝を上下させる。臥薪が揺れる。その口からはしゃいだ声が洩れる。榊原たちに上地が声をかける。

「ま、座りなよ」

なんとも機嫌のよい声だ。大城は胸を撫でおろした。榊原は上地と向かいあった席に腰をおろした。右に謝花、左に大城が座る。ホステスが水割りでいいかと問う。謝花はまだおどおどした目つきだ。上地が目を細めたまま言う。

「身の上話、しようかねー」

「お聞きしましょう」

軽く身を乗りだして如才なく受ける榊原である。

「じつはね、俺さあ、若かりしころは、それは女にもてたさぁ」

「それはそうでしょう。その濃い、いや彫りの深い顔立ちなら、女どもが抛っておかないですよ」

上地はかまわず続ける。

「若気の至りというのかねえ、できたできないでやりあうのが面倒くさいから、パイプカットしちゃったんだ」

榊原は手術のだいたいのところを知っている。だから頷くばかりだ。けれど大城は興味津々だ。大城の表情に気付いた上地がどこか得意げに手術の様子を話す。

「パイプカット、正しくは精管結紮切除術といったかな。結紮っていうのは縛ることだけど、それじゃパイプをカットっていうのがおかしいだろう。ま、実際カットしちゃうわけだ。精子はタマキンでつくられるわけだろ。そのタマキンからのびている精管ていうのをちょん切っちゃうわけだ」

痛そうに顔をしかめて大城が尋ねる。

「結ぶだけだってききましたけど。縛るだけだって。結紮でしたっけ」

「ちがうのさ。切断してから縛るのさ」

「そうなんですか」

「そう。ただ単に縛ったんじゃ、避妊にはならんのよ。いつ、ほどけるかわかったもんじゃないもんね。精管ていうのはタマキンが二個あるから二本あるわけだけど、俺の精管は動きがいいってんで、普通だったら二カ所ひらくとこをうまく引っぱってきて、一カ所ですましたんだけどさ、これがじつにたまらんのよ。タマキンをグイーッて引っぱられるみたいでさ、麻酔が効いてんのに身悶えしちゃったよ」

「痛いんですか」

「いや、痛みはともかく、異様な感じだったなあ。おまえ、タマキン摑まれて引っ張りあげられることを想像してごらん」

「いやあ、勘弁してください」

「だろ。——ああ、そうだ。こんど、リンチかますときさ、まずは裁ちバサミのでかいのでチンチンを輪切りにしてからさ、さらにタマ袋を裂いてタマキンに針金まわして引っ張りあげて吊(つる)しちゃおう」

いかにも嬉しそうに言う上地に子分たちが追従して頷く。上地の膝のうえで臥薪は笑い続けている。

「ま、リンチはおいといて、タマキンの管の話だ。管は縛って、そこを電気で焼いちゃうわけ」

「それじゃ、もとにもどりませんね」

「そうなんだよ。俺ってバカだからさ、命棄ててかかっててさ、子供も一生つくらないって決めて、無茶し続けてきたら、いつのまにやらこんなとこに祭りあげられちゃってさ、気分が落ち着いてきたら、わりと最近だけどね、後悔する気持ちがじわりと湧いてきちゃったわけだ。おまえ、勢いだけでやっちゃ、絶対にだめだよ。もとにもどせるなら、いくらでもすりゃいいけどさ、つなぎあわせるのは難しいからね」

「手間がなくていいんじゃないかって思いましたけど、手術の様子をきいただけで、なんか萎えちゃいました」

「うん。それでよろしい。そこで、だ。いまの俺は子供がほしい」

榊原は上目遣いで頬笑んでいる。謝花はあいかわらず相対する者たちと視線を合わせることもできない。大城はなんとなく場に馴染(なじ)んでしまっていた。

上地が膝の臥薪の両脇に手を挿しいれた。そのままグイと持ちあげる。

「孤児なら、問題ないね」

榊原が応じる。

「なんの、問題でしょうか」

「うん。こいつ、もらう」

謝花が目を見ひらいた。はじめて上地の顔を真正面から見た。上地が見かえす。謝花は即座に目を伏せる。

「もらうよ」

「生憎、物じゃないんで、正太郎本人の気持ち次第でしょう」

「正太郎って言うの？」

「おねえさん、書くもん貸して」

榊原はメモ用紙に思いのほか端正な字で名を書いた。通信教育でボールペン習字を習ったと怪しいことを呟く。叮嚀にふりがなが振ってある。上地はしばらくメモ用紙の臥薪正太郎という名を凝視した。やがて口の端を歪めて笑みを泛べた。

「臥薪正太郎、もらったぞ」

「だから、本人の気持ちを確かめてくださいよ。推定年齢六歳以上、十歳以下。上地さんのところにもらわれていくのがいやか、嬉しいか、それくらいの意思表示はできるでしょうから」

「そりゃ、そうだ。じゃ、訊いてみよう。正太郎、俺んとこにこい」

謝花は目を見ひらいたきり瞬きをしなくなっていた。大城が固唾を吞む。榊原はこだわりのない淡泊な表情だ。

満面の笑みで臥薪が大きく頷いた。上地が念を押す。

「おじちゃんちの子供になるね」

「うん。おじちゃんの家に行く」

「よし。今日からおじちゃんの子供だ」

あっさり決まってしまった。謝花がすがるように榊原を見た。大城も榊原と上地を交互に見て喉仏を上下させる。

榊原は右手を顔の高さにあげた。その手を臥薪にむけてちいさく振る。

バイバイ——。

すると臥薪もバイバイと手を振りかえしたではないか。

謝花は信じられないといった表情で臥薪を見やり、がっくり首を折った。ずっと父親代わりを自任してきた。育ての親だ。それ以上の存在であるという自負もある。けれど上地が怖い。まったく声を発することができない。情けなさに泣きそうな顔だ。

上地が臥薪を膝にもどした。榊原たちにむかって顎をしゃくる。顔から、笑いが消えていた。

「おい」

「はい」

「いつまでその汚え(きたね)面、さらしてるんだよ」

「ビックリ。見事な豹変(ひょうへん)ぶりですね」

「ふん。俺はな、筋金入りのヤマト嫌いだ」

「つまり日本人が嫌いであると」

「琉球の人間に、日本人が好きな奴なんてほとんどいないと思うよ。まあ、なかにはさ、植民地によくあるような傀儡(かいらい)っていうの？　まるで日本人みたいな口をきく奴もいないではないけどさ、ごく少数さ」

榊原が笑みを泛べたまま問う。

「俺たちは目立たないようにこの店で飲んでいてもいいか。それとも出ていかなければならないか。どっちでしょう」

「死にてえなら、ごゆっくり」

「殺されちゃ、かなわんな」

「タマキンに針金まわして吊られたくなければ、とっとと消えろ。五千円払って真栄原の婆さんでも抱いて沖縄旅行の思い出づくりに励め」

上地はポッキーをつまみあげて臥薪の口に挿しいれる。臥薪は嬉しそうに囓る。

榊原は臥薪を一瞥した。

臥薪は見向きもせずに上地の無精鬚を引っぱろうとしている。はしゃいでいる。

謝花は放心状態だ。

大城がすがるように榊原を見つめた。

榊原は肩をすくめた。ついでに口もすぼめた。ホステスを手招きして会計してくれと声をかける。上地が割り込んだ。

「奢ってやるよ、ヤマトの兄さんたち」

大城が恐るおそる言った。

「俺は那覇の生まれです」

「顔見りゃ、わかるさあ。おまえは腐れヤマトの腐れヤクザに引っついて、琉球、売り渡して生きていくのか」

「そんな──」
「けど、実際、そうだろうが」
「誰だって飯を食わなければ生きていけません」
「もっともだ。おまえの生活に干渉する気はないよ。でもさ、鬱陶しいからさ、とっと
と立ち去りなさい」
「俺、正太郎といっしょにいたいんです！」
「わかるよ、その気持ち。このガキ、普通のガキじゃないもんね。たぶん、神様が宿っ
ているよ」
「神様──」
　大城は背をむけたままの臥薪の首筋を凝視し、促した。
「さあ、正太郎、もう行こうよ。この店からでるよ」
　だが臥薪は大城を見向きもしない。もちろん謝花のほうも見ない。先ほどバイバイし
たきり榊原も完全に無視している。
　もはや上地は完全に榊原たちを遮断した。眼前に存在しないがごとくである。なにや
ら囁きながら臥薪の頭を撫でる。とろけそうな顔で頬ずりをする。
　横目で盗み見て謝花が落涙した。声をあげずに涙を流した。ホステスが困り果てた顔
で謝花を見つめる。榊原がそっと謝花の肩を抱いた。店からでた。

エレベーターのなかで大城が憤った。

「正太郎の奴ってば、あんな薄情な奴だったなんて」

榊原が笑う。

「上地っていったっけ、奴んとこのほうが神様扱いされて、いい暮らしができるって直感したんじゃねえかな」

「そんな——」

「そんなもこんなも、正太郎とは盃を交わしたわけでもねえし、正太郎は行きたいところに行き、眠りたいとこで眠る」

言いながら榊原は謝花の肩を抱いた手に力を込める。謝花はあいかわらず声をあげずに落涙している。ビルからでると客引きが取り巻きかけた。けれど泣く男とその肩を抱いた見るからにヤクザである。

「やれやれ客引きにまで嫌われちまって」

大城が所在なげに尋ねる。

「俺たちは、これからどうしましょう」

「なんだっけ、真栄原？」

「はあ」

「ほんとに五千円でやれるの？」

「やれないこともないですけど、女はあれこれ時間を引きのばすから」

「引きのばすとは？」

「着替えがどーとか、準備がなんたらって吐かしますからね、十五分ではなかなか」

「十五分、五千円」

「そうです」

「十五分でなにする気？」

「まったくです。だから学生以外は、普通は一万払って三十分です」

「三十分でなにする気？」

「俺は三十分あれば、一通り──」

「よし。じゃ、真栄原行こ」

「まってくださいよ。正太郎を抛っておいていいんですか」

「おまえ、正太郎にめろめろで目がなくなっちゃったあの親父から、正太郎を取りかえせると思ってるの？」

「──無理かな」

「無理だよ。ほんと、輪切りにされて吊されちゃうぞ」

言いながら、さりげなく目で謝花を示す。まだ泣いている。涙はとまらない。声こそあげていないが、これほどまでに手放しで泣く男もめずらしい。

大城は謝花に気付かれぬように肩をすくめた。謝花の気分直しにはいいかもしれない。自棄気味というわけではない。けれどなんとなく面倒くさい気分だ。

「わかりました。でも真栄原はやばいかも」

「なんで」

「こないだ手入れがあったらしくて、若いおねえちゃんは吉原に移ったらしいです」

「吉原？」

「東京の吉原を真似た地名です。沖縄一の売春街です。かなり広いです。道は入り組んででせまっこいけれど、広大です。以前は婆さんばかりでほとんど地獄でしたけど、真栄原から若い子が移ったってききました」

ちょっと確かめてみますね、と断って大城は携帯をかけた。東京に行っているあいだの出来事である。確認をとったのだ。

「なんか、なしくずしになっちゃって、真栄原でだいじょうぶみたいです」

「てーげーってやつか」

「沖縄のいいとこでもあり、悪いとこでもあるんですけどね」

榊原が大城の頭をコチンと叩いた。生意気を吐かすなと笑う。顎をしゃくる。進路をふさぐようにして大城がタクシーを止めた。榊原が謝花をリアシートに押しこむ。大城は助手席でシートベルトを引っぱる。はしゃいだ声で真栄原にやってくれと告げる。アーケードんとこまででいいからねと付けたす。運転手は異様な謝花の様子に気付いたが、新町(しんまち)ですねと呟いて発進させた。沖縄でも色街は新町か――と榊原が呟く。

運転手が泣いている謝花をときどきルームミラーで見ている。モノレールの高架下を走っている最中だ。おどおどとした、思いつめた声で訊いてきた。

「あの――この方、埋めちゃったりするんですか」

「なんの話?」

「いえ、その、すごく悲しそうに泣いてるんで。なにがあったのかはわかりませんが、差し出がましいかもしれませんが、許してあげてもらえませんかねえ」

途轍もない勘違いだ。けれど運転手は真顔だ。人の善さそうな顔に不安と心配をたっぷりにじませている。助手席の大城が振りかえった。榊原と見交わす。苦笑する。

いきなり謝花の背筋がのびた。大声をあげた。

「榊原さん!　あんた、ヤクザだろう。メンツを丸潰れにされて、それでいいのか」

「それでいいのだー」

投げ遣りにかえした榊原である。ほとんどバカボンのパパである。あくびまじりでもある。

「正太郎を取りかえしてくれ。取りかえしてください」

「なんで、俺が」

「だって榊原さんはヤクザだろう」

「ヤクザだよー」

「ヤクザにはヤクザだろう。そうじゃないですか」

「なんか、謝花ちゃん、無茶言ってねえか」

「お嬢さんが到着する前にこんなことになってしまって、どう責任をとるんですか」

「責任て、よくわかんないんだけど。それにお嬢さんはなんの関係もないじゃないか」

暗い車内であっても謝花の頬や首筋が赤らんでいるのがわかる。またもや大城と榊原は見交わした。

大城にとってお嬢さんとはどのような存在なのかは判然としない。ただ謝花がお嬢さんを好きなことだけは伝わった。それも尋常ではないようだ。

榊原がちいさく咳払いをした。

「いいかい。整理しようね。まずは好き嫌いの話だ。大城君は好き嫌いは、どうよ」

「あ、それなりに烈しいっす」

「うん。でさ、心底から嫌いなブスにキスして抱いてって迫られたら?」

「正直、無理かな」

「無理だよな」

「無理ですね」

「ヤマト嫌いって言ってただろ、上地のおっちゃんは」

「——はい。俺、ちょいきつかったな」

「植民地によくあるような傀儡まで言われちゃったもんな」

「——どういう意味ですか」

「気にすんな。知りたければ自分で調べな。でも、たぶん知らないほうが気分よく過ごせるよ」

はあ……と、曖昧な返事をした大城だ。意味が判然としなくてもなんとなく悟ってしまっているのだ。絶対に調べません、調べたくありません——と呟いた。

「話をもどすよ。ヤマト嫌いは、どこまでいってもヤマト嫌いだ。すなわち好き嫌いだ。理屈じゃねえ。つまり俺たちは上地のおっちゃんから嫌われてるドブスみてえなもんだ。端（はな）から忌み嫌うべき対象ってやつなんだ。上地のおっちゃんは、俺たちの顔も見たくねえんだよ」

「和解の途（みち）はないんですね」

「ないね。大城だってわかってるだろ」

「はい。俺だってヤマト嫌いですけどね。ただ、俺の場合はヤマトって大嫌いなブスじゃなくて、どこかで惹かれちゃってる美女なんですけどね。ただヤマトがまともに相手にしてくれねえから、大嫌いです」

複雑なニュアンスを苦い顔で告げる。榊原は大城の後頭部に軽く触れて頷いた。顔を右隣にむける。

「謝花ちゃんよ」

「――なんですか」

「沖縄であれこれはじめるにあたって、最大の難物は？」

「わかりませんよ」

「なに、拗ねた物言いしてんだよ。わかってんだろ。正太郎は最大の難物の懐に自分から飛びこんでいったんじゃねえか。俺は正直、どういう具合に地廻りどもに筋を通すか悩んでたんだよ。先乗りを仰せつかったはいいけどさ、あんたんとこの縄張りで怪しげな宗教団体はじめます、よろぴく――なんて言えるかよ。言えるけどさ、相手が納得してくれるわけがねえだろうがよ。賭場を開くとかいうなら話のもっていきかたもあるけどさ、宗教団体だぞ。どれくらいの実入りがあるかとかの細かいことがなーんもわかんねえじゃねえか。判断基準がない。ヘタに話を振ったら、こじれまくるにきまってるじゃねえか。わかってんのかよ。流行のスピリチュアルだぜ。とりわけ大昔からスピリチュアルが流行ってるスピリチュアルのドッボの沖縄だぜ。ぶっちゃけ、途方に暮れてたんだよ。だからさ、謝花ちゃんの好きなお嬢さんにゲタをあずけちゃおうかなって思ってたんだよ。言い出しっぺがやりゃあいいじゃねえかってな。ところがよ、正太郎の奴、てめえから地廻りの親玉んとこにすり寄っていきやがった。あっさり懐に飛びこんで懐柔しちゃった。俺たちはあのクラブに偶然はいったと思ってるのか。謝花ちゃんは、あのクラブで偶然、盛琉会会長に出会ったと思ってるのか」

大城が目を見ひらいている。前後はわからないが、無理やりもらわれていってしまったわけではない。なにか目的があって正太郎は上地に近づいたのだ。助手席から軀をねじまげてリアシートを見る。泣きやんだ謝花がおどおどした目で咳払いした。

「謝花ちゃんの好きなお嬢さん――というところは訂正してほしいんですけど」

榊原は無視して捲したてる。

「上地のおっちゃんの、あの蕩けようを見たかよ。焦点、合ってなかったじゃん。ほとんどイッちゃってたぜ。正太郎が上地のほっぺに人差し指を当ててたの覚えてるか。俺たちが店にはいった直後だよ。正太郎の指先が上地のほっぺにめり込んでたじゃねえか。それを見た瞬間、俺は意図を感じたけどな。正太郎の意図だ。いわば神の意図だ。否応なしに悟らされたんだ。あ、俺の出る幕じゃねえって。謝花ちゃんはさ、インテリの悪いとこがでてるよ。理屈じゃないの。直感で物事を捉えるようにしようよ。でないと直観も降りてこないって。あ、いまの科白は、最初は直に感じるで、次は直に観るだからね。誤解なきよう。もっともさ、あれこれ言ってもさ、俺も最後にゃインテリジェンスが邪魔しちゃうタイプかもー」

おどけて終わらせた。けれど謝花も大城も真顔である。榊原も真顔にもどした。頬に手をあててしばらく思いに沈んだ。顔をあげて呟くように言った。

「謝花ちゃん、ぶっちゃけ、やばいよ。人の根っこのとこでやばいよ。だってさ、俺のほうがよほど信仰心、あるじゃん」

「信仰心――」

「よくわかんないけどさ、俺は正太郎を信じてるわけだ。理屈じゃなく、信じてるの。パチンコ玉一個で大当たりを六十三回続けたときに、帰依したんだよ」

「正太郎に帰依するのは勝手ですけど、信仰心がないと人の根っこのところでやばいんですか」

「やばいでしょう。だってさ、自分が存在しているということの信じ難い事実だけで、もう宗教心を抱かざるをえないじゃないか」

「榊原さんは、自分の存在が信じがたい事実として感じられるんですか」

「うん。不確かな自己存在に揺れうごく一方で、こうして自分が謝花ちゃんと言葉を交わしているという事実に気付いた瞬間が、それ自体が神秘だよ。宗教心をもたないということはさ、この神秘自体を否定するということなんだよね。自己否定というやつだな。ヤクザが、こういうことを口にしちゃ、まずいかね」

いいえ、と口を濁した謝花である。榊原は人差し指を立てて念押しをした。

「あえて断っとくけどさ、宗教心と既成の宗教とはなんの関係もないからね。キリストちゃんも仏陀（ぶっだ）さんもどうでもいいの。ぶっちゃけたとこ、なーんも関係ないからね。あれらは宗教団体。宗教心の欠片（かけら）もないくせに宗教を商売にしている団体。俺の話してるのは、金儲けの団体のことじゃなくて個人の心のことだからね。頂点が教皇と親分の違いだけで宗教団体とヤクザの組とどれだけの違いがあるかってんだよ――ってのが俺の偽らざる実感」

大城が控えめに口をはさんできた。

「宗教心かどうかはわかんないですけど、自分が存在っていうのはわかりますよ。俺も、なんで自分がここにいるんだろうって気が遠くなることがありますもん」

「あるよね」

「あります。目眩（めまい）がおきそうになる」

運転手がさらに控えめに言葉をはさんだ。

「私もね、ありますよ。寝床にはいってね、なんだか寝床に軀がめり込んじゃってくみたいな気分で、やがて舞いあがって、うまく言えませんけどね、なにやら大きな存在とでもいうんでしょうか、その大きな存在が見ている夢のひと齣（こま）が自分みたいな、そんな感じなんですよ。私は、はっきりいいますけどね、そういうとき、悪い気分じゃないですね」

「恰好いいことを言っちゃえば、宇宙のなかのひとつって感じじゃないの？」

「ああ、そういう感じですよ。合一感とか言うんでしたかね」

「そういうやつだと思うよ。でさ、偉そうなことを吐かしながら真栄原にねーちゃん買いに行く俺たちってどうよ」

「いいんじゃないですか。合一感を求めるのは男の本能ですから」

「運転手さん、やさしいね」

「いや、私は妻とか子供にはすごく嫌な人間なんですよ」

「あ、そのニュアンス、俺もわかるよ。親しい相手には、非道（ひど）いことするよね」

「そうなんですよ。甘えてるんですかねえ」

「それはあるな。甘えてるんだよね」

　榊原は謝花に視線を据えた。怪訝そうに謝花が見かえす。

「謝花ちゃんは典型的な嫌な奴。親しい相手に非道いことをする嫌な奴。子供に甘える嫌な奴。児童虐待ってさ、根底に甘えがあるんだよね。親の甘え。ガキに非道いことをするからってだけで眉を顰められるんじゃないんだよ。甘えちゃってるから、疎ましいんだ。甘えっておもしろいもんでね、甘えてる当人には自覚がねえんだよ。自覚したら、恥ずかしくて甘えられなくなるけどね。自覚がねえから、甘え」

　謝花の口が動きかけた。けれど言葉は発せられなかった。榊原を恐れているということではない。ぴたりと当てはまってしまって返す言葉がなかったのだ。

　タクシーが国道をはずれた。謝花は口をきつく閉ざして正面を睨み据えている。真栄原の交差点で左折した。しばらく行くと左側に真栄原社交街と書かれた素っ気ないアーケードがあらわれた。榊原が一万円札を運転手に握らせた。恐縮する運転手に柔らかな笑みをかえす。

　どこから見てもヤクザだ。それなのに奇妙に優しい。大城は榊原に心酔しはじめていた。タクシーはアーケードの向かいにある食堂の駐車スペースをつかってUターンした。

　大城は食堂を示して言った。

「ここは牛汁が凄く旨いんです」

「牛汁。ビーフシチューみたいなもんか」

「いえ。牛のモツを煮込んだものなんですけど、さっきのテビチと同様、脂がまったく浮いていません」

「おお、それはぜひ御賞味したいもんだ。こんど腹を空かせてこよう」

　食堂の反対側の喫茶店で待ち合わせることに決めた。謝花は硬い表情のままだ。大城はあえて軽い調子で声をかけた。

「懐かしいんじゃないですか、新町」

「──俺は、こういうところに踏み込んだことがない」

榊原が受ける。顔を覗きこんで訊く。

「謝花ちゃんは女を買ったことがないの?」

「そういうのは趣味じゃないですから」

「俺だって趣味じゃねえよ。人買いが愉しいはずもない」

「俺はそれなりに愉しいですけど」

「嘘こけ。大城だって、冷静に胸に手をあてて揉めば、しんどい思いばかりしてることに気付くはずだ」

「ところが、俺の場合、慾情がしんどい思いをどっかに押しやっちゃうんですよ」

榊原が肩をすくめた。

「一万円だっけ」

「はい。十五分ですますなら半額です」

「そんなの、大城だけ」

「いくら素早くたって、それはないっす」

もしものときのためにと榊原は謝花と大城に三万ずつわたしした。大城は礼を言うと札を握りつぶすようにしてジーパンのポケットに押しこんだ。なかなか気合いのはいった表情である。

だらだらとアーケードの奥の狭い坂道をあがっていく。ゲーム喫茶があり、赤いコーラの自動販売機が盛大に熱を放っていた。見あげる街灯には巨大な蛾が群れている。

「ダルマ屋だって。なんか旅情にひたっちゃうなあ」

道路自体がUの字形にくぼんでいる。舗装も雑だ。建物はせいぜい二階建てで赤や青や緑の色電球と蛍光灯の白い光がわびしい。いかがですかぁ——と店内から声がかかる。ひとまわりしてお姉ちゃんのところにあがるからね——と榊原が愛想よくかえす。もどってこないくせに——とお姉ちゃんが怒るでもなく呟きかえす。

「なんだ、この駐車違反禁止の標識は」

「なにか変わったことでも？」

「夜の八時から翌朝八時までだとさ。営業中に車が止まっちゃうと、二進も三進もいかなくなっちゃうってことか」

「駐禁取り締まりも夜中にやってますよ」

「だいたい十二時までしか営業しちゃいけないって取り締まったわけだろう。営業時間だけ取り締まって、売春の取り締まりはしないわけだろう」

「ここは日本じゃなくて、琉球ですから」

「なるほどね。ところでどうよ、あれ」

榊原が謝花を目で示す。大城は吹きだしそうなのをこらえる。謝花はまるでロボットの歩行である。逆にここまでぎこちなく歩けるのが不思議なくらいだ。脇見をせずに肩を怒らせて路地をぎくしゃく抜けていく。

「いやあ、若い子ばかりじゃない」

「選べるのが取り柄といえば取り柄ですね」

言いながら振りかえる。

「榊原さん。出し抜くようで申し訳ありませんが、俺、あそこの子のとこにあがります。ひとまわりしてくると、客がついちゃうかもしれないから」

「なんだよ、案内してくれないのかよ」

「あえて言いますが、こういうところは独りで道に迷ったほうがおもしろいんです」

榊原が手をのばす。大城の額を指先で軽く弾いた。行けと目で示す。大城は嬉しそうに頷いて小走りに引きかえした。榊原が謝花の耳許で囁いた。

「独りで迷えって」

そう言うと謝花の臀をぽんと叩いて離れていってしまった。謝花は硬直したまましばらくその場に立ちつくしていた。

ふと顔をあげる。斜め上のムーンライトという緑の電飾看板に守宮（やもり）のシルエットを見いだした。その店のなかから誘うように手がのびた。おいでおいでをしている。

謝花は前屈みになってその手に近づいていった。

誘いこまれた。覗きこんだ。

2

「霧絵さん！」

「ちゃいます」

「ああ、そうだな」

「誰ですか、それ」

冷たい眼で見つめかえされた。謝花は口を噤んだ。女も黙った。黙って手をのばしてきた。謝花は手首を摑まれた。逆らわずに中にはいった。

ベニヤ板張りの三畳ほどの個室に案内された。ほとんどがベッドで占められている。窓はない。天井が低い。部屋全体がくすんでいる。大きめの棺桶といったところだ。カラーボックスにUFOキャッチャーの景品と思われる人形が並んでいた。プラスティックのちいさな籠に避妊具が山盛りだ。

女は大きめのバスタオルをマットの上に敷いたベッドに腰をおろした。行為のたびにバスタオルを替えるらしい。けれど実際に替えているかどうかはあやしい。見るからに湿っていて複雑な皺が寄っている。女が謝花を見あげる。投げ遣りに口をひらく。

「システム、説明しますね。三十分一万円です。そやけど準備と後始末にそれぞれ十分くらいかかります」

「正味十分」

「ま、そういうことっすね」

「矛盾がある」

「と、仰有(おっしゃ)いますと」

「十五分のコースもあるんだろう」

「あ、ありますよお。でも、おじさんくらいのお歳だと、十五分やったら、あんじょうせんのとちがいますか」

謝花はことさら醒めた顔つきをつくって指摘する。

「準備だけで二十分かかってしまうのに、十五分でどうやってやる」

「そりゃ、そうだ。まいったな」

女は自分で額を叩いた。

「おじさんみたいな観光客には、準備がどーたら言うて、楽するんです。三十分言うても正味十分で充分。どうせ男なんて、自分が思ってるほどには長持ちせんのです」

長持ちはともかく——と口ばしりそうになった。呑みこんだ。

「俺は地元だ」

「嘘はあかん」

「嘘じゃない」

「あたしにはわかるのよ。おじさんは、東京方面の匂いがする」

「たしかに東京からやってきたが」

謝花は遣り合うのが面倒になった。話題を変える。

「おまえ、関西か」

「わかります？　ローン踏み倒しまくってたら、売り飛ばされました。ここ、関西の女の子が多いんや。飛田（とびた）とかやと知り合いに会（お）うたりして鬱陶しいやろ。けど、ここなら、そうそう知り合いにも会わへんし」

いったん息を継ぐ。

「ほんまはね、ルートができあがってて問答無用やった。正直なとこ、百貨店のクレジットカード、シカトしただけで、こないな湿気た暑苦しいとこで肉体労働、春を大安売りさせられるとは思てなかったわ」

「――俺も座っていいかな」

「どうぞ。けど、こないして喋ってたら、たちまち時間がのうなりますけど」

「中途半端な関西弁だ」

「だよね。もう、忘れつつあります」

女は息をついた。溜息のようでもある。安堵の息のようでもある。息の続きのように投げ遣りに言う。

「沖縄はあかんわ。なんか、みんな溶けちゃう。億劫になるいうのかな」

実感がこもっていた。謝花は女の横顔を一瞥した。霧絵と肌を合わせて以降だ。整った顔貌の女が霧絵に見えて困る。錯覚であることはわかっている。無闇矢鱈で野放図な願望が抑えきれないのだ。謝花の心には、もう正太郎のことなど欠片もない。

「おまえ、鼻が高くて恰好いいな」

「歳とったら、魔女みたいになるかも」

「ならないよ」

「ありがと」

「おおきに、だろう」

「いいの。ありがと」

「どういたしまして」

「ありゃ」

「どうした」

「タイマー。セットし忘れてる」

女は舌打ちした。けれどタイマーには触れなかった。謝花は軽く反りかえってポケットに手を突っこんだ。札を鷲摑みだ。

「これ、ありったけだ」

「帰り、どうするの」

「友達ときてるから」

言ってから小首をかしげた。友達。まったく無縁だったもの。榊原も大城も友達か。

「まあ、友達だわな。利害関係というのがよくわからんし。労使関係というわけじゃないし。少なくとも俺は損してるわけじゃない。いつでも行きたいところに行ける。それがいまの俺だ。ああ、しかし、正太郎を奪われてしまったというのに、俺はここでなにをしているのか」

わざとらしく嘆息しながら札を女に押しつけた。女はとりとめのない独白を黙って聞いていた。謝花は上体を前傾させた。膝のあいだで祈るように手を組んだ。女は謝花を一瞥した。謝花の呼吸に自分の呼吸を合わせた。

「おじさん、息、浅い」

「深呼吸でもするか」

謝花は真顔で座ったままラジオ体操の真似事だ。女も合わせて腕を動かした。肺に湿った黴臭い空気を充たす。

「おじさん、クリスチャン？」

「また、どうして」

「キリエとか言ってなかったっけ」

「Kyrie か」

ラテン語で『主よ』という意味である。

Kyrie のあとには eleison と続く。『憐れみ給え』という意味だ。

——Kyrie eleison.

——主よ、憐れみ給え。

——Christe eleison.

——キリストよ、憐れみ給え。

ラテン語であるからローマ字読みでおおむね問題ない。もっとも謝花が知識としても っているのはこのあたりまでだ。

「あたしなんか、いまだに Gloria でも Salve Regina でも Tantum ergo でも、なんでも かんでも空で歌えちゃうんだから」

いきなり口ずさんだ。カトリックのミサ聖祭で歌われる Gloria、栄光の讃歌である。

Glória in excélsis Deo. Et in terra pax homínibus bonae voluntátis.
Laudámus te. Benedícimus te. Adorámus te. Glorificámus te.
Grátias ágimus tibi propter mágnam glóriam túam.
Dómine Deus, Rex cœléstis, Déus Páter omnípotens.
Dómine Fíli unigénite, Jésu Chríste.
Dómine Deus, Agnus Dei, Fílius Patris.
Qui tóllis peccáta múndi, miserére nobis.
Qui tóllis peccáta múndi, súscipe deprecatiónem nóstram.
Qui sédes ad dexteram Pátris, miserére nobis.
Quóniam tu sólus sanctus, Tu solus Dóminus.
Tu solus Altíssimus, Jésu Christe.
Cum Sáncto Spíritu, in glória Déi Pátris, Amen.

薄暗い部屋である。

そこに一筋、光が射した。

雲の切れ目から降り注ぐ柔らかな、けれど指向性のはっきりした光だ。幽かに赤みがかって見えた。美しかった。

もちろん錯覚だ。女の声が消えるのに合わせて光は消え去った。謝花は眼をしばたたいた。ちいさな奇蹟に頬がほころぶ。

「女郎屋でミサ曲を聴くとは」

「悪くないでしょ」

「奇妙な気分だ」

「安心して。うち、マグダラのマリアなんかやないし」

謝花は笑みを泛べた。小声で呟く。

「霧絵は人の名だ。女の名だ」

「わかってる。わざとやってんだもん」

「なぜ」

「時間稼ぎ。やらずに、お金だけいただくという」

「初めから、やる気はない」

「ありゃま」

「さてと、退散するか」

「え――」

「賛美歌を、ありがとう」

謝花は立ちあがった。部屋からでようとした。背後から抱きしめられた。まるで羽交い締めにされたかのようだ。意外な力だった。謝花は背に押しつけられた豊かな乳房が潰れるのを感じた。奇妙に切実なものが横溢（おういつ）している。

「だめ」

「金は払ったぞ。俺の全財産だ。それで勘弁してくれ」

「お金はどうでもいいの。うち、もともと借金なんてあらへんねん。あたしは、じつは、おじさんがくるのを待ち構えてたんや」

「待ち構えてた。俺を、か」

「うん。待ち人きたり。迷子がきた。すっげー薹（とう）の立った迷子やけど」

「俺は迷子か」

「うん。あたし、こうして網を張ってたわけや。いつかは、おじさんがここにくるのはわかっていたから。けど、いくらわかってるいうても、二年以上こんなことをしてたんだから。うちの気持ち、わかる？　男どもにいいように弄ばれて、なんかすっげー無駄なことをしてるんやないかと、いわゆる懐疑的な気分になったりもしました」

「頼みがある」

「なに」

「一人称をなんとかしろ。うち、あたし、どっちかに統一しろ。それと言葉だ。関西弁で喋るのか、標準語で喋るのか」

「わかった。あたしにします。標準語で喋ります。もともとが偽関西弁ですから」

「うん」

「だから、座ってください」

「時間、かかるのか」

「かかります」

「困ったな。三十分で終えて、坂をおりたところの喫茶店で待ち合わせだ」

「お友達に電話してください」

「携帯、もってない」

女が携帯を手わたした。謝花は臀ポケットから榊原の番号を記した紙片をとりだした。老眼のせいで焦点が合わない。女が覗きこんで番号を読みあげた。謝花が携帯を扱えないことを悟った。勝手にプッシュした。

「もしもし。いきなり失礼いたします。名乗るほどの者ではありません。用件ですが、単刀直入っていうんでしたっけ。おじさん、あたしんとこで泊まりです。ファラオには行けません」

　脇で耳を澄ましていた。ファラオが待ち合わせの喫茶店の名であることに思い至った。女は真剣な表情で遣り取りをしている。

「はい。そうなんです。明日の昼までには、ちゃんとホテルまで送り届けますから。ほんとうにごめんなさい。代わりますか。あ、いいですか。はい。はい。ええ。はい。あ、はい。お伝えしておきます。なぜって、あたしはおじさんのこと、大好きなんです」

「大好き。俺のことか」

　謝花は自分の顔を指差した。女は携帯を切った。柔らかな笑みをかえした。謝花は困惑気味に尋ねた。

「榊原さん、なんて言ってた」

「食えない親父だから、とことん搾り取ってミイラにしてやってくれって」

　謝花は苦笑した。女が付け加えた。

「大城という方が凄くうらやましがっているとのことでした」

　謝花は小首をかしげる。

「もう三十分もたったのか」

「終われば、つまり射精してしまえば、時間があまっていたって問答無用、体よく追いだされてしまうんです。女の子たちは陰で男性を一本、二本——、本数で数えます。意味、わかりますよね。本数で数えるものに人格はありません。女の子たちは数をこなさなければここの家賃も払えないし、借金も返せません。あたしたち、嘘の嬌声も含めて、演技と技術を磨いてますから。三十分いられる男性は数えるほどかも」

ふたたび謝花は笑った。十五分では足りない。三十分でなにをするのか。そんな偉そうなことを吐かしていたのだ。けれど三十分たつ前にふたりとも追いだされて喫茶店で謝花を待っていたわけだ。

謝花は肚を据えた。あらためてベッドに腰をおろした。女も座った。お互いに名乗りあおうと謝花は提案した。女は頷いた。

「腕枕してください。そうしたら、名乗ります」

謝花は口をすぼめた。重なるならともかく並んで横になるにはせますぎる。それでも軀を横たえた。密着するぶんには問題ない。女にしては背が高いほうだが痩せている。謝花の腋窩に顔を押しつけた。くぐもった声がとどく。

「あたしは羊子。羊の子です」

「俺は謝花。感謝の謝に花」

「おかしいな。絶対に東京の人だと思ったのに。ずっと沖縄ですか」

「いや。沖縄で生まれ育ったが、沖縄を完全に棄てたつもりだ。十代半ば、集団就職で東京にでて、以来、東京暮らしで五十の坂を越えた。沖縄には今回まで、いちども戻らなかった」

「それで、ですね。まるで観光客のような波動がでていましたから」

「そういうことが、わかるのか」

「はい。多少の予知と読心と」

「羊子というのは本名ではないよな」

「わかりますか。名付けて戴(いただ)きました」

「誰に」

「――キリスト様に」

謝花は曖昧に黙りこんだ。神秘を否定する気はない。謝花の周囲には奇蹟が充ち満ちている。けれどキリストという固有名詞は受け容れがたい。羊子が窺っていた。ふしぎな上目遣いだ。

「身の上話をしたほうが、いいですか」

「そうだな」

「私は」

「私」

「いえ、あたしはアスピラントでした」

「アスピラント？」

「志願者という意味です。シスター、つまり修道女の見習いといったところでしょうか。修道会の名は某女子修道会ということで勘弁してください。なにせ、あたしは破門されたようなものですから」

それはそうだろう。こんなところで売春をしている修道女志願もないものだ。けれど謝花は冷笑が顔にでないように気配りした。だが、多少の予知と読心ができるそうだ。無駄かもしれない。羊子は懐かしそうな声で続けた。

「あたしは中学のころから志願院にはいっていました。そして高校を卒業したときにアスピラントとなりました。奉仕活動をしながら神学を学んでいたんですよ」

謝花は顔を離した。あらためて羊子の顔を見つめなおす。やはり避けてとおれない。

「修道女になろうとしていた女が、なぜ、売春を」

「ある春の日の朝、まだ日の出前です。御聖堂でひとり祈っていたのです。そのときにお告げを受けました」

「――キリスト様からか」

悪びれることもなく羊子は頷いた。

「どんなお告げだ」

「お告げ。あるいは啓示」

「もったいつけるな」

「はじめに見えたのは、いえ、見させられたのは謝花さんの姿でした。ホームレスの謝花さんです。正直、引いてしまいました。謝花さんはホームレスでしたよね」

謝花は問いを無視した。羊子は虚ろな忍び笑いを洩らした。

「はっきりいって、朝早くからなにを見させられるのですか——という感じで、主を疑いましたよ。でも、すぐに気を取りなおしました。美しいものを目の当たりにしたので」

「美しいもの」

「はい。かわいらしい男の子がいっしょでした。そこで気付いたのです。主も馬小屋でお生まれになった」

「正太郎は主か。キリストのような存在か」

「あたしも、一瞬、そう思ったのですが」

「ちがうのか」

「残念ですが」

「俺と正太郎の姿を見ただけなのに、啓示は大げさだろう」

羊子は大きく息を吸った。演技がかっていた。けれどその肌が収縮するのが伝わった。いわゆる鳥肌の状態だ。やがて意を決したようだ。抑揚を欠いた声で告げた。

「謝花さんの行動次第で、世界は滅びてしまいます」

きょとんとした。あらためて羊子の顔を見つめなおした。真顔だった。切羽詰まってもいた。脳裏で反芻(はんすう)する。

俺の行動次第で世界が滅びる――?

謝花は本気で笑いだした。なんだかこの部屋にはいってから、戸惑いまじりの笑いばかりだ。

「まずは謝花さんを押しとどめること。関わりを断ってしまうこと。そしてあたしが闘うこと」

「誰と」

「悪魔と」

もう苦笑いもおきない。羊子が身悶えした。身悶えしたように感じられた。羊子の軀は謝花のうえにあった。

「重いですか」

「そうでもない。やせっぽちだ。でも、胸は豊かだな」

羊子は弱々しい笑みをかえした。

「そうなんです。乳房にかぎれば子羊というよりは牝牛(めうし)ですか」

「神の子羊で羊子か」

「そうです。Agnus Dei から名付けて戴きました」

「アニュス・デイ」

「Agnus は子羊。Dei は神 Deus の単数形。日本人はどうしてもアニュス・デイと発音してしまいがちですが、正確にはアニユスのニとスを抑えて発音します。アニユスですね」

「なにを言ってるのかわからんよ。それにそんなことはどうでもいい。悪魔とは誰だ。なぜ俺の行動が世界の破滅と関係ある」

「その前に、あなたの Kyrie、あなたの主は、いま、どうしていますか」

「予知と読心で読みとれよ」

「それが、ほとんど読みとれないのです。あるころから、急に読みとれなくなりました。印象深く覚えているのですが、読みとれなくなった日は、ニュースで東京に夕刻から雪が降ったことを告げていました」

「——たぶん、俺が主と交わった日だよ」

羊子が嘆息した。

「やはり、与えてしまったのですね」

「なにを与えたのか、よくわからんが」

「謝花さんのバカ！」

「まあ、バカの成れの果てであるという自覚はある」

羊子は謝花の腰のうえにまたがって怒りを露わにしている。謝花にとってはなんとも微妙な体勢だ。けれど霧絵を裏切りたくないという気持ちもある。思わず呟く。

「きついなあ」

しばらく羊子は黙っていた。それでも気落ちした声で尋ねかえしてきた。

「なにが、ですか」

「おまえが好ましくて、たまらん。心は筋をとおしたいのに、躯が裏切るという」

「これ、ですか」

「そうだ」

「対抗するためには、あたしも謝花さんと交わらねばなりません。交わったからといって力を開花させてもらえるかどうかはわかりませんが」

「なんのことか、よくわからんのだが」

「だから、あなたは雪の晩、悪魔に力を与えてしまったのですよ！」

「悪魔。——霧絵——か」

リアリティーがない。漠然と羊子を見あげる。いい女だと思う。肉体は臨戦態勢だ。どうにか衝動を抑えこむ。羊子が顔を覆った。指のあいだから悲しげな呟きが洩れる。

「あなたの主、霧絵。あなたは霧絵に跪(ひざまず)いてもいいと考えている。怖(おそ)ろしいことです」

「そんなことより」

「——なんですか」

「俺は対人恐怖が強くて、とてもじゃないが異性とこんな具合に語りあうことなどできなかった。それが、おまえのような女を腰のうえにのせて、平然と言葉を交わしている。正直、信じ難いよ」

「ああ、なにを口ばしっているのですか！」

「なにって、自分が大きく変わりつつあるという実感を得ているってことだ」

「こんな情況なのに、あなたには流れが見えないのですね」

「——申し訳ないが、なにも見えない」

「それこそが天の配剤でしょうか」

羊子に泛んだのは失望ではない。諦めのいろに近い。羊子は息をついた。そっと軀を倒して重ねてきた。

「がっかりする一方で、うまく言えないのですが、得も言われぬいとおしさをあなたに覚えています。謝花さんは永遠の思春期にあるのですね」

「気持ち悪いことを言うな」

「己のことしか見えない。じつは世界の王であると心の奥底では信じ込んでいる。ただ、世界は謝花さんが王であることを認めませんが。人は思春期の終わりと共に、自分が世界の王でなかったことを悟るものです。ところが——」

「皆まで言うな」

「自覚があるんですよね」

「腹立たしいが、ある」

羊子は手探りで謝花の軀を解放した。謝花が首をねじまげた。プラスティックの籠の避妊具を示す。羊子は首を左右にふった。そっと謝花に手を添えた。謝花はまかせた。かなりきつい引っかかりがあった。謝花は鼻梁に皺を刻んだ。痛みに近いものを覚えた。かまわず羊子が体重をあずけてきた。ひとつになった。

とたんに謝花は反りかえった。ひとつになったとたんに終局を迎えていた。なにが起きたのかもわからない。羊子が謝花の口を全力で押さえている。だが雄叫びはとまらない。五分ほども謝花は快美に身悶えしていただろうか。ようやく性の快楽が立ち去っていった。羊子がじっと見おろしている。かろうじて尋ねた。

「おまえは、どうだった？」

「戴きました」

「なにを」

「力を」

昏倒(こんとう)するように謝花のうえに倒れこんできた。いまになって喘ぎはじめた。謝花の耳の奥に言葉を押しこむようにして囁く。

「謝花さんは、交わった者に分け隔てなく与えるようです」

「ふーん。自由、平等、博愛を具現化する謝花様だな」

「まったくそのとおりです」

「俺は冗談を言ったんだよ」

羊子は答えずに痙攣した。まだ続いているらしい。謝花も自分がいっこうに衰えないことを悟った。

「怨み言を口にしていいですか」

「聞こう」

「あたしは啓示のおかげで沖縄に渡り、こうして謝花さんがやってくるのを待ちわびていました。たとえば地震などの予知は簡単にできるのですよ。あの東京に雪が降った晩までは、霧絵のこともおぼろげながら、見ることができました。けれど謝花さんに関することは、なにもわかりませんでした。主はあの春の早朝にホームレスである謝花さんの姿をあたしに見せたきり、一切を遮断なさってしまいました。しかもあたしのほうからアプローチすることは一切禁じられていたのです。ただ、真栄原で待て――と。それがどんなものだかわかりますか。主は私を試しておられるのかもしれませんが、待つだけの生活です。この窓もない暗い三畳間で毎晩、見ず知らずの男と肌を合わせる毎日です。私は休みを取れませんでした。いつ、謝花さんが訪れるかわからないではないですか。だから毎晩、張りつめて、待ちました。しかも、あたしは謝花さんとこうするために、五千円なりでまったく得体の知れぬ青年に処女を売りわたしたのでした」

「どういうことだろう」

「はい？」

「俺は急に女にもてるようになった」

羊子は虚を突かれたような顔だ。すぐに笑い声をあげはじめた。謝花とは微妙に言葉が通じていない。謝花は委細かまわず声をあげる。

「俺は霧絵に夢中だったが、激烈さにおいてはおまえに惹かれる。おまえは、じつは悪女だ。おまえは軀のなかに、なにを隠しもっている？」

「ここであたしを買う男たちは、あたしの軀を褒めはするけれど、あくまでも女としての肉体を褒めるだけです。あたしはなにも隠していません。もし、なにかを感じたのだとしたら、それは主の力です」

「ならば俺はクリスチャンになるか」

いきなり加減せずに抓（つね）られた。脇腹だ。謝花は呻いた。羊子が切なげに天に視線を投げる。

「主よ、主はなぜ、このような男に、世界の滅亡に関する鍵をお与えになったのですか」

羊子は力なく軀を倒した。謝花にぴたりと密着して呟く。

「もう、わかりましたから。照れるのはやめてください。悪ぶるのはやめてください。つい先程までとちがって、いまや、あたしは、謝花さんの心の襞まで読めるのですから」

「ならば、俺がおまえに惚れこんでいるのもわかるか」

「正確には、あたしに惚れこんでいるのではなくて、あたしの肉体に惚れこんでいるのです。謝花さんは肉慾のみであたしを独占したいと思っている」

「だが、俺と交わることによっておまえはなにかを与えられたのだろう」

「はい。フェリーでしょうか。客船でしょうか。ホテルの一室のような船室でやきもきしている霧絵が見えるようになりました」

「ならば俺はおまえに縋りたい。正太郎はどうしている？　正太郎の様子が知りたい」

羊子は首を左右にふった。

「臥薪正太郎に関しては、はじめから一切、なにも読みとれませんでした。啓示の朝に、その姿を見させられただけなのです。霧絵は中途半端な存在です。けれど——」

「言え」

「真の悪魔は、臥薪正太郎です」

謝花は途方に暮れた。傷ましいものを見る目つきで羊子を見やる。

「おまえは本気で、正太郎が悪魔であると信じているのか」

「もちろん悪魔という概念は、相対的なものです。臥薪正太郎に天使、あるいは神を見る人もたくさんいるでしょう。いえ、そんな人のほうが圧倒的大多数でしょう。それはわかっています。けれど——」

言葉を呑みこんだ羊子を軽く突きあげる。謝花はまだ羊子の軀のなかで居丈高なままである。それだけで羊子はしばし意識を喪ってしまった。息も絶え絶えに訴える。

「あたしは人です。まちがいなく人です。あたしに力があるのではなく、主が力を与えてくださっているのです。謝花さんも人です。あたしにも理解できぬ不可解な力をお持ちの謝花さんですが、あくまでも人です」

謝花は羊子を抱きしめた。霧絵と交わったときには平伏(ひれふ)したいという思いを抑えきれなかった。羊子とこうしていると奥底から労りの気持ちが湧きあがる。いわば同類であることからくる安堵に充ちている。それを裏付けるかのように羊子が告げた。

「霧絵は、人と何ものかの混血です」

「混血！　霧絵は混血なのか」

「はい。やや無理な混血です。結果、霧絵は歩けなくなりました」

「では、正太郎は」

「臥薪正太郎は人でない何ものか。人のかたちをした超越した何ものかです。心してください」

羊子はいったん息を継いだ。念を押すように言った。

「臥薪正太郎は、人、では、ないのです」

さらに躊躇いがちに続けた。

「なぜ、いま、このときに臥薪正太郎がこの世に落ちてきたのか。神の御心（みこころ）がわかりません。私は啓示を受けたのです。最後の審判に至る厄災は尋常なものではありません。それは純粋な滅亡の途であるのです。私にはどうしても防がねばならぬことがあるのです」

あまりに切迫した顔つきである。謝花は緊張して訊いた。

「いったい、なにを防ぐ――」

「臥薪正太郎は、いま幾つでしょう」

「歳か。わからん。六歳以上、十歳未満といったところだろうが」

「私が防がねばならぬことは、高階霧絵と臥薪正太郎が交わること。臥薪正太郎が高階霧絵の子宮奥深くに精を注ぎ込むこと。それをなんとしても阻止せねばなりません。まだ臥薪正太郎は熟しておりません。人でいえば子供の状態です。どうやら成長のしかたも、人の子供と同様ですね。けれど、臥薪正太郎が人でいう男の機能を持つようになって高階霧絵と深い交わりをもったときは――」

羊子は震え声で語尾を濁した。謝花は凝固した。ちちちち……遠くで守宮が控えめに鳴いている。琉球の夜は蕩けるように深い。

＊

声が聴こえた。鼓膜がふるえたわけではない。頭のなかに声が響いた。

自慰爺、だめ！　絶対、だめ！

謝花は思案した。羊子と抱きあったままである。ひとつになったままだ。羊子から離れられるか。離れられるわけがない。男なら離れられるわけがない。

「おまえは、俺をおいて、ヤクザの親分の養子になったではないか」

羊子のうえに突っぷして怨み言を呟いてみた。とたんに頭のなかで響く声が消えた。

もうすこしアプローチがあると思っていた。だから物足りなかった。

それならそれでいい。謝花の下で捧げもののように軀を投げだしている羊子に集中するまでだ。

「それが、いいです」

「声をかけてきたのがわかったか」

「まだ、声をあげ続けています」

「――なにも聴こえなくなった」

「さえぎりました」

「正太郎の声を遮断できるのか」

「私自身も驚いています」

謝花は微妙な表情をみせた。あどけない正太郎の瞳が脳裏を駆け巡る。けれど謝花は男だ。この情況でどちらを選ぶか。きつくつながっている羊子だ。

羊子は枕許に手をのばした。頭上の蛍光灯が消えた。羊子の軀が深紅に染まった。壁際の赤色電球が点きっぱなしになっていたのだ。蛍光灯を消したのでそれが露わになった。赤色電球自体はブラックライトと並んで真栄原につきものの、いわばポピュラーな照明である。

「気付いていないのですか」

「なにが」

「謝花さんが私のなかで爆ぜるたびに、私は力を強めてもらっていくのです。それどころか、謝花さんが最初に私とひとつになったまさにその瞬間、臥薪正太郎の声を遮断することができました」

「では、なぜ、いま」

「謝花さんが私にきつすぎる快楽を与えたから、私のほうの意識が完全に途切れてしまいました」

「そういうことなら、俺はおまえにとことん強烈な快楽を与えるぞ」

「ああ、なさってください。遠慮はいりません。私を組み敷いてください。とことん重みをかけてください。私をいじめてください。私を殺してください。そうすれば——」

「そうすれば？」

「私の能力は際限なく高められていきます。けれど謝花さんはいくら臥薪正太郎の呼び声を聴いても、私から離れられるわけがありません」

「自信家だな」

「先々も鑑みれば、こういった場合における私の最大のライバルになるのは臥薪正太郎ではなく、高階霧絵です」

謝花が臆した。弛緩した。肉体というものは正直だ。羊子が笑った。

「霧絵は船のなか。なにもできません」

見つめあった。お互いの視線がぶつかりあう。刺さる。謝花は拒めなかった。さらにきつく誘いこまれていった。いままでにも増して烈しさを増していく。

羊子の脚が、腕が、複雑に絡みつく。

熔ける。

謝花は目を見ひらいている。必死に縋る女を見つめる。支配しているという実感が昂揚をさらに高めていく。食い入るように凝視する。問いかける。

「ほんとうに、こうするたびにおまえの力は高まっていくのか」

「はい。まさに、際限なく。私自身が驚愕しています」

「信じ難い」

「はい？」

「これが現実とは思えない。いきなりおまえと出逢い、いきなり秘密らしきことを知り、いきなりおまえに力を与えている。展開が早すぎる」

「なにを言うのかと思ったら。これが現実です」

羊子は軽やかに笑った。笑い声は途中から圧しころした喘ぎにかわった。謝花は見つめる。昼間に寄ったガソリンスタンドが脳裏に泛ぶ。

セルフスタンドでダッジ・チャージャーにガソリンを入れた。謝花は給油機だ。謝花はノズルを羊子に挿しいれている。謝花は羊子にエネルギーとでもいうべきものを際限なく注ぎこんでいる。羊子はいくらでもガソリンを飲みこむ。それこそ無限に——。そんなわかりやすい絵柄が掠めていった。

この真剣味のなさはどういうことなのだろう。唯一リアルなのは羊子だ。謝花の背に手をまわしていとおしげに撫でさするように爪を立てる羊子だ。唯一リアルなのは羊子の肉体だ。まがいものでないのは謝花が覚えている快感だ。羊子が覚えている快感だ。

「キリスト教は、この快楽を許さぬはずだ」

「愛があるから、いいのです」

「愛」

キリスト教の得意技だ。なんでも愛だ。すべては愛だ。けれどこれが agape か。

謝花はふたりの交わりがどこか真剣味に欠ける理由を悟りつつあった。行為自体は極限である。張りつめる肉体は現実だ。けれど精神は安っぽい抽象にすぎない。そのあらわれが言葉だ。交わす肉体は限界だ。けれど交わす言葉は安直な概念にすぎぬ。

なにが愛か。便宜的で便利な言葉だ。

だが――。

その便宜や体裁を徹底的に剥がしていく。

すると残る。

なにが。

愛。

愛としか呼べないもの。

謝花は堂々めぐりに取りこまれながら羊子に沈みこむ。

「いわば審判の日を早めようとしているのです」

唐突な羊子の声だった。謝花は困惑気味に問いかける。

「審判。最後の審判か」

羊子の眼球が反転した。白眼になってしまった。謝花はかまわず問いかける。

「審判の日を早めるのは、誰だ。正太郎か。霧絵か」

「どちらも。正太郎も霧絵も、主の手から審判の日を奪う。それを阻止せよ——と主は私に命じられたのです」

謝花は鼻白む。キリストだの主だのが馴染まない。その手の神は見守るだけの存在だ。最後の審判をちらつかせてはいる。けれど実際にはなにもしない。しようとしない。あるいはできないのかもしれない。事実、自らは姿を見せず、こうして羊子を代理にたてているだけだ。

神の現世への不介入は既定の事実だ。ホームレスの夜にどれだけ祈ったことか。だが神は救いの手を差しのべなかった。

ようやく与えられたのが臥薪だ。だが臥薪は審判を早める存在だという。主に遣わされたのではないということだ。対峙するものだというのだ。

「主がもし存在するなら、介入の証しをみせろ。俺にその存在を証明してみせろ」

羊子は応えない。半開きの口のなかで血の色をした舌先がふるえているのが見える。奇妙に尖っている。紅色の蛇に見えた。

蛇をしばらく凝視した。なにも起きなかった。謝花はちいさく失望した。

やはり主は不在である。ならば性を愉しもう。そう割り切った瞬間だ。羊子の咽の奥から声が洩れた。

「――私はまた、一位の天使が、天からくだるのを見た。かれは、深淵の鍵と大きなさりとを手にもち、竜、すなわち悪魔でありサタンであるあの昔の蛇を捕らえて、千年の間つなぎ、深い淵に投げこんで閉じこめ、その上を封じ、千年がすぎるまで異邦人を迷わせないようにした。それがすぎれば、竜はしばしのあいだ解かれるであろう」

朗読するような口調だった。聖書のなかの言葉なのだろう。謝花は当たりをつけた。おそらくは黙示録――。

声はしわがれていた。まるで別人が喋っているかのようであった。けれどあくまでも羊子の声だった。謝花は小馬鹿にされたような気分で片頬を歪めて醒めた笑いを泛べた。

しばしのあいだ解かれた竜が霧絵と正太郎か。正太郎が為したことといえば自販機から五〇〇円玉を出現させたこと。パチンコ玉一個で大当たりを六十三回続けたこと。馬券を全レース的中させたこと。最後の馬券は額が尋常でなかった。それでもすべてはちいさな奇蹟だ。生活の糧を得るための軽労働のようなものだ。それが千年のあいだ閉じこめられていた竜のすることか。

「兆しはいつだって些細(ささい)な姿をとるもの」

羊子に黒眼がもどっていた。謝花は柔らかな眼差しで羊子を見おろした。

「では、主と俺、どちらが好きだ」

躊躇(ちゅうちょ)せずに羊子は答えた。

「好きなのは謝花さんにきまっています。けれど愛しているのは主」

「しらける」

「ごめんなさい」

謝花は軀を離そうとした。羊子が目で哀願した。謝花は苦笑した。

「決して若くない。すこし、休ませろ」

「私を棄てないでください」

「どこからそんな科白がでてくるんだよ。愛している主のもとに行け」

「愛しているのも、謝花さんかも――」

「調子のいいことを吐かすな」

「だって、信仰の愛と、男の人に対する愛は違うものです」

ふたたび謝花は体重をあずけた。抑えた声で訊く。

「おまえは信仰を棄てたとたんに、もっている力を喪うのか」

「はい。私はただの女ですから。人の子なのです」

微妙な媚(こ)びが見えた。

私はただの女——。

ただの女でない女がよく口にする科白だ。謝花は無視して捲したてた。

「俺の乏しい聖書の知識によると、キリストは自分のことを人の子と呼んでいるよな。稀(まれ)に神の子を自称することはあるが、おおむね自らを人の子と言う。あえて人の子を連呼しながら、人には成しえぬ奇蹟を顕(あらわ)す。それで自らの神性を引きたたせ、際立たせようとしたのだとしたら、それはそこいらへんに転がっている安易で小悧巧(こりこう)な処世だ」

羊子が話をすりかえる。

「なぜ、聖書に詳しいのですか」

「愛読書は広辞苑と聖書。ま、広辞苑ほどではないが、ホームレスのころに暇に飽かせてそれなりに読み耽ったのは確かだ。残念ながら俺にとっては聖書よりも仏典のほうがフィットしたよ」

「仏教とは、詰まるところ、無神論であると聞きましたが」

インテリや自称インテリの操縦は簡単だ。謝花はすぐに乗ってきた。そのとおりと大きく頷いた。

羊子は恍惚のさなかにある。謝花が動作しなくとも極めてしまうのだ。それでも平然とした口調で挑発する。

「神を、神秘を信じている方こそ、無神論に惹かれるものです」

謝花は湿った空気を胸に充たした。息が吐きだされると同時に演説がはじまった。

「――俺の周囲にはちいさな奇蹟が充ちあふれている。おかげで多少、俺の境遇は変化した。だが俺が餓えても餓えなくても、世界自体にはまったく変化がない。まあ、カオス的には予測がつかないことを引きおこしているのかもしれないが、俺の関知しないことだ。俺の主観と客観においては、なんら世界に変化が見られない。奇蹟では、なにも解決しない。奇蹟は自販機の釣り銭口にコインがあらわれるといった具合に、物理現象に立ちあらわれるばかりだから。ゆえに奇蹟では、世界の本質的な愚劣は、なんら解消されないというわけだ。たとえばスプーン曲げだが、あれも超越した能力がもたらす奇蹟であるとしよう。ところがスプーンが曲がっても、精神の曲がりは正されない。つまり奇蹟は心の問題には関与してこないというわけだ。どこかの遠い国では内戦で人々が薙ぎ倒されるように殺されていくが、満足なニュースにもなりはしない」

「割れめに落ちこんだ犬猫を助けることや、陸にあがった鯨をあれこれするほうが人間的なんですね。それはともかく、奇蹟とはなにか、ということですよね」

「そう。文字の定義ではなく、現実面において、どのような意味があるのか。じつは、すべての奇蹟は、スプーン曲げのようなものなんだ」

「どういうことですか」

「まずはスプーン曲げから料理しよう。俺の力だって、手にしたスプーンに拇指(おやゆび)で力を加えれば、一瞬で曲げられる。手で簡単に曲げられるスプーンを、ひたすらこすって時間をかけて曲げて悦に入っている間抜けな奴がいる。あれのどこが超能力か。一瞬で曲げられるスプーンを、おなじように手を使って、延々いじくりまわして曲げて、なにが嬉しいのか。方法が違うから、すごいというのか。だが指の力で曲げるのも、手指でこすって曲げるのも、手を用いるということにおいて、じつは条件的にも結果的にも同一だ。超能力を自称するなら、スプーンに触れてはだめなのだ。触れずに曲げなくては。しかも時間や距離と無関係に曲げられなくては。真栄原の湿ったベッドのうえからモスクワのエロコビッチ家の銀の匙(さじ)をすべて曲げて見せなくては。だが、残念ながらそれができる超能力者はいないようだ。俺の知るかぎり、スプーン曲げという名の超能力は、なんらかのかたちでスプーンに触れている。だからスプーン曲げは超能力、すなわち超越した能力としては認められない。理由は、繰り返しになるが、手で曲げたほうが手っ取り早いからだ。手で曲げるよりも時間がかかるのでは、曲げるという本質において無意味だ。すなわち、無駄な労力を要求するだけの廃れゆく遣り方だ」

　論旨のぶれもかまわずに平然とかます大演説である。どうやら羊子によって抑圧されていた自己顕示が解き放たれてしまっているようだ。

自分に酔えば酔うほど謝花の肉体の硬直の度合いは増していく。その給油ノズルからは尋常でないエネルギーが羊子に注ぎ込まれている。羊子の能力を開花させるなにものかである。それに謝花本人は気付いていない。

羊子の軀が血の色じみた色に発光しはじめている。趣味の悪い赤色電球を消さぬままに交わり続けているせいで紛れてしまって謝花は気付かない。内側から赤く発光しながら羊子が巧みな合いの手を入れる。

「けれど奇蹟とは、手では曲がらぬ、たとえば陶器を自在に変形させるといったことではないのですか」

「それが奇蹟か」

「そう、思いますが。陶器が割れずに、自在に歪むところを目の当たりにしたら、そう感じますが」

「だめですか」

「だめなんだよ」

「そんなのは、奇蹟でもなんでもない。陶器が自在に変形しても、世界はなんら影響を受けないということだ。もし歪んだかたちの陶器が必要ならば、最初から歪んだかたちの陶器を焼けばすむことなんだ。キリストが病を治す。キリストが死者を蘇らせる。キリストが海の上を歩く。キリストが七つのパンを四千人以上の者に与える。これらは、すべて医療といった物理的な方策で代用がきく」

「死者を蘇らせるのは」

「たしかに医学では寿命を延ばすことはできても、蘇らせるのは無理かもしれない。けれど、もともと寿命というものがあるわけで、キリストが蘇らせた死者が、現在まで生きているわけではない。結局すべては五十歩百歩なんだよ」

羊子は白眼を剝きはじめていた。白眼自体が赤く発光している。けれど赤色電球のせいで謝花は違和感をもたぬ。赤眼の羊子が嫋やかな声で訊く。

「では、謝花さんが考える真の奇蹟とは、どのようなものなのですか」

「簡単だ。アフリカの名も知らぬ国で続く内戦、それを瞬時に終結させることこそが、奇蹟だ」

とたんに羊子に黒眼がもどった。謝花を見据えて力強く断言する。

「ならば、唯一の奇蹟があります」

誘導尋問のようなものである。だが謝花はそれに気付いていない。

インテリは知っていることを語らずにはいられない。考えていることを隠せない。それを示さずにはいられない。黙って頰笑んでいられない。

ほとんどの知性は幼児性の上に載って不安定に揺れている。したり顔で謝花が呟くように口ばしる。

「言いたいことは、わかってるよ。最後の審判だろう」

「はい。最後の審判によって、世界は一瞬にしてクリアになります。善と悪がその瞬間に分離されるのです。もはや善が悪に犯されることはありません」

「その審判を早めようとしている正太郎と霧絵と対峙しようとしているのは、なぜか」

「それは主の審判ではないからです」

「正太郎の審判か」

「はい。謝花さんは臥薪正太郎に審判を受けたいですか」

謝花の頰に柔らかな笑みが泛んだ。

「ああ、いい質問だ。俺は正太郎の親代わりを自負してきたんだもんな。答は、ノーだ」

「ノーですか」

「ノーだ。審判自体が気に食わない。なんで俺が主の審判を受けなければならないのか。同様になんで正太郎に審判を受けなければならないのか。だいたい」

「だいたい？」

「正太郎に審判を受けたら、俺は真っ先に奈落の底に突き落とされるだろうよ」

「ほんとうに、そう思っているのですか」

「ああ。仕打ちを考えれば、当然だ」

「ところが――」

「なんだ」

「なんでもありません」

「ふん。正太郎は俺を愛しているとか吐かすんじゃないだろうな」

「臥薪正太郎は謝花さんを愛してます」

「ふーん。でも、俺は人の子だ。正太郎とは種が違うんだろう?」

「異種であっても」

「愛は成り立つと」

羊子が首を動かした。頷いたようにも見える。否定したようにも見える。その瞳が見ひらかれた。下から謝花を見据えた。

「正確には」

「なんだ」

「私が謝花さんから力を得るように、臥薪正太郎も謝花さんから力を得ているのです。少なくとも成長段階では謝花さんのそばに身をおかねばなりません。いわばエネルギーを注入してもらうということですか」

「そうかい。すると俺はガソリンスタンドのようなものだ」

「そのとおりです」

「どうだ、俺のノズルの具合は」

「そのような下卑た言い方は」

「ふん。俺はもともと下卑た奴なんだよ」

「ああ、悪ぶらないでください」

謝花は飽きはじめていた。言葉による示威に飽きていた。自己顕示はほぼ完璧に充たされ、解放された。

学歴のないホームレスである。誰も謝花の言葉に耳を貸さなかった。抑えつけられていた自己顕示は相当のものだった。けれど羊子が真摯に反応してくれた。牡として認められた。そこにインテリジェンスを誇ることを許容された。謝花のもっていた本質的な劣等感が消えていた。

下卑た態度の後は幼児化だった。謝花は徐々に羊子に甘えはじめた。羊子は母の役目を巧みにこなしていった。ただし謝花の言うところのノズルは硬直したまま常に羊子の胎内にあった。

窓のない密室である。謝花はとっくに朝がきていることにも気付いていない。羊子はますます深紅に発光している。あたりは血色の照り映えで染まっている。決して赤色電球のせいではない。

## 3

解放されたのは昼過ぎだった。ついに羊子は完全に意識を喪った。もちろん深紅の発光もおさまっていた。

謝花と霧絵が交わったときだ。霧絵は青白く発光していた。謝花がインテリコンプレックスの発露に酔っていなければ羊子の変化に気付いたのではないか。スイッチに手をのばして赤色電球を消したはずだ。そうすれば羊子が内側から赤く烈しく発光していることを悟ったのではないか。

ベッドに座って目頭を揉む。ぢんぢん沁みる。だが悪い気分ではない。羊子は榊原にホテルまで謝花を送り届けると言った。だが起きあがる気配はない。

羊子は死体だった。充実した死体だ。全身が弛緩している。それなのに乳首が尖って湿った空間を突き抜いている。艶(あで)やかに輝く赤らんだ肌の美しさに謝花は見惚(みと)れた。

枕許から羊子に与えた金を幾らか取りもどした。交通費だ。腹もへった。黙って部屋からでた。

昼間の真栄原は閑散として人影もない。継ぎ接ぎだらけの路地裏を一晩で痩せほそった謝花が行く。道がよくわからなくなっているのである。

消耗のわりに謝花はすこぶる機嫌がよい。やがて県道に至る坂にでた。向かいのますや食堂が目にはいった。店の前の駐車スペースには接触しそうなくらいに車が停められている。つまり混んでいるのである。

「空いてる食い物屋ほど怖いものはないからな」

独り言をして暖簾をくぐる。大城が言っていた。ここは牛汁が旨いと。赤茶けた煉瓦色をしたリノリウム張りの床が眼に痛い。眼球の芯が鈍く痛んだ。過ぎたか——。ようやく苦笑いが泛んだ。

入り口の傍らに食券の販売機があった。意外な気がした。千円札を投入した。牛汁セットにした。小銭がもどる。相席が当たり前のようだ。ちいさく頭をさげて空いている席に座った。

牛汁セットが運ばれてきた。目を剝いた。巨大な丼鉢は洗面器並みだ。そこになみなみと牛汁が充たされている。山盛りの飯の丼も遜色ない大きさだ。さらに揚げたてで湯気をあげている巨大豚カツの大皿がテーブルにおかれた。

俺がこれを食うのか——。唖然としながらも割り箸を割った。沖縄の食堂では汁物を頼めば御飯もついてくる。もちろん謝花は熟知していた。セットとは豚カツと牛汁のセットだったのだ。確かめもせずに食券を買ってしまったことを後悔した。

ともあれ名物の牛汁に口を近づけた。まずは汁を啜った。澄みわたった汁の奥に幽かな生姜(しょうが)の風味を感じとった。昆布と鰹の出汁(だし)に牛の臓物の風味が加わって溶けあっている。臭みはない。ごく薄味だ。淡泊の奥に微妙が無数に仕込まれている。信じ難い洗練だ。眼前の巨大な豚カツさえ目に入らなければ――。

食う前は残すつもりだった。すべて平らげていた。額の汗を拭って外にでる。東風がやさしく嬲(なぶ)っていく。満足の吐息が洩れる。軽く手をあげる。県立図書館にやってくれと告げる。距離がでるので運転手は笑顔を抑えきれない。

図書館では聖書を調べた。まちがいなく黙示録だった。たいして長いものではない。読み耽ったが退屈しもした。そこに顕かにされているヴィジョンが謝花にとって羅列にすぎなかったからだ。それでも21章第6節から8節は覚えてしまった。

「ことは実現した。私はアルファとオメガ、初めと終わりである。渇く者には無償で命の水を飲ませる。勝つ者は、そのすべてを受ける。しかし、臆病者、不信仰者、厭(いと)うべき者、殺害者、淫行者、魔術者、偶像崇拝者、すべてうそをつく者は、火と硫黄とのもえる池、すなわち第二の死をうける」

謝花は舌打ちをしながら図書館からでた。

「よく言ってくれるよ。俺はまちがいなく第二の死をうける者じゃねえか」

苦笑は途中から渋面となった。選別ならば現実世界でもさんざん受けてきた。たくさんだ。茶色とも黄色ともつかぬ図書館の建物を振りかえる。視線をもどす。臥薪がいた。

謝花を窺っている。謝花は見おろした。臥薪が恐る恐る言う。

「自慰爺。こんど会ったら、女の人に訊いてね」

「誰に、なにを」

「キリストの眼が赤くなかったか、訊いて」

「キリストというと、羊子か」

　こくりと頷く。近づいていいものか悩んでいる眼差しで見あげる。

「赤い眼とは」

　問いかけても臥薪は首を左右にふるばかりである。謝花は唐突におぞましいものを感じた。羊子と交わっているあいだ、ひたすら赤かった。血の赤だ。流血だ。さらに白眼が真っ赤に染まったキリストが脳裏に泛んだ。

「おまえ、俺を操ってるか」

「僕に自慰爺は操れない。お願いするだけ」

「そのわりには勝手なことをするようになったもんだ」

「ごめんなさい」

「盛琉会の会長を籠絡したか」

「ろーらく」

「――好きに歩けるんだな」

「うん。どこにでも行ける」

「腹は」

「すいてる」

謝花が手を差しだす。臥薪は嬉しそうにその手を握る。黙って歩きはじめる。壺屋（つぼや）を経て開南（かいなん）にむかう。丸安（まるやす）そばで食券を買う。謝花がすべて勝手に決めてしまう。けれど豚の中身汁（なかみじる）を前に臥薪は満面の笑みだ。

謝花がおばちゃんに頼んで御飯はごく少量にしてもらった。本来ならば巨大な丼と目を瞠るばかりのてんこ盛りの御飯がでてくる。とても臥薪に食べられる量ではない。

店は二十四時間営業だ。交差点に区切られ挟まれた浮島のような場所にある。道路のかたちに合わせて三角形の店舗だ。立ち食いではないがカウンターのみで外で食べる。ボロボロの店だが調理場は清潔だ。豚のモツの汁にもかかわらず脂が一切浮いていない。

「俺は牛汁を食った。おまえは豚汁だ」

途中で臥薪から丼を奪う。汁を飲む。故郷の味だ。うっとりする。吐息が洩れる。臥薪が笑顔で見つめている。

「自慰爺、おいしい？」

「ああ。たまらんな」

開南のローソンにはいる。臥薪はアイスクリームを買ってもらった。有頂天だ。

「さて、どこへ行こうか」

思案した。タクシーをとめた。首里にむかった。タクシーはグランドキャッスルホテルの坂をあがっていく。途中の枝道をくだると謝花の実家である。

谷底のような場所に謝花の家はあった。昼下がりの陽射しが首筋を灼く。謝花と臥薪は手をつないで常軌を逸した建物を見あげた。三十八年ぶりの帰省である。

「ますます凄まじくなってやがる」

「ゴミのお家」

「ああ。内地のゴミ屋敷とちがって色彩がどぎついというか、鮮やかなゴミで覆ってあるところが、いやはやなんとも――」

そっと付け加える。

「どうやら俺のほうは内地で漂白されちまったようだ」

しばし躊躇した。自分の家だ。両開きの玄関に手をかけた。二十歳過ぎくらいの女が怪訝そうに顔をだした。母を手伝っているらしい。判じかウグヮンかと尋ねてきた。謝花は照れて頭を掻いた。

「オフクロは元気か」

女は上目遣いで引っ込んだ。すぐに恰幅のよい老婆の手をひいてもどった。謝花は呆気にとられた。

別離のときも髪が長かった。けれどいまや床に髪を引きずるほどである。しかもとうに七十を超えて八十の声を聞こうかという歳であるはずなのに艶やかな黒髪だ。額がやたらと広いのも昔のままだ。目や鼻が顔の中心よりもかなり下についている。だから童顔に見える。だが眼球が白濁していることに気付いた。視力を喪っているらしい。

「ウミオか。お帰り。早かったね」

早かったはないだろう。でも逆らわない。同意する。

「ああ。子供を連れてきた」

「生き神様だね」

「神様か。悪魔という奴もいるが」

「まちがいない。神様だ」

「うん」

「もうすこし遅くなるのかと思っていたよ」

「くるのがわかっていたのか」

「もちろんだよ。おなかは空いたか」

「いっぱいだ。なにもいらん」

「寂しいことを言うねえ。ああ、生き神様をおもてなししたかった」

母は臥薪に平伏した。磨きあげられた床に涙が落ちる。臥薪が謝花を窺った。謝花がそっと背を押す。臥薪は母の後頭部にそっと手をおいた。

＊

到着時間を調整したのだろう。ありあけは夕方四時ぴったりに那覇新港に着いた。季節感の狂う熱と湿気が押し寄せる。霧絵は海風に薄物を靡(なび)かせて目を細めた。

臥薪に会いたい一心の淳ちゃんと賢ちゃんが霧絵を差し置いて駆けだした。霧絵は岸壁の赤いアメ車に気付いて露骨に眉を顰めた。茂手木さんを手招きする。

「わたしは、あの車に乗ります」

「おいやなのでは」

「最悪です。だから乗ります」

霧絵の不条理な物言いには慣れている。すました顔で茂手木さんは組の者に指示した。先に下船した淳ちゃんと賢ちゃんがしょんぼりしている。臥薪と謝花がいないのだ。

ふたりは謝花の実家であるユタの家にいると榊原が説明した。

羊子と交わってしまった謝花は霧絵に対して罪悪感を抱いている。だから臥薪を楯(たて)に逃げているのである。

霧絵を迎えた大城は緊張して瞬きを忘れている。どのような運転をすればいいのか途方に暮れてもいる。霧絵専用の車があったはずだ。榊原も困惑気味だ。

淳ちゃんと賢ちゃんは霧絵の移動用の車に乗った。霧絵はダッジ・チャージャーのリアシートに榊原と並んで座った。茂手木さんは助手席だ。

「アメリカの映画では、自動車ってどんなときにでもタイヤを鳴らすものよね」

「お嬢様。あれはアフレコで付け加えた擬音です。しかもやたらと速く走るのは、齣落としです」

霧絵は榊原の言葉を無視した。榊原はしかたなく茂手木さんに注意を促した。大城にタイヤを鳴らして走らせろと命じる。どこでも鳴らすのよと霧絵が付け加える。

環状二号も三三〇号線もひどく渋滞していた。けれど暗くなる前に謝花の母親の家に着いていた。三月上旬の東京の日没は六時前だからとっくに暮れているはずだ。怪訝そうな霧絵に大城が沖縄の日没は東京よりも五十分ほど後になると控えめに教えた。茂手木さんの顔は真っ白だ。いまにも吐きもどしそうな様子である。

謝花の実家は行き止まりの隘路にあった。淳ちゃんたちが歓声をあげてゴミ屋敷に雪崩れこんだ。臥薪のはしゃいだ声が洩れ聞こえた。まだ頰の白い茂手木さんである。それでも毅然として霧絵の車椅子を押した。

床に髪を引きずりながら謝花の母親があらわれた。霧絵の前に跪く。祈りの言葉を唱えはじめる。やがて霧絵の足先に額ずいた。

霧絵はぎこちなく手をのばした。母の頭に手をおく。とたんに頭髪が複雑に霧絵の手にまとわりついた。

髪の流れは瞬時に霧絵の顔にまで達して覆いつくす。母親の頭髪は霧絵の髪と複雑に絡みあう。もつれあう。

淳ちゃんと賢ちゃんは臥薪をはさんで息を詰めて見守っている。母がなにごとか囁いた。とたんに頭髪は霧絵から離れた。

霧絵の全身から青白い光輝が放たれた。帯電していた静電気が一気に解放されたかのように見えた。世界がネガフィルムになって反転した。

やがて控えめな明滅と共に光輝は鎮まっていった。霧絵の目の奥に幽かな恍惚が覗けた。謝花の母はその場に額ずいたまま動かない。どうやら気を喪っているようだ。

女たちがあわてて母を運んだ。心配ないと霧絵が女たちの背にむけて言った。

謝花は霧絵の顔をまともに見られない。なにがあったかを霧絵はすべて見通した。問い詰めるようなことはしない。逆に蕩けるような笑顔で見つめた。経験が豊かな男ならば怯むような笑みだ。けれど謝花は笑みをそのまま笑みとして受けとった。

ふたりの様子を気にしていた臥薪だった。どうやらだいじょうぶだ。霧絵に密着して報告した。

「赤い眼のキリストがいる」

霧絵は表情をあらためて頷いた。臥薪が続けた。

「自慰爺のお母さんが教えてくれた。中城に行けって。中城からはじまるんだって」

さしあたり糾弾されずにすむと謝花は悟った。すこしだけ横柄に地図を差しだす。中頭郡中城村にある城址を示す。どうやら太平洋に面しているようだ。西南西には広大な米軍普天間飛行場が目立つ。

「おふくろ曰く、俺たちが目指すのは中城城址ではなく、廃墟のほうらしい」

「廃墟」

「これだ。かなりの大きさだ」

中城城址の南西に隣接するかのようにホテルの廃墟があるという。ささくれだった指で地図上を示す。口をひらいた竜を想わせる灰色の細長い建物表示があった。縮尺から判断すると総延長一五〇メートルを超える相当に巨大な建築物だ。

「中城高原ホテルというんだが、沖縄海洋博の開会に合わせて七五年の七月に開業予定だった。でも会社が倒産しちまった。で、建設途中のまま放置されて、以来三十年以上たってしまっている。あまりに巨大なんで解体しようがないんだな」

霧絵は目をとじた。中城高原ホテルを瞼の裏側に描く。しばし意識を集中した。うまく見えない。なんらかの力によって遮断されている土地であることが直覚された。

ある種の結界であろう。中城の築城は十四世紀末からはじまったらしい。その当時の謝花の母親のような霊媒が土地の選定や築城に関係していると思われる。ふと我に返る。

「ねえ、正太郎。外を赤い眼のキリストの使者がうろついている」

「霧絵に自慰爺を取られないか、心配してるんだね」

「追い払える?」

「いま、ここで追い払うとね、まわりの人が死んじゃう」

「そう。面倒な女ね」

霧絵はちいさく息をついた。謝花は横を向いてとぼけている。微妙にふてぶてしくなっている。霧絵は上目遣いで苦笑した。

＊

翌日も晴れわたっていた。霧絵は当然のようにダッジ・チャージャーに乗りたがる。茂手木さんは微妙な顔つきで遠慮した。

首里城を横目で見ながら那覇坂下を行く。那覇インターから沖縄自動車道にはいる。夏を想わせる入道雲が湧きあがっていた。

北中城インターで高速を降りた。適度なカーブと登り勾配の続く県道一四六号をあいかわらずタイヤを鳴らして抜けていく。

中城城址は標高にして一六〇メートルほどの丘陵にある。たいした高さではない。けれど島である。いわば海抜ゼロから一息にこの高さまであがったわけだ。最も高い山でも五〇〇メートルほどの沖縄本島である。相対的にはなかなかの高さだ。

城址には裏門からはいる。皆が城壁に目を瞠る。幾度か訪れている大城は琉球ナショナリズムを充たされて満足げだ。

本土の石垣とちがって石灰岩で有機的に組まれている。その曲線には生き物じみた呼吸がある。その昔ペリー提督も感嘆したというアーチ状の門の美しさは格別だ。淳ちゃんが声をあげた。

「なんか、アンコール・ワットみたいだ」

賢ちゃんが受ける。

「行ったこと、あるのかよ」

「あるわけないだろ。イメージだよ」

賢ちゃんは鼻で嗤った。けれどその瞳は巨大な城址に昂ぶりを隠せない。木造だった城の建物自体は喪われている。五百年ほどの時を経て幾つかの巨大な郭が残されているだけだ。城壁にのぼる。武者走りと呼ばれる小径がつくられているのだ。

城の北側は斜面だ。けれど南と西と東は急峻な崖である。賢ちゃんは首をすくめてこわごわ武者走りを行く。淳ちゃんは顔いっぱいの笑顔だ。臥薪も柔らかな笑みを泛べてふたりに従った。

燦(きら)めく中城湾が拡がった。その先に太平洋が漠とかすんでいる。すべてが青い。海と大気の色彩だ。地球の色だ。

目を転じれば西に東シナ海が揺れる。島のくびれのいちばん高いところである。両側が海なのだ。さらには勝連(かつれん)などの半島や洋上の島々が見わたせる。

「ひぇー、きんたまがさわさわする」

賢ちゃんが崖下を覗きこんで股間を押さえた。臥薪も真似して蟹股(がにまた)で股間を押さえる。崖にへばりついて繁茂する緑の濃さは尋常でない。いまも昔もこうして地球にへばりついてきたのだ。酸素が薄い。じわりと熱気が迫りあがる。どこか無限を思わせる。連鎖と無限は同義だ。

大城と榊原が両側を支えて霧絵を武者走りの上まで運んだ。霧絵も天空を見あげ下界を俯瞰(ふかん)してちいさく息を呑んだ。水平線と空が溶けあって宇宙につながっている。

風が疾る。

霧絵の髪が流れる。

誰もがうっとり見つめていた。

いにしえの神子(みこ)がいまに降りたった。

そんな錯覚がおきた。茂手木さんなど感極まって涙ぐんでいる。謝花も自身の過ちを自覚して俯いた。

抗いがたい魅力があった。けれど羊子の肌には確かに禍々しさがあった。それなのに未練がある。神々しいものよりも禍々しいものに惹かれる。その心的メカニズムはなによってもたらされるのか。いかにもインテリ臭い反芻をした。

それでも謝花は思った。赤い眼をしたキリストが見たい。脳裏で聖画のキリストの眼を赤く染めてみる。想像しただけでも強烈な嫌悪を覚える。眼の赤い主の姿を目の当りにしさえすれば羊子をあきらめきれるだろう。

謝花は城壁の上に立ちつくす。独り静かに煩悶する。自慰を覚えてやめられなくなった思春期の日々に似ている。覚えているのはあの煩悶に近い。これは本能の発露であるから罪悪感をもつ必要はないと中学生の謝花は自身に言い聞かせたものだ。確かに罪悪感をもつ必要はないのかもしれない。けれど抑制できずに自身を裏切り続けたのは事実だ。あれとおなじことをまた繰り返しそうだ。謝花は嗅いでいた。意思と意志では統禦できぬ根源的な悪の匂いを。

そっと臥薪が身を寄せていた。謝花は臥薪の肩を抱いた。臥薪を一瞥する。苦く笑う。この無垢を悪魔扱いする女と肌を合わせた晩があらためて脳裏を掠める。羊子よりも霧絵よりも臥薪だ。盛琉会会長との一件で臥薪が消えたときに思い知らされた。臥薪なしでは生きていけない。それなのに羊子の性の香りがいまでも鼻腔に充ちる。豚にこの煩悶はありません。そんな格言があった。謝花の腕のなかで臥薪が呟く。

「迷って。自慰爺。たくさん迷って」

「迷う俺の身になれ」

「迷いに迷って、うまく帰ってくれれば、僕と霧絵さんといっしょに、いつまでも、いつまでもいっしょにいられるから。迷わないとだめなんだ」

「皮肉か。迷いに迷い続けて、この歳だ。俺にどうしろというのだ」

「——みんな、下にいっちゃったよ」

臥薪を抱きあげた。あわてて武者走りから降りた。皆を追う。南の郭には御嶽などがある。亜熱帯の樹木が居丈高に繁茂して木洩れ日がまだら模様を描いていた。

謝花は微細な葉に覆われつくした御嶽の石を一瞥した。岩の真ん中が縦に裂けている。裂けめの周辺は微妙にまくれあがって巻き込んでいる。女性器そのものだ。だが誰もそれに気付かぬようだ。南の郭から表門にむかっていってしまった。

中城城址は終わった。なだらかで漠然とした緑地が拡がった。

皆が立ちつくしていた。

謝花も瞬きを忘れた。

緑地の先に母が指し示した廃墟が忽然(こつぜん)とあらわれた。
沖縄出身である。けれどちょうど同じ時期に集団就職で東京にでてしまったので海洋博を知らない。まして海洋博開催寸前に破産してしまった建設途中のホテルなど知るはずもない。

廃墟はのたうちまわっていた。
女体の丘陵に身を伏せ喘ぎ声。
纏っているのは蛆(うじ)じみた植物。
養分を廃墟から吸い尽くす蛆。
居丈高な濃緑は腐敗の粘液だ。
もちろん愁悶(しゅうもん)の音を咀嚼する。
静謐は濁乱(じょくらん)の音を秘めている。
諍いと呪いの呻きが聴こえる。
骸(むくろ)の到来を言祝(ことほ)ぐざわめきか。
崩壊も露わに影ばかりが濃い。
恐怖に息を潜めて縊死(いし)した影。
あきらかに苦悶を泛べている。
静かな歯軋りのような微動だ。

もはや流血は乾ききっている。
罅割れて黒々と変色している。
それなのに汗を滴らせていた。
銀蠅（ぎんばえ）が蛍光色じみた緑を放つ。
耳を聾（ろう）する羽音に隠れた悪意。
石灰質の肋骨（ろっこつ）に乾燥した腐肉。
それらを啄（ついば）むやどかりの喜悦。
肋骨は黒々と白く悖反（はいはん）が深い。
炎熱を孕（はら）んだ肺胞が膨張する。
錆（さ）びた鉄筋が刺さって窒息だ。
断裂した横隔膜が覗けていた。
乾いた糞便臭を立ち昇らせて。
しなびて矮小（わいしょう）な男性器の切断。
そこに群がる無数の極小の蟻（あり）。
穴という穴に潜り込んでいる。
苦痛と快楽が交差して輝いた。
暗紫色の電流が懶惰（らんだ）に流れる。

蟻酸(ぎさん)があちこちに穴をうがつ。
生い茂る羊歯(しだ)たちの傍若無人。
脳漿(のうしょう)じみた偽りの擬態と沈黙。
強圧的な神木の居丈高な反乱。
青くも透明な蜘蛛(くも)の卑屈な罠(わな)。
回廊は水浸しで錯乱している。
大広間が重力に耐えきれない。
振動は不規則かつ怠惰な腫れ。
地鳴りの奥底の控えめな囁き。
切断された大胸筋の引き攣れ。
墓地は荒らされ引き回される。
肉を刮(こそ)げる埋葬虫たちの深夜。
太陽だけが灼熱(しゃくねつ)して白濁する。
地底で不遜な異花受粉の日々。
内鞘(ないしょう)が弛緩して乱れ踊る体液。
蜥蜴(とかげ)の舌に毒蛇の義足が絡む。
双方が回転して足の生えた蛇。

居丈高に行進してさんざめく。
侏儒（しゆじゆ）たちの笑いと卑猥な唱歌。
返礼は破壊の熨斗（のし）袋と金剛石。
琉球蟬（ぜみ）の抜け殻に隠した嘲笑。
アルカリ塩基の苦みと甘みと。
一時停止標識の下に重なる骸。
蝙蝠（こうもり）の翅（はね）の薄膜に丹念な愛撫。
流れくる水流に背後も見ない。
山羊（やぎ）の首から露わな神経線維。
雷鳴の擬態を許してはならぬ。
鼻づまり息苦しく鼻を切断し。
密かに求める平方根の整合は。
法則めかしたペテンのピエロ。
濃い化粧に隠された内燃機関。
律動は性行為の暗喩にして瑕（きず）。
見返す視線の彼方の黒色の虹。
飛翔（ひしよう）したと見せかけて水没蝶。

爆ぜた拇指から露わな骨と筋。
神経線維の束を繋ぐ狡猾な心。
密やかな告げ口の怠惰な実情。
夏の色をした永久凍土の奥底。
驟雨の気まぐれと心変わりと。
亜熱帯は形骸化し忘却される。
凝縮された刻の拡がる珊瑚礁。
群れる魚たちには願望がない。
もちろん頭部も欠損している。
海蛇だけが黒々と身を翻した。
地軸の歪みと貌の歪みの合一。
溝川の流れの溝泥に棲む愛情。
抜け落ちた奥歯に絡む肉片が。
熔け始めたアスファルト舗装。
それを剝がして死体を埋める。
見開かれたまなこを這う血管。
そこに青い稲妻と裂けた情愛。

倒潰しかかった死刑台に羞恥。
腋窩の恥毛を剃毛する黒僧侶。
先ほどから耳を聾する変拍子。
時空の舞踏がそろそろ止まる。
注意義務から解き放たれて性。
豚の足許の寄生虫だらけの便。
ひらききった花瓣の投げ遣り。
陶器の罅に沁みた貴女の経血。
口をすぼめて吸う陽炎の臭い。
虹色をした油膜流れる太平洋。
炸裂の果てに露わな陰唇と脂。
犯される女の諦念の膣の喘ぎ。
裂けた肛門から溢れる大便が。
それを身に纏う廃墟の屹立だ。
湧きあがる蛆たちの囂しさだ。
飲用に適さぬ精液の密かな毒。
鳥葬の奥底の縮みきった脳髄。

死の気配に陽光が遮断された。
その痙攣に大気が歪んでいる。
ねじあげられてもがいている。
息も絶え絶えにその身を捩（よじ）る。
縒（よ）りあわされて虚空にむかう。
吐息を洩らす謝花の首に縫針。
目頭を揉みつつ彼方を見据え。
ようやく実体を詳細に把握し。
豚の蹄（ひづめ）豚の蹄豚の蹄赤豚の蹄。
ふたたびついた息に謝花の毒。
なにやら赤い眼に凝視されて。
赤い眼に赤い眼に赤い眼に血。
ようやく我に返る謝花ウミオ。

いったい、なにに感応してしまったのだろう。脳裏を定型詩のごとく流れゆく幻覚を追い払う。あらためて廃墟を見つめ直す。

身悶えする残骸は地形に沿っているにもかかわらず世界を深々と抉っていた。抛擲（ほうてき）されて三十年以上たってしまっているとのことだ。けれど五百年前の城址と対で存在するのである。この廃墟は現在を皮肉に象徴する現代の城址であった。

一同はあらためて現代の城址を息を詰めて眺めやった。

山肌に沿って不規則にうねる死せる灰色の竜。

崩落しかけている彼方の物見台。

整合の欠片もない。竜の体軀は丘陵の形状に沿って野方図に這いまわる。不穏な曲線に支配されている。自然との共生といった戯(たわ)けた能書きが掠めた。けれどその彼方に丘陵との共生を裏切って物見台が聳(そび)えたつ。居丈高に直立して亜熱帯の蒼穹(そうきゅう)を犯す。本土ではありえぬ建物だ。

廃墟から人がでてきた。幾人いるかわからない。廃墟前に横三列になって整列した。百人をはるかに超える人数だ。

臥薪がその者たちの中心に駆けよった。ぶつかるように中心人物に軀をあずける。男は臥薪にむかって跪かんばかりだ。

抱いてくれと臥薪が促した。男は一礼して臥薪を抱きあげた。謝花が凝固した。榊原は男と謝花を見較べてニヤニヤしている。

盛琉会会長上地将真が霧絵を見据えた。臥薪を抱いたまま慇懃(いんぎん)に礼をした。

「高階のお嬢様とお見受け致しました」

鷹揚に霧絵が頷きかえす。

上地が続ける。

「松濤の高階には使いを遣っております。私は高階の親分と盃事を致す所存です」

「そうしていただけると、心強いです」

「はい。手始めに、この中城高原ホテルですが、権利関係のすべてをクリアにさせていただきました」

「こんな廃墟でも権利関係があるのですか」

「はい。どのような地面であっても所有に関する権利のない地べたはございません。たとえ上物(うわもの)が廃墟であってもここは重要文化財保全地区。借地なども絡み、複雑に入り組んだ権利関係がありました」

「短い時間ですべてをクリアにしてくださったのですね」

「少々手荒なことも致しましたが」

「ありがとう」

「そのお言葉だけで苦労も報われました。私の息のかかった政治屋なども思いのほか熱心に働きました。あとでお声をかけてねぎらっていただけると屑共も喜びます。それなりに遣えますので、よろしくお願い致します。なお宗教団体設立に関するあれやこれやはこの者たちにおまかせください」

上地の背後で弁護士らしき者たちが頭をさげた。霧絵は柔らかく頬笑んだ。

「それから突貫工事で臥薪様とお嬢様、御一行様が過ごせるよう、廃墟内の部屋を幾つか整えました。間に合わせることができなく、忸怩たるものがございますが、明日には水道も電気もつながります」

組員だけでなく職人ふうの男たちも感極まった面持ちで臥薪と霧絵に叩頭した。榊原がぼやく。

「おかげで俺のやることがまったくなくなっちゃいましたよ」

臥薪が上地になにやら囁いた。上地は嬉しそうに頷いた。臥薪を抱いたまま廃墟のなかにはいっていく。もはや臥薪以外のことが頭にないのだ。物怖じしない賢ちゃんと淳ちゃんが上地を追った。

おいてきぼりをくらった霧絵が茂手木さんを急かす。とても廃墟のなかに車椅子ごと運びこめそうにもないので組員たちが手伝う。通り道だけは清掃されていた。けれどあくまでも廃墟である。崩落した残骸などや割れたガラスがまだそのままだ。

はいってすぐはバーかクラブのスペースだったようだ。かなり広い。天井も高い。カウンターの残骸がのこされている。壁紙などの内装は焼かれてしまっていた。ブロックが剝きだしだ。スプレーによる落書きが目立つ。英語が多いのは米兵が出入りしているせいであろうか。もっとも今日からは部外者は一切這入れない。上地の組の者が周辺を固めているからだ。いわば私兵の趣である。

その先の通路の両側は客室が連なる。クラブのスペース近くの客室が幾つか手をいれられていた。華美ではないが落ち着ける。台地の頂点にある部屋だ。両側は海だ。エアコンなどはまだ設えられていないが窓をあければよい風が抜ける。内部にたまった湿気を排除するための巨大な米国製除湿器がコンプレッサーの音をたてて仕事をしていた。もともと住んでいたホームレスは追いだされてしまったらしい。

部屋を一瞥した霧絵が上地たちを追うように急かした。

竜の胎内は荒れ放題だ。通路には建設時に敷き詰められていたらしい赤い絨毯がわずかにのこっている。ところが場所によっては緑色の絨毯がのこっている。赤と緑は補色である。琉球ならではの色彩感覚だ。つくられた当時はさぞや眼球が惑乱したことだろう。いまではくすんで湿って黴臭いばかりである。

白い格子模様の壁紙は浮きあがって剝がれかかっている。天井も剝がれかけていて骨組みが露わなところが多い。無数の落書きに黒焦げの放火のあとが目立つ。ハブに注意しろと上地が賢ちゃんたちに言う。

トイレだったのだろうか。薄緑色のタイルが張りつめられている。小便臭いのは当時の残り香ではなく這入り込んだ者が、申し合わせたようにここでするからだ。ひとりがすれば皆が倣う。

上地は臥薪を抱いたままガラス片を踏む銀色の音たてて奥へと進んでいく。すこし距離をおいて榊原と謝花がついていく。榊原がおちょくるように言った。

「また正太郎をとられちゃったね」

「あいつは平気で裏切るんです。もっとも上地は利用されてるだけだ。神様扱いして抱っこして」

「それだ」

「なんのことです」

「だからね。上地は正太郎を殴れない。もちろん俺にも無理だ。たぶんお嬢さんも手をだせない。正太郎を折檻できるのは謝花ちゃんだけだよ」

謝花は苦い顔をした。すぐに酸っぱい顔に変わった。

「嫌な言葉ですね。折檻」

「だったら正太郎をかわいがってやればいいじゃない」

謝花は榊原を見つめた。二度と正太郎に手をださない。言葉にはしない。もちろん聞きわけがなければ叱る。けれど暴力に訴えることだけはもうしたくない。

確かに自分だけが正太郎に手をだせるようだ。だがそれは特権ではない。正太郎に手をだすということは責め苦を負うのに等しい。神を打擲するに等しい。

正太郎を打てば、我が心が打たれる。

謝花は立ちどまる。自分の心の変化に驚き呆れた。榊原が呟いた。

「しかし際限のない廃墟だなぁ」

「まったくです。海洋博でなんとかなると浮かれてたんですね。大阪の万博が念頭にあったのかなあ。本土並みになりたい。琉球の誇りに昂然と顔をあげる一方で、沖縄の痛々しい思いと希いがこうして廃墟になっちゃってます」

「北と南に矛盾が集中しちゃうのが、細長い日本国の現実ってやつだな」

謝花は返事のかわりに抑えた息をついた。場所によっては蔦などの植物が侵蝕しはじめている。灰色に蛍光色じみた緑色が光る。床に水たまりができているところほど植物が居丈高だ。人が消えても植物だけは存えるのだろう。

室内の水たまりに青空と呆けたような雲が映っている。たまった水は重油のように濁って澱んで黒い。見つめていると雲がすこしずつ水たまりの上を流れていった。

顔をあげる。ガラスの消滅した窓の外に埋め立てられた長方形の泊の港が拡がった。細長い桟橋が沖の先の先まで触手を伸ばして海を断ち割っている。

ところどころ階段をはさんで縦長の廃墟は延々続く。いよいよ水たまりがひどくなってきた。水の中に崩落した建材を飛び石がわりにしてわたる。

若き無名のスプレー画家たちの極彩色の作品が壁面で覇を競う。廃墟は死を連想させるのだろうか。なぜか髑髏の絵が多い。

設計図があったのだろうか。建物は地形に合わせて縦横に這いまわる。

分岐をいくと室内に巨岩がある部屋があった。天然の岩をそのまま残したらしい。

榊原が仕入れてきた情報によると、他の棟にはプールがあるらしい。コンクリートのウォータースライダーまでのこっているとのことだ。

それらことごとくが山肌に沿ってつくられているのだ。すべては成り行きまかせの思いつきといったところだ。

呆れた気持ちのまま進む。大広間にでた。これだけ広ければ充分に宗教団体の本部に成りうると榊原が呟く。

「でもさ、でかすぎて手をいれるのが大変だわ。それに、あきらかに手抜きだろ。沖縄ならではのテーゲーな建物だよね」

「崩落部分から覗ける鉄筋なんて、なんとも心許ない細さと量ですもんね。横目で一瞥して、不安になって、もう見て見ぬふりをすることにしましたよ」

「使ってるコンクリは大量というか膨大なのにね。この崩落ぶりはまちがいなく海砂入りの超シャブコンだろうな。塩塩のパー。かなり、おっかねえよ」

大広間の床には崩落したコンクリートが無数に敷き詰められている。巨大な製氷機の成れの果てが赤錆を纏って転がっている。配管の上にも人の胴体ほどのコンクリートの塊が崩落している。放置されたロッカー群も外面は見事な赤錆だ。それでも内側に塗られたピンクの塗料だけはかろうじてのこっていて目に痛い。

謝花たちは大広間を幾度も見まわす。けれど大広間の形状を把握することはできない。いわば不規則な超多角形である。木造部分は必ず放火されていて黒焦げだ。吐息をついて榊原が謝花の肩を押した。謝花は頷いて大広間から離れた。

しばらく行くとボイラー室らしき部屋があらわれた。すべての機械は完全に錆びきっている。手で触れれば脆く崩れていく。頭上の鋼鉄の配管が外れかかっているので進入は控えた。なにか機械の作動する音が聞こえたような気がした。耳鳴りの類だと苦笑した。

ここでいったん建物からでた。

もともとは外壁が桃系統の色に塗られていたらしい。あらためて建物を見あげる。亜熱帯のジャングルに呑みこまれつつある竜宮城の残骸に見えた。

車一台分の幅の舗装部分を行く。頭上にまで無数の木々が張りだして木洩れ日だけが奇妙にやさしい。

道がのぼりになった。陸橋のようなもので建物同士が連結されているらしい。その橋の下を抜けた。ちいさな鳥居があった。文字の刻まれた石が祀ってある。中護敷弁受まで読める。そこから下は判然としない。

どうやら物見台の下の建物だ。やはり大広間である。ここには得体の知れぬ巨大な赤錆の塊があった。注意してみると自動車の残骸らしい。ここまで錆びて崩壊するのだから海風というものは凄まじい。酸素というものは怖ろしい。鋼鉄の屍体を前に榊原と謝花は腕組みして感慨に耽る。

丘陵に沿って際限なく伸びるいままでの部分を本館とする。これからあがるのは、物見台だ。

基礎工事をしている時点で抛擲されたのだろう。すべてはコンクリート剝きだしのままである。壁はない。柱だけが直立して上層階を支えている。風通しも見通しも抜群だ。尋常でない高さなので自殺するにはもってこいだ。

物見台下の建物の階層まで含めれば八階建てといったところか。物見台自体は三階建てである。けれど丘陵のいちばん高い部分に建てられている。すばらしく突き抜けて、見事に高い。

上階にあがる部分だが、階段の段さえ刻まれていない部分もある。バリアフリーという言葉さえない時代だ。霧絵の車椅子を通すためにスロープになっているわけではない。そもそも車椅子がのぼるには急すぎる。

最上階に至った。上地がやたらと人のよい笑顔で迎えた。榊原は軽く黙礼した。上地の傍らに立つ。上地がタバコをすすめた。いっしょに咥（くわ）えた。同時に煙を吐いて控えめに歓声をあげる。高い山のない沖縄における最高の展望台であることが実感された。

中城湾が拡がる先に知念（ちねん）半島が横たわっている。

逆側に目を転ずれば北谷の海が蒼く霞んでいるではないか。

両側が海という細長い沖縄ならではの光景だ。

しかも、いままで歩いてきた廃墟を俯瞰することができる。見事に地面に貼り付いている。樹木の根のようにあちこちに触手を伸ばして際限がない。

緑地帯をはさんだ先には中城城址が黒灰色に思いのほか控えめに佇んでいた。

規模だけは現代の城跡がまさっている。けれど赤錆びた鉄骨を棘のようにあちこちに剝きだしにして身悶えする姿は壮観ではあるが見苦しい。

臥薪と淳ちゃんが手すりもない張り出し部分を歩きまわっている。ちいさな臥薪など突風に煽られれば飛ばされそうだ。

謝花は顔をしかめた。それでも細かく注意する淳ちゃんを信頼して黙っている。賢ちゃんは臆病なので外枠に立とうとはしない。臥薪が昂ぶった声をあげた。

「自慰爺、飛行機だ！　ジェットだ！」

嘉手納基地に着陸するF－22だ。三機編隊で暗闇じみた色彩を青い大気に刻みこんで抜けていく。綺麗に揃って楔形の体軀を斜めにして大地に突き刺さりそうな勢いで降下していく。V字形の尾翼が撓ってみえた。

ふと違和感を覚える。飛ぶ飛行機を見おろしているのである。つまり着陸態勢の戦闘機よりもはるかに高い場所に臥薪たちはいるのだった。

問答無用で美しい兵器だった。だからさしあたり感嘆してしまう。けれど微妙な不安が感嘆の奥からにじみでる。淳ちゃんが煽る。

「正太郎、落としちゃえ」

笑顔で頷いたのであわてて制止した。戦闘機が視界から消えた。淳ちゃんは思わず不安に背後を振りかえった。霧絵が柔らかく頬笑んでいた。

「ほら、あちらをごらんなさい」

指し示す方向に皆が視線を投げる。中城の上空は晴れている。それなのに彼方で黒々とした雨雲が烈しい驟雨を降らせていた。大地を銀の帯で打ち据えている。灰銀色に烟る天と地の狭間を眺めやる。いちばん背後で謝花は思う。やっと得た。この一体感を喪いたくない。

*

謝花の鼾がときどき止まる。痩せているのに睡眠時無呼吸がある。臥薪はそっと起きあがった。謝花の口に掌をあてがう。鼾がやんだ。大きく息を吸うと安らかな寝息をたてはじめた。

臥薪は部屋からでた。サイズの合わない真新しいスニーカーのなかで足が小刻みに踊る。寝静まっている。誰もが不自然に寝静まっている。

中城高原ホテルの前に拡がる緑地にでた。満月の晩である。緑地を亜熱帯ならではの湿った夜風が抜ける。夜の藍色がとろりと流れて揺れる。なぜか腐肉の臭いがした。

「お姉さん」

いきなり声をかけられて羊子は硬直した。

「謝花さんは」

「寝てる。ときどき息をしない」

羊子の頰に不安が掠める。

「幸せになったから、死にたいんだよ」

「どういうこと」

「自慰爺は、幸せなんだ」

「だから死にたいの？」

臥薪は答えない。じっと羊子を見あげた。

「お姉さんは主に命じられたんだね。——自慰爺を救わなければ、世界は救えない」

「そうよ。そうなのよ」

「僕もそう思う。自慰爺を救わなければ、世界は救えないよね。だから僕は言ったんだ。たくさん迷って。迷って、迷って、迷いぬいて。それでうまく帰ってこられれば、僕と霧絵さんと自慰爺、いつまでも、永遠にいっしょにいられるからって」

「──そんなの、まやかしよ」

「なんで、言い切れるの」

「なんでも。私にはなんでもわかるの」

「嘘だ」

「嘘じゃないわ。迷った人は、帰ってこられないの。迷いっぱなしにきまってる」

臥薪の顔が曇る。羊子の言うとおりだ。迷う謝花が帰ってこられる確率は絶望的に低い。唇を突きだした。

「──自慰爺はわがままだもんな。僕がなにか言うと、正反対のことばかりする。僕はどうすればいいんだろう」

「それなら謝花さんを連れてきて」

「そんなことより」

「なに」

「お姉さんは主の眼が赤いことを知っているの」

「眼が──赤い。主キリストが」

「そう。滴り落ちる血の眼をした主。真っ赤な血が大好きな主」

羊子が途方に暮れる。眉間に縦皺が刻まれた。臥薪が一歩踏み込んだ。

「お姉さんの眼も、だいぶ赤いね。かわいそうに。染まっちゃったんだね」

「私の眼が赤い――」

「真っ赤だよ。血の色だ」

「なぜ」

「ちょっと、しゃがんでみて」

困惑しながらも羊子はしゃがみこんだ。その額に臥薪の手がのびる。とたんにしゃがむ体勢がくずれた。羊子は跪いていた。羊子は臥薪にむかって祈る体勢をとっていた。羊子の唇が震えだした。内面から迫りあがるものがあるのだ。なにやら逆らおうとしている。口にしたくないのだ。それでも言葉が洩れてしまった。

「義人が自らを義人であると口走れば、それは恥ずべき偽善であるばかりか――」

「なぜ、そこでやめてしまうの」

問いかけに羊子の頭部が烈しく振動しはじめた。臥薪が手を添えて抑える。

羊子は我に返ったかのように上目遣いで臥薪を見た。

臥薪が眼で促す。拒絶しきれず羊子は眼球を赤く発光明滅させながら口走りはじめる。

「――恥ずべき偽善であるばかりか、あるばかりか、あるばかりか、あるばかりか、そこからは悪の意図する腐臭が漂うばかりで、それこそは、よからぬ、よからぬ、よからぬ、よからぬ企み(たくら)を背後に隠しもって破滅を為し遂げるべく、あえて、あえて、あえて暗闇のなかを選んで行く者である」

　言い終えると虚脱しかかった。臥薪は許さない。畳みかけるように訊く。

「ぎじん、ていうのは、どういう意味」

「堅く正義を守る人。己を棄て、正義に殉ずる人。利害をかえりみずに他人のために尽す人」

「正義の味方だ！」

　どこか小馬鹿にした臥薪の口調だった。羊子はおずおずと臥薪の軀を抱いた。密着したまま呟いた。

「主は常に己が義人であることを、正義であることを私に告げたのです。正義であり善であることを声高に――。私は義人の最たるものであり、最善である」

「真っ赤な眼をして、そんなことを言ってたのか」

　思い惑う眼差しで羊子が問いかける。

「主とは、誰なのですか」

　臥薪は淡々と答えた。まるで年長者のような口調である。

「キリストのふりをした何者か。みんなの流す血で勢いを盛りかえすもの。みんなの悲しみと苦しみと怒りと憎しみで勢力を盛りかえすもの」

「それは――」

「血の赤い眼をした義人である主。お姉さんは、その主の思うとおりに動くもの。血まみれの人形」

「私は人形なのですか」

「いまは、僕といっしょだから人」

羊子が縋る。その眼から血の色が消えていた。

「では、あなたは誰なのですか」

「臥薪正太郎だよ」

いきなり羊子は臥薪を突き飛ばした。立ちあがる。臥薪を指して見おろす。

ただし臥薪を指したその指は中指だった。しかも甲の側を下にしている。なかば突き立てている。

「あなたは臥薪正太郎なんかではない。あなたはあなたはあなたはあなたはあなたはあなたはあなたはあなたはあなたはあなたはあなたはあなたはあなたはあなたはあなたはあなたはあなたはあなたはあなたはあなたはあなたはあなたはあなたはあなたはあなたはあなたはあなたはあなたはあなたはあなたはあなたはあなたはあなたはあなたはあなたはあなたはあなたはあなたはあなたはあなたはあなたはあなたはあなたはあなたはあなたはあなたはあなたはあなたはあなたはあなたはあなたはあなたはあなたはあなた

はあなたはあなたはあなたはあなたはあなたはあなたはあなたはあなたはあなたはあなたはあなたはあなたは」

「もういいよ。息が切れちゃうよ」

臥薪が微笑した。アルカイックの笑いであった。静かに見据える。

羊子は怯んだ。背をむける。緑地を全力疾走だ。転んだ。

臥薪は諦めの口調で言う。

「従順な羊の子だったはずなのに」

さらに幼く呟いた。

「わからずやは、豚になっちゃえ」

羊子は四つん這いになった。着衣が弾け飛んだ。放射状に飛びちった。全裸になった。

鼻を鳴らした。

裸体が膨張した。変形した。全身に体毛があふれた。四つん這いで駆ける。烈しく鼻が鳴る。蹄が大地を打つ。便臭と腐肉の臭いを撒き散らして獣が駆ける。

全身が真っ赤に膨らんだ巨大な豚が駆ける。粘りつく夜のなかを駆ける。

臥薪の口許から笑みが消えた。

羊から赤く巨大な豚に変えられてしまった羊子を見送って呟く。

「自慰爺を救わなければ、世界は救えない」

# 4

沖縄島に人があふれて身動きがとれなくなる。やがてあふれた人々が海に落ちるかもしれない。

冗談だ。けれど人々は真顔で口走るようになった。

あれから一年半ほど時が過ぎていた。盛夏である。中城高原ホテルを中心に人があふれかえっていた。海岸。緑地。公園。近隣のゴルフ場。そして路上にまでも。ありとあらゆる場所に人があふれている。もはや島のキャパシティーを超える人口密度だ。沖縄に駐留している米軍までもが異常事態に懸念を示すほどである。

人々は〈電脳琉球〉経由で臥薪正太郎を知った。中城を知った。まず時間的余裕のある若者が興味本位でやってきた。臥薪に接して表情が変わった。新たな価値を発見した。彼らは伝道師たらんとした。大和にもどって折伏(しゃくぶく)しはじめた。無数の人々を引きつれてもどった。

定年後に沖縄に移り住んだ年寄りたちも臥薪に接して生きる支えを得た。もちろん当初より沖縄県民の熱狂も尋常でない。

中城高原ホテル廃墟跡が我神教の聖地となった。教理は至って単純だ。魂さえもどれば誰もが神となる。我神教の謂である。信者たちは唱える。延々と唱える。
マブヤー、マブヤー、ムドゥティソーリー。マブヤー、マブヤー、ムドゥティソーリー。
マブヤー、マブヤー、ムドゥティソーリー。

マブヤーを唱えさえすれば魂がもどり、魂さえもどれば誰もが神となる——とだけ臥薪正太郎は言ったとされている。実際は〈電脳琉球〉における謝花の創作である。これが額面どおり受けとられたなら人々はマブヤーを唱えるだけのいわゆる他力である。だが信者たちはよくも悪くも臥薪正太郎の存在に打たれた。強烈に帰依した。臥薪正太郎が絶対的真理となった。

たったひとつ、唯一無比の価値を信じきるということは、じつに苛烈なものである。他宗教との共存共栄など端から頭にない。天皇制に対しても公然と反旗を翻した。もちろん国家権力をも認めない。唯一絶対の真理である臥薪正太郎以外を認めない。

既存の宗教団体が不安を訴えた。カルトであると声高にキャンペーンを展開しはじめた。左右双方の政治団体はさしあたり様子を見ている。

高階組や盛琉会との絡みも取り沙汰されてマスコミが食いつきはじめた。ただし取材記者が信者となって居着いてしまうことがままあった。

膨大な人員のせいで官憲との衝突が多発している。それでも基本に非暴力がある。暴力で生きてきた榊原や上地が暴力を厳に戒めている。

国家権力が介入するきっかけは暴力行為である。

榊原がタケルの背を撫でながら呟く。

「全面戦争には、まだまだ早い」

臥薪は物見の塔のいちばん上でプールに入っている。水泳の真似事をしている。

プールはプールでもAmazonの通販で届いた円形のビニールプールである。直径が一メートル半ほどしかない。盥で行水しているようなものだ。

タケルがプールに顔を突っこんで水を飲みはじめた。バタ足をとめて榊原に言う。

「戦争はいけないよ」

「もちろんです。とりわけ全面戦争は」

「まだ、増えてるの」

「増えてます。際限がないんです。臥薪様が治癒をなされてからは、収拾がつかない状態です。治癒を求めて那覇空港に降りたった者が、中城にまで辿り着けぬほどです」

「僕が病気を治して寿命を延ばしてやったたって、結局は、いつかは死んじゃうのにね」

「それはそうですが、苦しみから逃れられる当人は当然のこととして、周囲にとってもすばらしいことなんですよ」

臥薪は表情を変えた。寂しそうに訊く。

「自慰爺は」

「臥薪様の育ての親ということで、どこにいっても下にも置かぬもてなしを受けるので、あちこち歩きまわって威張ってます」

「自慰爺はすぐに威張る」

「まったくです」

「霧絵さんは」

「エアコンの冷たい風が大好きとのことで、外の風には当たりたくないそうです。大城の運転で走りまわってるか、ホテルの部屋にこもりっぱなしです」

榊原のダッジは霧絵に奪われてしまったようだ。臥薪はステアリングを切る仕種をしながら呟いた。

「僕はここを抜ける風のほうが好きだな」

「俺も、ここがいちばん好きですよ」

「なにを照れてるの」

「いえね、臥薪様がいちばん好きだからって口走りそうになったので」

すこし赤くなって榊原は首の後ろあたりを掻いた。臥薪は立てた膝小僧に顎をのせた。榊原を見つめる。

「榊原さんだけが前と変わらないね。前とおなじで僕の相手をしてくれる」

「みんな、変わりましたか」

「霧絵さんは変わってないと思う。霧絵さんと榊原さんだけだ。あとは、みんな、変わっちゃったよ」

「淳ちゃんと賢ちゃんも変わっていないでしょう」

「賢ちゃんと淳ちゃんは」

「やはり、あちこち歩きまわってます」

「僕も歩きたい」

傷ましそうに榊原が見やる。臥薪が見つめかえす。榊原はさらっと言った。

「臥薪様が歩いたら、それこそ圧死者がでます」

「あっししゃ」

「みんなが押し寄せてきて、潰れちゃいますよ。蛙(かえる)みたいに」

「下を見ると、怖くなるよ」

「まったくです。人人人人、尋常じゃない」

物見の塔を中心に大群衆が群れていた。その合間に無数のテントが林立している。直射日光を避けるために申し合わせたように頭に白いタオルを巻いている。白い頭が巨大な波紋のように揺れて移動していく。

人々は抑えた声でマブヤー、マブヤー、ムドゥティソーリーと繰り返している。

祈りは低い響動めきとなってすべてを圧する。

マブヤー。

言葉にすぎない。

だが揺るぎないものだ。

地鳴りにちかい轟きである。

これだけでも相当な威圧があった。

臥薪の存在を知らぬ者には不気味でさえある。

炎天下である。有志が組織した救護班がフル回転だ。なんとかしなければならないが方策が見つからない。

榊原は投げだしてしまった。考えないことにした。いよいよ切迫すれば臥薪がなんとかするはずだ。さしあたり死者はでていない。

「米軍基地がなくなれば、多少はましになるんですけどね。さすがの我神教信者も基地内には這入れないもんな」

臥薪が眼下を見やった。タケルの真っ黒な眼に着陸態勢にはいった戦闘機の編隊が歪んで映っている。

「ジェットが降りてくとこがなくなればいいの?」

「そういうことですね。ま、この増え方だと焼け石に水かもしれないが」

あわてて榊原が止める。

「だめですよ。米軍は沖縄に核を持ち込んでるに決まってんだから。臥薪様がちょいと悪戯して、それが破裂しちゃったりしたら目も当てられない」

臥薪が小首をかしげた。榊原は核についてをざっと説明した。まず広島長崎をもちだした。太陽とは逆の仕組みで破裂する爆弾があると囁く。

「榊原だけに教えてあげるね」

「はい」

「僕は太陽をつくれるんだよ」

*

臥薪の無聊（ぶりょう）を慰めるために淳ちゃんと賢ちゃんがタケルを松濤から呼び寄せていた。短吻種（たんふんしゅ）は呼吸困難で死亡することがあるので航空機に乗せられない。タケルはジャーマンシェパードなので問題なかった。臥薪はタケルをいとおしんだ。霧絵が嫉妬するほどである。

県では我神教関係の人間が沖縄に流入するのを防ぐために空港や那覇新港に関門を設

けることまで検討された。

その一方で臥薪が沖縄を離れるという噂が流れた。いまや沖縄県にとって我神教関係からもたらされる経済効果は無視できぬものとなっていた。臥薪がいなくなることによって被る経済的損失がシミュレートされた。

土地が限られている以上やはり流入は制限しなければならない。けれど経済の得失を勘案すれば現時点で島にいる我神教信者の居住区などを整備したほうが得策であるという結論に至った。

臥薪による治癒を受けたなかには沖縄保守系大物議員の親族などもあった。盛琉会上地などの絡みもあって我神教は沖縄の権力部分にも浸透しはじめていた。

庶民に強い影響をもつユタたちも残らず臥薪に帰依していた。霊感の強い者は即座に臥薪に平伏す。沖縄が我神教の島になるのは時間の問題だった。

だからこそ榊原たちは信者の暴力行為などの暴走を厳に戒めているのであった。革命は無血のほうが優れているに決まっている。単純な損得勘定である。

上陸はしなかったが鼻先を掠め去った台風一三号の余波で生温かい風が吹き荒れている晩だった。臥薪は物見の塔最上階に設えられた簡易ベッドに横になっていた。

雲が引き千切られるように流れていく。巨大な満月が顔をだしたり隠れたりしている。臥薪が起きあがった。とたんに傍らのタケルも顔をあげた。

榊原をはじめ取り巻きは熟睡している。臥薪はタケルの臂を軽く叩いた。物見台を下っていく。警護の人間まで含めて人々はまったく目覚める気配がない。いちばん下まで降りた。夏草に膝まで隠れた。夜露が臥薪を濡らしていく。溜息まじりの小声で嘆く。

「自慰爺はしょうがないなあ。かわいい羊さんじゃなくて、おっきな豚さんだってことに気付いていないんだから」

西側の隘路をタケルと下っていく。空き地にはテントが並んでいる。あちこちに強風で折れた木々が散乱している。吹きさらしで野宿している者も多数だ。いまや地主も我神教信者なので問題は起きない。

あちこちから静かにマブヤーを唱える声が聞こえてくる。

誰も臥薪とタケルに気付かない。

登又（のぼりまた）の集落に至った。初老の男が軽のワゴンのエンジンをかけて待っていた。初対面である。男がドアをひらいた。臥薪とタケルが乗りこんだ。

国道三三〇号線を我如古（がねこ）で右折した。社交街のアーケードの前で男はバンを停めた。車から降りて臥薪がお辞儀をした。男も車内から深々と頭をさげた。

臥薪はタケルを従えて真栄原のゆるい坂をのぼっていく。社交街の路上にも強風に引き千切られた枝などが散乱していた。それでも深夜の真栄原はそれなりの人出である。

赤い色電球だけでなくブラックライトが最近の流行だ。臥薪が路地をゆく。客を引く女たちが深々と頭を垂れる。手がのびてタケルの頭を撫でる。品定めしていた男たちも和んだ眼差しで臥薪とタケルに黙礼する。

臥薪は語らない。

道徳を語らない。

倫理を語らない。

戒律を定めない。

総(すべ)てを肯定する。

それらは年齢からすれば当然のことであるかもしれない。けれどあえて意味のある事柄を排除しているかのようでもある。ともあれ宗教者にありがちな強権発動と完全に無縁である。

娼婦(しょうふ)たちも臥薪に深く帰依していた。臥薪が笑みをむける。あるがままでよいと眼で囁いている。

「羊子さんは、またお仕事を始めたんだね」

「はい。いっしょうけんめいです」

臥薪が溜息まじりに言う。

「自慰爺が情けない声をあげて暴れてる」

「謝花様は羊子さんがお気に入りですから」

「羊子さんは豚さんなの、知ってる?」

「豚さんですか。胸は大きいですけれど、どちらかといえば痩せ形ですし、綺麗ですよ」

「でもね、ほんとうは真っ赤な豚さんなんだよ」

臥薪は自分の鼻を中指でくいと持ちあげておどけてみせた。けれど眼差しには悲しみが充ちていた。それに気付かぬ娼婦が破顔した。女のひとりが冷えて汗をかいているコーラの缶を手わたした。

榊原は圧死者がでるなどと口走った。けれどその気になれば臥薪は行きたいところに行けるのだ。

コーラを飲みたがるタケルを軽く叱る。けれど喉に沁みる刺激が苦手な臥薪であった。顔がくしゃくしゃだ。

臥薪は営業中を示す白いカーテンのさがるムーンライトという店にはいっていった。とたんにタケルの背の毛が逆立った。

いちばん奥の個室から謝花の呻き声が聞こえる。それに重なる鼻を鳴らすような音も尋常でない。ぶひぶひぶひぶひぶひぶひぶひぶひぶひぶひぶひぶひぶひぶひぶひぶ
ひぶひぶひぶひぶひぶひぶひぶひぶひぶひぶひぶひぶひぶひぶひぶひぶひ

ぶひぶひぶひぶひぶひぶひぶひぶひぶひぶひぶひぶひぶひ
ひぶひぶひぶひぶひぶひぶひぶひぶー ひぶひ。なにやら養豚場にまぎれこんだかの
ような騒々しさだ。
薄いベニヤのドアがひらいた。捏ねまわされた便臭と腐敗の蒸れた臭いがあふれでた。
タケルが牙を剝きだしにして低く唸る。
血の色をした豚が反り返って謝花に跨っていた。豚が怯んだ。とたんに羊子の姿にな
った。羊子が臥薪を見据えて訴える。
「これがあたしの実像です！」
「豚さんは」
「臥薪様が、あなたがあたしに附与した心象です。その心象が――」
小首をかしげて臥薪が先を促す。
「徐々に羊子であるあたしを侵蝕しはじめていて、あたしは血の色をした豚に変えられ
てしまうかもしれない」
心底から恐れているようだ。けれど抽象的な言葉の羅列は臥薪に伝わらない。臥薪は
いまにも跳びかかりそうなタケルの鼻先を押さえて制する。
謝花は臥薪と羊子を見較べている。タバコを咥えた。羊子が火をつけた。謝花はこれ
みよがしに煙を吐きだした。

「あたしはもう主と縁を切りました。あたしはこうして我神教信徒として謝花様にお仕えするばかりです」

臥薪は首をすくめた。

その瞳に泛んだ困惑は深い。

唐突にある事実に気付いたのだ。ふたりから視線をそらせて呟く。

「自慰爺を救わなければ、世界は救えない」

謝花が鼻で嗤った。

「俺は救われてる。だいじょうぶだ。おまえの世話にはならない。気にするな」

臥薪は謝花を凝視した。その瞳が哀願の色を帯びる。タケルはいよいよ獰猛(どうもう)な皺を鼻梁に刻んでいる。

臥薪は俯いた。謝花はタバコを吹かす。出ていけと顎をしゃくる。

乗っ取られたのでもない。移行したのでもない。もともと赤い眼のキリストだったわけでもない。

それなのに謝花は、赤い眼のキリストになっていた。

臥薪は振り絞るような声でふたたび羊子に訴えた。

「自慰爺を救わなければ、世界は救えない」

謝花が羊子の肩を抱いた。唇を歪める。揶揄(やゆ)する眼差しで臥薪の様子を窺う。唇の歪みが増す。嗤っているのである。

羊子は勝ち誇ったように微笑する。ふたたび謝花が顎をしゃくる。

「出ていけ。ここはガキのくる場所じゃないんだ。それこそ十年早い。二度とここへくるな。霧絵にも言っておけ。おまえのような生意気な女はもうお払い箱だ。二度と抱いてやらんと」

謝花が羊子の後頭部に手をかけた。促された豚が謝花の股間に吸いついた。豚の頭が上下しはじめた。粘る唾液の音がする。便臭と腐肉の臭いが強まった。謝花の薄笑いが強まった。笑い声が低く響く。

豚と謝花が血の色に明滅しはじめた。謝花が得意げに中指を立てた。その眼は真っ赤に染まって血の色だ。

謝花が薄笑いを泛べたまま睨みつけた。タケルの尻尾が丸まってしまった。耳も後ろ向きだ。

立てた中指を揺らしながら謝花は囁き声で臥薪に告げる。

「いま、この瞬間だ。殺人が起きている。おまえを信じる者同士で殺しあいだ。さらには我神教信徒のなかの跳ね上がりが大胆にも泉崎の県警本部に突入したぞ」

豚の頭の上下が勢いを増した。謝花は眉間に縦皺を刻んで迫りあがる快に耐える。かろうじて息を継いだ。どうにか平静を保つ。続けてさらに居丈高な声をあげた。

「集団というものは愚かなものだ。おまえというガキの解釈をめぐって殺しあいだ。どちらもおまえを真の神と信じていやがるから、接点はない。物わかりのよいふりをするだけの民主主義とやらを軽々と凌駕(りょうが)して、原理主義は世に蔓延(はびこ)る。原理主義は国家をも否定する。精液で股間を膨らませた若い野郎共は、いつだって戦争がしたいんだよ。男根硬直主義だ。男根原理主義だ。米軍基地から横流しされた武器を持って県警本部襲撃だ。さあ、戦争が始まりました。しかし、なんだな。アサシンは無謀だが、展望というものをもたぬがゆえに、自滅の道を直走(ひたはし)る。わかっているのか、臥薪正太郎。おまえが原理主義の根源にあるんだよ。おまえが完璧無比の神性なんぞを露わにしちまうから、収拾がつかなくなっちまったんだ。てめえは自販機の五〇〇円玉で、あるいは馬券で稼いで俺を養っていればよかったんだ。そうすれば世界は平和を保つことができたのさ。それなのに一歩踏みだしちまった。総ての諸悪の根源は、神様を纏ったてめえにある。おまえが、おまえこそが、悪だ！」

　謝花が大きく身悶えした。豚の口から大量の白濁があふれだした。謝花は豚の喉を突きあげながら大声をあげる。

「臥薪よ、恥を知れ。おまえこそが悪だ。人並みに息をしてるんじゃねえ。最善は、ひとつ。てめえが人知れず自らくたばり、消滅することだ」

　タケルが完全に尻尾を巻いて逃げだした。謝花はまだ豚の口中で脈動を続けて喘いでいる。白濁から漂うのは腐敗した膿の臭いそのものだ。

豚はようやく顔を離した。謝花の股間からあふれた膿を舐めまくる。おちょぼ口で啜りあげる。

謝花はしばし放心していた。ときにちいさな痙攣をおこす。けれどその瞳の片隅で臥薪をとらえて放さない。

「最後にひとつ、蘊蓄をかましておく。原理主義だが、そもそもはキリスト教の教義には一切過ちがないという白人の狂信からできあがった言葉だよ。たとえばイスラムに当てはめて、したり顔をするのは失礼だ。以上。演説おしまい。さ、出ていきなさい」

臥薪は俯いたまま部屋をあとにした。やたらと狭いフロアを抜けてムーンライトから路上にでた。タケルがすまなそうに擦りよった。臥薪は声をあげずに泣きだした。咽び泣く。

けれど誰も臥薪の存在に気付かない。

真夏なのに凍えている。凍てついた純白の孤独を背負って臥薪が裏路地を行く。

泣きながら中空を見あげる。誰にともなく訴える。

「自慰爺を救わなければ、世界は救えない。でも、自慰爺は、いつのまにか赤い眼のキリストだったよ。すりかわったんじゃない。よくわからないけれど、きっと自分から望んで赤い眼のキリストになってしまったんだ。自慰爺は自分の考えで、赤い眼のキリストになってしまったんだ。そうするべきだって考えて、赤い眼のキリストになったんだ。

そうしなければいけないって考えて――」

涙はとまらない。しばし言葉を発することができなくなった。タケルが身を寄せて切なそうに鳴いた。

「僕はどうすればいいんだろう。赤い眼のキリストを斃すためには自慰爺を殺してしまわなければならないけれど、自慰爺はあくまでも自慰爺だから、僕は殺せない。でも自慰爺は赤い眼のキリストだから、僕が手をだせないのをいいことにやりたい放題だ。警察を襲ったり、信者同士で殺しあいまでさせている。僕はどうすればいいんだ。自慰爺と赤い眼のキリストはひとつで、きれいに溶けあっているから、赤い眼のキリストを斃そうとすれば、自慰爺を殺しちゃうことになるから、僕にはなにもできない」

臥薪はいわば悪魔の狡知にはまったのであった。

*

謝花は自らが赤い眼のキリストであることに気付いていない。もちろん臥薪も自らが何者であるか気付いていない。

我々が神と名付け、悪魔と名付けた存在も実体をもたぬ。神や悪魔が実存であるとしても人の世界において彼らが所有しているのは名だけである。

はじめに御言葉(みことば)があった。

御言葉は神とともにあった。

御言葉は神であった。

ヨハネによる聖福音書の冒頭である。はじめに言葉ありきとして伝わっている。この世界においてまさに神が名だけの存在であることを指し示している。

臥薪も謝花も仮象にすぎぬ。けれど臥薪にとって赤い眼のキリストと化した謝花はアンビバレンスの実体であった。まさに両価性をもった具体であった。

ゆえに臥薪は子供らしくない懊悩(おうのう)を抱えて咽び泣く。寄り添うのはタケルのみ。啜り泣きながら社交街の坂をくだった。県道三四号線にでた。控えめな速度でやってきたタクシーが停まった。ドアがひらく。

臥薪とタケルが乗りこんだ。運転手は泣く臥薪を傷ましげに見つめた。無言のまま走りだす。

県警本部は我神教信徒に占拠されていた。散発的に銃声がとどく。投光器が周囲を浮かびあがらせる。けれど切迫感は薄い。当事者たちも微妙に他人事である。

このころ中城高原ホテルは警察の管理下にあった。榊原たちはあえて逆らわずにすべてを流れにまかせていた。信者たちにも反撃をきつく戒めていた。

物見の塔に踏み込んだ警察官たちは肝心の臥薪を見つけだすことができなかった。主力は淡々と撤収をはじめる。なにやら夢遊病の群れのようであった。

タクシーは幾度も検問に引っかかり、停止を命じられた。けれど警察官たちは臥薪を一瞥すると黙って通行を許可した。

運転手はタクシーを榊原たちが来沖当初宿泊していたハーバービューホテルの正面玄関につけた。ホテルマンたちも無言で臥薪とタケルを案内した。本館ロイヤルスイートに霧絵は泊まっていた。

霧絵は車椅子から上体を前傾させて臥薪を抱きしめた。タケルはダイニングルームで茂手木さんから食事の残りを与えられている。臥薪は謝花が赤い眼のキリストであることを訴えた。

「わたしは、あえて諸々をとめなかったの。信者同士の殺しあい、県警本部襲撃、機動隊の中城乱入。この島は飽和状態でした。つまり赤い眼のキリストの作為がなくてもこれらは時間の問題だったから」

臥薪は霧絵の腕のなかで身悶えする。

「だって自慰爺が赤い眼のキリストになっちゃったんだよ」

「謝花は繋ぐもの、媒だもの。名しかもたぬ存在が人の世界で動くために必須にして唯一の男。神も狙えば、悪魔も狙う。残念ながら謝花は神の要素よりも悪魔の要素が強かったということ。知ってる？　朱に交われば赤くなる——」

「それで赤い眼になっちゃったの？」

「まあ、そういうことにしておきなさい」

霧絵に言わせれば、謝花は人の代表となったのである。人類代表である。臥薪の育ての親ということで人々からちやほやされ、図に乗り、自尊心を充たされたあげくに、周囲を睥睨するようになった。

つまり、もっとも救いがたい人間となったのである。

我神教の唯一のテーゼ、魂さえもどれば誰もが神となる——すなわち人皆神など幻想で、実際は、人は皆、悪魔と親和性がある。

人はすこしでも気を許せば悪魔と愉しげに踊りだす。悪魔が忌避されるのは、そこに己の姿を見るからで、神が尊ばれるのは、人にその要素が皆無だからに過ぎない。

「僕は自慰爺を救わなければならないんだ。僕は、いちばん打ちひしがれている人のためにあるんだ。自慰爺を救わなければ、世界は救えないんだよ」

「それに対抗するために無数の蟻を集めたでしょう」

「蟻」

「我神教信者。必要としているのはプラス方向でもマイナス方向でもどちらでもいいのですが、とにかくエネルギー。そのための一方向にむいた集団。一糸乱れず、おなじ方角を向く人々の群れです。それを組織しろという天の声に従って、こうして沖縄に我神教を設立したのです」

「なんのために」

「だから、赤い眼のキリストに対抗するために。赤い眼のキリストは謝花という媒を、言葉は悪いですけれど色仕掛けでものにしてしまいました。正太郎はもう自慰爺をあきらめなさい」

「いやだ！　絶対にいやだ」

「聞きわけのない子ね」

「だって、自慰爺を救わなければ、世界は救えないんだよ。この世が終わってしまうんだよ」

自慰爺を救えば、悪魔が顕在化しない。悪魔は現世で作動するために媒が必要で、謝花が誘惑に打ち勝てば、悪魔は露骨な姿をあらわすことが叶わず、いままでどおり心象的な存在のまま、人間たちの自発的な悪に対する指向を利用するしかないというあたりに落ち着いてしまう。

臥薪の言っている自慰爺を救わなければ——とは、霧絵にとってはこの程度のことだ。冷たく言う。

「べつに終わってしまっても、いいじゃない」

「世界がなくなってしまってもいいの？」

「人の世界ですもの。べつに」

あっさり言ってのけ、さらっと付け加える。

「どのみち、なくなるんだし」

頬笑む。臥薪の頭を撫でながら囁く。

「もちろん正太郎が悲しまないようにできるかぎりのことはするわ」

口先だけである。霧絵は世界の消滅を願っていた。世界の消滅を思い描いていた。

「一糸乱れず、おなじ方角を向く人々の群れ——一方向にしか進めない弱者である狷介固陋にして頑迷な羊の群れのエネルギー。それがある臨界点を超えた瞬間に、赤い眼のキリストと対抗するための質量となるのです」

## 5

賢ちゃんはゴム草履をぺたぺたいわせている。淳ちゃんはナイキのスポーツサンダルを履いている。足裏が痛くなったと賢ちゃんが訴えた。さもバカにしたように足許に視線を投げる淳ちゃんだ。

モノレールの古島(ふるじま)駅から安謝のスズキのディーラーまで一キロ半ほどの距離だ。まだ朝九時くらいだが陽射しは容赦ない。陽光に刺し貫かれて歩くのはつらいものがある。

車の交通量も多いのでエンジンからの熱が尋常でない。

汗かきの賢ちゃんは足裏にまで汗をかいている。そのせいでゴム草履の上で足が滑る。この暑さだ。淳ちゃんだって納車ということでなければ歩こうとはしなかっただろう。

淳ちゃんが教習所の修了検定受験日と一八歳の誕生日がおなじ日になるようにして自動車の運転免許を取得したのだ。臥薪を乗せてあちこち走りまわりたい。それだけを願って教習所に通った。

「昔は愉しかったもんな」

「また、昔みたいに、いっしょにいられるようになるよ。ジムニーの車内なら、誰にもじゃまされないぜ」

昔というほど時間もたっていない。だが淳ちゃんと賢ちゃんは神に祭りあげられてしまった臥薪がかわいそうでならない。

神として自在に振る舞えるならともかく臥薪はいつも自分を抑えている。それどころか子供であることまでも取りあげられてしまっている。淳ちゃんと賢ちゃんからみれば神とは我慢といったところだ。

ターボなのでいきなりエンジンを切らずにしばらくアイドリングさせてから止めたほうがよい。あるいは直結四駆ゆえにタイトコーナー現象がおきるから舗装路上では二駆で走らなければならないといった注意を受けて納車となった。

荒地を走らせれば他の追従を許さぬジムニーだ。大径だが細身のタイヤも悪路に対する面圧を確保するためのものだ。すべてが機能に集約されている。モノコックボディの乗用四駆とちがってフレームが通っているからジャンプをしたりしても車体が歪むようなこともない。

購入にあたっては大城のアドバイスを受けた。軽く見られがちな黄色いナンバーの軽自動車だ。けれどジムニーにかぎっては自動車の通であればあるほどバカにする者はいないそうだ。

しかもジムニーは四角い箱に四角いボンネットがついている。車体形状や車輪の位置が把握しやすいのですぐに運転がうまくなると請け負ってくれた。

ときどき偉そうな口調で周囲を見下す淳ちゃんだがそれは自信のなさの裏返しだ。ジムニーならば軽く見られないし運転がうまくなるということを聞いたとたんに車種を決定していた。

もちろん軽自動車であるから価格的に購入しやすかったということもある。金はたっぷりもっている。けれどいまでも控えめな淳ちゃんと賢ちゃんだった。

とりあえず五八号線を北上した。熱で大気が揺れている。舗道上には歩いて中城を目指す白装束の人々が列をなしていた。ときどき信者の車が停止して聖地巡礼の人々を乗せてやる。

けれど淳ちゃんと賢ちゃんは硬い表情のまま信者を無視した。臥薪を神と崇める人々を素直に受け容れられないのだ。淳ちゃんと賢ちゃんにとって臥薪は神である前に少年であり大切な友人だ。

ナビに従って走っているうちに三二九号線を経て県道一四六号線の登り勾配にさしかかっていた。見覚えのある景色だ。免許取得後はじめて一般公道を走った淳ちゃんは緊張のあまり唇が乾いて真っ白だ。幾度か危ない瞬間もあったが中城まであと少しだ。

中城が近づくに従って人の数が多くなってジムニーの速度も歩くのと変わらなくなってきた。車内にまでマブヤーを唱える声が低い地響きのように入りこんでくる。それに加えて警護のために内地から派遣された自衛隊と機動隊の混合部隊が周辺を固めている。

信者同士の殺しあい。県警本部襲撃。そして機動隊の中城乱入と大荒れだった。けれどそれらは一息に終息した。

さしあたり筋を通すといった感じで大量の機動隊および自衛隊を送りこんできた国家権力である。だが奇妙なことにあくまでも静観の構えを崩さない。

催眠術にかかったかのように我神教に帰依する国民が多数出現している。その一方である種の革命じみた気配のあった県警本部襲撃をはじめとするあれこれには国家側からの反応がひどく鈍い。人々も忘れ去ってしまったかのようでまったく盛りあがらない。

首相夫人が我神教に帰依した。いや帰依したのは首相自身であるといった噂が流れている。榊原たちは苦笑している。それはないと見ているからだ。

マスコミの立場は微妙だ。状況証拠からすれば中城高原ホテル廃墟跡に暮らす臥薪が政府中枢になんらかの力を及ぼしたとしたいところである。でなければこの不作為の説明がつかない。

しかしそれを書きたてれば神性はともかく臥薪にはある種の人智を超えた力があることを否応なしに認めてしまうことになる。ゆえに出来事を淡々と報道するにとどめている。もちろん内部に大量の我神教信者を抱えていることもあった。

スズキのディーラーから一時間ほどで中城に辿り着いた。マブヤーを唱える信者たちを掻きわけるようにしてなんとかホテル跡の路上にジムニーを停めた。淳ちゃんと賢ちゃんは車内で顔を見合わせた。こんな情況で臥薪を連れだすことができるだろうか。

久々に物見の塔の中途半端な階段をあがった。行き来のせいで階段がつけられずに放置された斜面がずいぶん磨滅していた。

淳ちゃんと賢ちゃんの姿を認めた臥薪が飛びついてきた。やはり周囲の気配は尋常ではない。淳ちゃんが強ばった顔つきで提案した。

「たまには息抜きをしよう。ジムニーっていう車を買ったんだ。どこか行きたいところはあるか」

臥薪が目を輝かせて頷いた。水族館に行ってみたいと囁いた。さらにちいさな声で付け加えた。

「ジンベエザメ」

「と、いうことは、美（ちゅ）ら海水族館だな」

傍らで賢ちゃんが顔をしかめた。以前に訪れているからだ。いちど見ればたくさんだと呟いた。

淳ちゃんが叱る。なにも賢ちゃんのために出かけるのではない。淳ちゃんは困惑顔の榊原を口説いた。会議があるから夕刻までにはもどってくれという。

「正太郎は会議なんかしてるのか」

「僕にはなにがなんだかわからないんだけどね。でも、僕がいないとだめなんだって。決裁するんだって」

賢ちゃんが榊原を見つめた。尻馬に乗って淳ちゃんも榊原を見た。咎めているわけではない。けれど榊原は俯いた。

榊原から視線をはずして賢ちゃんは臥薪の肩に手をおいた。行こうと促した。今日は留守番だと諭されたタケルが悲しげに吠えた。

臥薪を乗せたとたんに肩から力が抜けた淳ちゃんだ。いままでとは別人だ。軽々と運転しはじめた。人垣に進行を阻まれたらどうしようかと悩んでいた。けれど誰も臥薪に気付かない。

「こんなんなら、いつだって好きなところに行けるじゃないか」

「でも、いなくなっちゃうと榊原さんが悲しそうだから」

「いなくなったきり、女のところをほっつき歩いてもどらない自慰爺のような奴だっているんだぜ」

「自慰爺は、物見の塔に近づけないんだ」

「なぜ」

「なぜでも」

「言いたくないのか」

「ちがう。言えないの」

賢ちゃんがもっともらしく割り込んだ。

「ふーむ。なにやら言えないことがあるんだな」

淳ちゃんが苦笑した。つられて臥薪も笑った。すると賢ちゃんが得意げに笑いだした。助手席の臥薪と運転席の淳ちゃんは背後からの笑い声に顔を見合わせた。結局は三人とも大笑いだ。

高速道路は不安だ。高速教習のときに合流時の思い切りが悪くて怖い思いをした。淳ちゃんはさりげなく下を通っていこうと提案した。賢ちゃんが逆らった。時間が限られているのだから高速でいこうというのだ。

やや青褪めた顔で加速車線にはいった。臥薪が囁いた。

「床まで踏んで」

とたんにアクセルを床まで踏んでいた。ジムニーは何事もなく本線上に躍りでていた。信号も歩行者も交差点もない。あとは一定速で走るだけだ。流れに乗ってしまえば楽だ。許田で高速道路は終わりだ。さすがに高速道路を使うと速い。まだ昼前だが名護市街にはいる直前の丸隆そばで沖縄ソバを食べることにした。

淳ちゃんは高速の合流だけでなく駐車を怖がっていた。ぶつけてしまいそうだからだ。それなのに臥薪にソーキソバの講釈をしながらあっさりジムニーをバックさせていた。

レジで尋ねると大中小とあるとのことだ。臥薪は小だ。淳ちゃんは中で賢ちゃんは大を頼んだ。いわゆる本ソーキで軟骨ではない。肋の硬い骨付きだ。骨を吐きだすための合成樹脂の皿がついてきた。

「みんなで豚の足を食べた。大城食堂。蓬の葉っぱは苦くてだめだよ」

「大城食堂って、大城んちがやってんのか」

「ちがう。名前がいっしょなだけ。豚の足、ぷるぷる」

「うまかったか」

「——よくわかんない。みんなは、おいしいってむしゃぶりついてた」

「ここのソバは」

「うまい！」

「大城が運転するチャージャーとジムニーだったら、どっちがいい？」

「絶対ジムニー」

迎合しているようでもない。座席が高くて見晴らしのよいジムニーを臥薪は気に入っているのだ。

賢ちゃんがコレーグースを臥薪のソバに注ごうとした。泡盛に高麗胡椒こと唐辛子を漬けこんだものだ。臥薪は興味津々だが淳ちゃんが顔をしかめて止めた。辛くて子供に食べられるはずがない。

「俺は正太郎の顔が歪むのが見たいんだよ」

賢ちゃんは膨れっ面だ。臥薪がジムニーの運転をしている淳ちゃんとばかり言葉を交わすので嫉妬気味なのだ。

厚さが六〇センチもあるという水槽のアクリルパネル越しに見あげるジンベエザメの扁平な巨体が遥か頭上をしずしず抜けていく。

すべては青く染まって静かに輝いていた。海の底に沈んだかのような錯覚がおきる。人々の息を呑む気配ばかりがあたりを支配している。

無数の回遊魚が鏃のような集団をかたちづくって移動していく。ジンベエザメの下をマンタが優雅に方向転換した。

臥薪は口をひらいたまま身じろぎしない。瞬きも忘れている。淳ちゃんと賢ちゃんはそんな臥薪を満足げに見つめる。

「どうだ、すごいだろう」

「大きくて、大きくて——」

「地球には人だけじゃなくて、ジンベエザメもマンタも、とにかくたくさんの生き物がいるんだぜ」

淳ちゃんが教え諭した。臥薪が尋ねた。

「だったら、地球を壊してはだめなの」

「当たり前だろう。正太郎はジンベエザメやマンタを殺したいか」

臥薪は首を大きく左右にふった。けれど小声で付け加えた。

「壊したくてたまらない人がいる」

「赤い眼のキリストだな」

急に臥薪が大人びた顔つきになった。

「ちがうよ。赤い眼のキリストは世界を掻きまわしたいだけなんだ。みんなが不幸になれば愉しいんだ。殺しあいも大好きだけれど、でも、みんながいなくなっては困るんだ。地球が壊れちゃったら、いちばん困るのが赤い眼のキリストなんだ。赤い眼のキリストは、みんなの苦しみや怒りや悲しみや悩みがごちそうだから」

「じゃあ、誰だ。誰が壊したがってるんだ」

「霧絵さん」

淳ちゃんと賢ちゃんは顔を見合わせた。

「霧絵さんが――」

「そう。いちど壊して、すべてをクリアにしなければいけないんだって。僕もそう思ってたけど」

「正太郎。それをしたら、ジンベエザメもマンタも僕も賢ちゃんも誰もかもがいなくなってしまうよ」

「それは、いやだ！」

そっと臥薪の肩を抱き、淳ちゃんは首を左右にふった。

「しかし、霧絵さんが消滅を願っているなんて」

賢ちゃんが溜息まじりに言った。

「言われてみれば、そんな気がするよ」

「たしかに厭世的だもんな。霧絵さんに較べれば、たしかに赤い眼のキリストは、よくも悪くも人生を謳歌してる感じがする」

賢ちゃんは厭世的がわからない。わかったような顔をしてとぼけた。そのとき臥薪が両手で頭を押さえた。

「あ――」

「どうした」

「霧絵さんに叱られた」

「なんだって？」

「よけいなことを言うなって」

淳ちゃんと賢ちゃんは顔を見合わせて苦笑しかけた。だが笑いは歪んでしまって引き攣れた。胸の裡に強烈な不安が拡がっていた。赤い眼のキリストも危険だ。けれど完全なる消滅を願っている霧絵のほうが怖い。

赤い眼のキリストが餌にしている憎しみも感情だ。それは淳ちゃんも賢ちゃんももっているものだ。だが霧絵はもはや感情さえも喪ってしまっているかのようだ。

「僕からすれば、赤い眼のキリストは人間じみているよ。少なくとも神様の視点で物事を見ていないような気がする。たぶん、神様とおなじ位置から世界を見下ろしたいんだろうけれど、それができないんだね。能力的っていうのかな。赤い眼のキリストは神様のオチコボレだ。だから僕たちに近い」

淳ちゃんが独白すると臥薪がなにか言いたげな表情を見せた。淳ちゃんが促した。臥薪は言い淀んだ。

自慰爺が――と呟いただけだった。

謝花が赤い眼のキリストと一体化してしまったことを口にできなかったのだ。それでも淳ちゃんと賢ちゃんは謝花に禍々しいものを覚えた。最近の言動を鑑みれば否定的にならざるをえない。無理遣り言葉にすれば裏切り者の気配が濃厚だ。

「自慰爺に関しては、距離をおいたほうがいいかもしれないな。なにを考えてるのか、まったく得体が知れないし。それよりも——」

なによりも霧絵が世界の消滅を願っていることを知ったのは衝撃だった。アイドルは自分のことなんてなにも考えていなかった。打ちひしがれて水族館をでた。

駐車場で大きな麦藁（むぎわら）帽子をかぶった女が待っていた。真っ赤な薄手のワンピースを着ていた。海からの風が強まった。麦藁帽子を片手で押さえて羊子が媚びの詰まった眼差しで言った。

「乗せていってください」

淳ちゃんが臥薪を窺った。なぜか臥薪は下をむいてしまった。淳ちゃんの背に手がかかった。

「ちょうどいいや。ここからは俺たちと遊ぼう。乗せていってくれよ」

「謝花さん！」

真っ赤なかりゆしウェアを着ていた。よく見れば無数の赤い眼がプリントされているのだった。淳ちゃんは顔をそむけた。咳払いして掠れ声で言った。

「残念ながらジムニーは四人乗りなので」

「だったら正太郎をおいていけばいい」

「そんなこと、できるわけないでしょう」

「なんで。正太郎ならば、誰かが中城まで連れてってくれるって。なんせ神様だから。思いのままさ」

賢ちゃんが険しい眼差しで臥薪に訊いた。

「自慰爺の気配とか、気付かなかったのか」

「いるのは、わかってた」

「なんで言わないの」

「言えば、僕と自慰爺が会わないようにしただろうから」

「会いたいのか」

「——いつも、いつもいっしょに、いたい」

引き絞るような臥薪の声だった。

謝花は臥薪を手招きした。自分の前に立たせた。背後から臥薪の首に手をかけた。べつに絞めるわけではない。けれど危うい体勢だ。それなのに臥薪は謝花に密着して安らいだ表情だ。

「正太郎。俺は淳ちゃんと賢ちゃんを連れていきたいところがあるんだ。車は四人乗りだってさ」

「――わかった。僕はひとりで帰る」

「よし。聞きわけがいいな。いい子だ」

「――僕もタナガーグムイで泳ぎたいけど」

「ターザンロープもある。こんど、連れていってやるよ。泳ぎを教えてやる」

「自慰爺、絶対だよ、絶対」

「ああ。約束だ。連れていってやりたいのは山々だが、おまえは会議とか、あるんだろ」

「そうなんだ。夕方までには帰らないと」

「まったく子供を満足に遊ばせもしない」

淳ちゃんが強ばった顔で拒絶する。

「臥薪が遊べないなら、僕たちも帰ります」

「せっかく、このあたりまできたんだ。そうそうこられる場所じゃない。タナガーグムイで泳ごう」

「なんなんですか、さっきから。タナガーとかいうのは」

「タナガーグムイ。タナガーはテナガエビ、グムイは淵か。大きな池の彼方に滝があるんだ。米兵とかがよく遊んでる」

淳ちゃんと賢ちゃんが臥薪を見つめた。臥薪が哀願する。

「自慰爺といっしょに行ってあげて」

賢ちゃんが憤る。

「いいのかよ。正太郎ひとりでここから帰れるのかよ」

そこへ羊子が中年の男女を連れてきた。臥薪にむかって平伏せんばかりである。中城まで送りとどけると確約してくれた。

臥薪は項垂（うなだ）れて背をむけた。淳ちゃんと賢ちゃんは泣きそうな顔で臥薪を見送った。謝花が助手席に乗った。後ろは賢ちゃんと羊子だ。淳ちゃんは白い頬のままエンジンをかけた。絶対に臥薪を離したくない。けれど抗いがたい力が謝花から放たれている。しかも臥薪がいっしょに行ってあげてと言うのである。淳ちゃんは憮然としたままジムニーを駐車場からだした。

本部（もとぶ）半島を一周して国道五八号線を北上する。国頭村（くにがみそん）から県道二号線だ。山間部だ。ひたすらきついカーブが続く。幾度か車線を割って怖い思いをした。それでも淳ちゃんはコーナリングに夢中になった。

初心者の淳ちゃんであるからそこまでの速度は出せないが背の高いジムニーである。頑張りすぎると横転の恐れがある。ほどほどにしておけと謝花が諭す。

背後では羊子が賢ちゃんの太腿に手をおいている。緊張しきった賢ちゃんを刺激している。謝花がさりげなくミラーで様子を窺っていた。唇の端を歪めて笑う。

タナガーグムイは東シナ海側から本島最高峰の与那覇岳の北を太平洋側に抜けた山間部にあった。美ら海水族館からは距離にして六〇キロ以上あり急なカーブが連続することもあって一時間半ほどもかかってしまった。

しかもタナガーグムイの駐車場からはロープを伝って崖をおりなければならない。毎年水死者及び転落による死者が発生しているとの注意を記した看板が立っていた。さらにとても救急車などはいれる場所ではないこともあって心肺蘇生の方法を示した絵入りの看板まで立っていた。

ロープと複雑に縺れあい這いまわる木の根を伝ってやたらと滑る赤土剝きだしの崖を下っていく。臥薪のことも忘れて冒険気分で賢ちゃんが歓声をあげた。不機嫌だった淳ちゃんも観光とは無縁のやんばるのジャングルそのままの大自然に圧倒された。

下りきるとさらなる驚きが待っていた。普久川にできあがった淵だが強引な観光地ならばタナガー湖と名付けかねない規模だ。しかも繁茂する亜熱帯のジャングルに周囲を囲まれた先に岩盤から落下する滝がある。

滝の高さは五メートルほどだが水量が多くて迫力がある。こんどは絶対に臥薪を連れてきてやろうと思った。

崖上の駐車場に駐めてあったYナンバーの米兵だろう。首に認識票をさげたごく短髪の白人がターザンロープにぶらさがって彼方に飛んだ。着水して飛沫と歓声があがる。滝の上から飛びこむ猛者もいる。

淳ちゃんも賢ちゃんも密林にあらわれた秘境の光景に口を半開きだ。羊子が腰を屈めてグムイの水で手を洗う。崖の赤土を落としているのだ。それからあっさり着衣を脱ぎ棄てた。赤いビキニの水着だった。

「僕たち、水着がないよ」

「裸で泳げばいいじゃないか」

謝花の言葉に淳ちゃんと賢ちゃんは曖昧に顔をしかめた。笑顔のような泣き顔のような微妙な顔つきだ。その視線の先には筋骨たくましい白い兵隊たちの姿があった。

失笑気味に謝花が肩をすくめた。白人たちが羊子に気付いた。視線が集中する。

謝花が睨みつける。尋常な眼差しではない。淳ちゃんと賢ちゃんは緊張した。ここで戦争をしても体格的にも人数でも勝ち目がない。だが白人たちの瞳に怯えが疾った。身支度もそこそこに逃げだしていった。

謝花はふたたび肩をすくめると全裸になった。水の中にはいる。無様な平泳ぎで池の中心部あたりに浮かんでいる羊子のところまでいく。

淳ちゃんも賢ちゃんも謝花に続いた。水は海とちがってやや冷たい。しかも塩分がないから浮力が弱い。プールでの水泳といっしょだ。

視線の先で羊子が水着のボトムを頭上に差しあげた。全裸になったようだ。淳ちゃんと賢ちゃんは顔を見合わせた。

池の中心で羊子と謝花が絡みあう。おまえたちもこいと謝花が呼ぶ。おどおどと近づいた。とっくに足は着かない。淵と名付けられているだけあって相当に深い。

水中で羊子が手をのばしてきた。淳ちゃんが摑まれた。水面にでている羊子の顔はにこやかに謝花にむいている。

刺激を加えられたので淳ちゃんは溺れそうになった。大きくなってしまった。おさまる気配はない。水が濁っているので水面下のことは当事者以外にはわからない。かろうじて立ち泳ぎをしている。

羊子の手はまだ淳ちゃんに添えられたままだ。羊子が目で促した。滝壺に行こうというのだ。

高鳴る胸などというものではない。なにがなんだかわからない。羊子に従うしかない。滝壺まで泳ぎ着けるか不安だった。それくらい距離があるのだ。けれど羊子の後を追っているうちに滝壺間近にいた。

羊子が潜った。淳ちゃんも潜った。水中で手を引かれた。泡立ち乱れ荒れ狂う滝壺のなかに引きこまれた。

水中に轟音（ごうおん）を放つ水のバリアがあった。水流の壁だ。それをどうにか抜けると軀が烈しく回転しはじめた。関節が不自然にねじまげられる。糸の切れた操り人形になった。意地になって潜水してみた。底には辿り着けなかった。相当に深い。耳が痛んだ。粘る水流から抜けだして水面に顔をだす。ごく間近に羊子の顔があった。

「滝の上にあがって、ふたりだけで探検しましょう」

笑みとともに誘われた。ふたたび下腹に手がのびた。断れるわけがない。童貞だ。真栄原で鍛えた手練手管に対処できない。淳ちゃんは謝花たちに見られぬように意識して岩盤に取りついた。

岩盤の上は普久川の流れと覆いかぶさるような濃緑のジャングルだ。

淳ちゃんは羊子を追うようにして川筋を遡った。幅はせまい。けれど深い。ひたすら足が立たぬ。流れに勢いがないのでゆるゆると泳いでいける。水が澄んでいる。

岸の岩盤近くにテナガエビが揺れていた。掌大で茶褐色だ。はさみが異様に大きく体長を超えている。そっと触れてみた。幽かに動いた。弱っていた。死にかけだ。不吉なものを感じた。羊子が寄ってきた。

「あそこに、あがりましょうか」

黒い岩盤が拡がる平らな岩場だ。羊子が横たわった。濡れそぼった軀を大胆にひらく。肌が幽かに赤く色づいた。淳ちゃんは我を喪って重なった。すぐに爆ぜた。眼前が真っ赤に染まった。そのまま深紅に輝く羊子のうえで動かなくなった。息をしていなかった。

羊子は淳ちゃんの死体を普久川に蹴落とした。死体は俯(うつぶ)せのまま流れのくぼみにとどまって動かない。羊子は柔らかな笑みを泛べて滝の上にもどる。

下から見あげた賢ちゃんの目に映じた羊子は奇妙に赤く輝いていた。逆光だろうと納得した。手招きされた。賢ちゃんは羊子と謝花を交互に見た。謝花が笑った。

「おまえは女の誘いから逃げるのか」

「淳ちゃんは」

「いまごろ、腑抜(ふぬ)けになって動けねえんじゃねえかな」

「腑抜け」

「鈍い奴だな。童貞を棄てるチャンスだぜ」

「生憎、僕は内緒で真栄原で」

「そうか。やることは、やってるのか」

「でも、味気なくてしょんぼりだよ」

「羊子なら、おまえを最高の気分にさせてくれるさ」

「――いいのか」

「いいもなにも俺とおまえの仲じゃないか。これはいわば兄弟の契(ちぎり)のようなものさ」

「自慰爺と兄弟か」

「なんだよ、いやか」

賢ちゃんは滝の上で濡れた髪を後ろに撫でつけている羊子を見あげた。

「自慰爺」

「うん」

「ありがとう。行ってくるよ」

「おう。愉しんでこい」

「なんか気恥ずかしいけど」

照れながら賢ちゃんは岩盤に取りついた。なんとなく振りかえった。謝花の満面の笑みがあった。

謝花はなにやら口を動かしているが滝の水音で聞こえない。賢ちゃんは岩場をよじ登っていく。謝花は呟き続けている。

――破壊、崩壊、嘆き、悲しみ、苦しみ、怒り、憎悪、欲望、嫉妬、羨望、悪意、争い、これら無数の無限のカタストロフィー、それら負のエネルギー、これこそがこの世界を作動させる原理にして唯一の真実、そんなことは誰にだってわかっていることなのさ、わかりきったことだ、だから世界は貪欲に負のエネルギーを取りこんで今日も自転している、俺を乗せて宇宙をまわる、信者同士の殺しあい、泉崎県警本部襲撃、さらに画策していた米軍基地襲撃、核の略奪、そのために沖縄であれこれ準備していた、それなのに米国をはじめとする国家の介入は見送られた、テロリズム、原理主義、宗教戦争、そのあげくに積み重なっていく無数の死、それらが俺の世界の始まりを告げるはずだった、魁となるはずだった、けれどなにも起きずに抑えつけられてしまった、ああ、神の御業のなんと退屈なことよ、神よおまえはなにを考えてるのか、霧絵の遣り口を許そうというのか、世界のリセットを企んでいるのか、人間に失望したのか、だがそんなことは端からわかりきったことではないか、それでもすべてをご破算にしてクリアにしたいのか、無こそ最善というわけか、もしそうだとすれば神こそが真の破壊者となって悪を貫徹する、そうなれば俺は、神よ、おまえに帰依するしかないではないか、皮肉だな、わかったよ、俺はおまえの思いどおり動いてやろう、自分の役を演じきろう、俺という存在自体を神であるおまえにくれてやろう、神よ、おまえのためならばもはや俺は消滅も厭わぬ、そう決めたのさ、もうもどれない、なぜなら俺は真の神の使徒——

あと少しで滝の上というところで優しく羊子の手がのびてきた。賢ちゃんの手を摑んでくれた。意外な力に驚愕した。賢ちゃんは抗いがたい力で滝の上に引きあげられた。

＊

臥薪は廃墟の物見の塔にもどっていなかった。ハーバービューホテルの霧絵のところにいた。ベッドに横たわる霧絵の脇で泣きじゃくっていた。わけもわからぬままに茂手木さんが貰い泣きしている。

「まさか自慰爺が淳ちゃんと賢ちゃんを殺すとは思っていなかったんだ」

その呻きに茂手木さんが目を見ひらいた。霧絵が臥薪を抱きしめた。

「もはや謝花は完全に赤い眼のキリストになってしまったのよ」

「ちがう!」

「どう、ちがうというの」

「自慰爺は赤い眼のキリストではなくて自慰爺のままで、淳ちゃんと賢ちゃんを殺したんだ」

「だって、謝花はふたりと渋谷の段ボールハウスで仲良く暮らしていたんでしょう」

「だから、だよ! 自慰爺は悲しんでいる。霧絵さんが世界を終わらせてしまおうとしているから、その瞬間に淳ちゃんと賢ちゃんを立ち会わせたくないんだ。自慰爺はふたりにプレゼントをした。淳ちゃんと賢ちゃんは、いちばん気持ちのよい瞬間に死んだ。それは自慰爺の心尽くしだったんだ」

霧絵の頬に皮肉な笑みが泛ぶ。

「まるで謝花のほうが人間的で、正しい存在みたいじゃない」

「自慰爺は世界を終わらせたくなんかないんだよ!」

「赤い眼のキリスト。連綿と、永遠に続く破壊、破局、破滅、悲劇、すなわちカタストロフィーを望むもの。永続的なカタストロフィーを望むもの。誰が永遠に続くカタストロフィーを求めるものですか。永遠に続くカタストロフィーの正しい呼び名こそが、地獄──です。逆説的に適当なところで完全な終わり、世界を終わりにしてあげるのが人間的な情けというものです」

＊

夕刻である。普久川の流れの澱みにとどまっている淳ちゃんと賢ちゃんの死体は即座に腐敗がはじまっていた。青緑色に変色して膨らみきっている。無数の蛆が喜悦の踊りを舞いながらまとわりついている。大量の蛆が流されていく。謝花は膝をついて嗚咽していた。背後からそっと羊子が慰める。

「こいつら、俺と暮らしていたんだ。いつもいっしょだったんだ。段ボールハウスの作り方だって教えたし、雨の日はテントのなかでいっしょにコーヒーを飲んだ。デパートの地下に試食に出向いたものだ。いつもいっしょだったんだよ」

羊子があやす。

「はい。でも、もう、お別れを」

「消えされ、ガキ共！」

とたんに膨張した腐乱死体は川面（かわも）を流れ去っていった。消え去れと怒鳴ったのに謝花は追った。滝の上で跪く。その頬を涙が伝う。腐り果てた淳ちゃんと賢ちゃんが重なりあうようにして滝壺に落ちていく。

# 終曲

世界の頂上に、臥薪が立っている。

物見の塔の最上階に臥薪は立っている。

臥薪は白衣を着ている。傍らで霧絵が頬笑んでいる。タケルは昂ぶった荒い小刻みな息を吐いている。

背後に控える榊原たちは、いまや眼球を喪い、黒く穿たれた眼窩を臥薪にむけ、かしずくのみだ。喪われたのは視力だけではない。聴力も嗅覚も触覚も、そして声を出すこともできなくなっていた。臥薪にとってごく親しい者、選ばれた者だけが、すべての感覚を完全に遮断され、臥薪が意識を向けたときにだけ遣り取りが可能な、ただひたすら叩頭して祈るだけの存在と化していた。それなのに彼らの内面にあるのは究極の至福とでもいうべきものであった。彼らは古拙の笑い、アルカイック・スマイルを得たのである。

臥薪はそっと榊原の額に手をおいた。一切の感覚を喪った榊原が柔らかく頬笑む。人間としての感覚を喪ったことによって、榊原は臥薪と真の交流を果たすことができるようになっていたのである。榊原と臥薪は言語化不要、あるいは言語化不能な波動で遣り取りをしている。そこにあらわれているのは控えめな笑みだけであった。

東西南北に無数の人々が拡がっている。臥薪の登場とともにマブヤーを唱える声がいちだんと高くなる。祈りの響動(どよ)めきが波動となって世界を振動させる。

沖縄は我神教の島となっていた。それどころか、一月の一般教書演説でアメリカの大統領が沖縄の米軍基地を奪われたことに対する報復として、我神教に対する核攻撃も辞さぬと発言した瞬間、その頭部が爆ぜて霧散した。米国下院本会議場の惨劇を目の当たりにした世界の指導者は、臥薪に対する発言を一切しなくなった。それ以前に、彼のような多少足りない指導者はともかく、物理科学を超えた奇蹟を出し惜しみせぬ臥薪に、誰も、なにも言えなくなっていた。

我神教に対してもっとも強い反撥(はんぱつ)を示していたのは、すべての他宗教であったが、他宗教の神々は臥薪の強引かつ横暴ともいえる遣り口に対して、完全なる沈黙を守り、結果、他宗教は瓦解していった。ここに宗教の時代が完成した。正確には我神教の時代の完成であるが、真に信じることこそがすべて、という真の宗教の時代の到来であった。そこには経典などない。教えなどない。縁(よすが)が必要な大衆のためにマブヤーは残されていたが、その実質は、信じよ——。曖昧なものは、一切ない。ただ、ただ、ひたすら、臥薪を信じるのみ、であった。

臥薪が変貌したのは、淳ちゃんと賢ちゃんが死んでからだった。まず、自我の確立と自立の発露があった。同時にその能力が飛躍的に高まり、しかもそれを隠そうとしなくなった。もはや人を超えた存在であることを誰も否定できなくなった。

一見、霧絵の思いどおりに物事は進んでいるように見える。だが霧絵にも臥薪がなにを思い、物事がどのように推移していくのか、まったく、わからない。

赤い眼のキリストと一体化したとされる謝花は、淳ちゃんと賢ちゃんの一件以来、その姿を臥薪の前にあらわしていない。

二月下旬である。臥薪正太郎来沖二周年記念だった。理由はなんでもよかった。霧絵が率先して人々を集めた。沖縄にこられない者は正午に同時にマブヤーを唱えることになっていた。けれど日本及び世界の信者たちは早朝よりマブヤーを唱え続けていた。心と軀に魂がもどるように祈っていた。

霧絵が念を送ってきた。謝花を呼んでみたという。この場にやってこいと謝花を招いたというのだ。しばらく臥薪は身動きしなかった。思い出したように霧絵を一瞥した。首を左右にふって息をついた。奇妙に大人びていた。霧絵が不服そうに言う。

「時が充ちたことくらい、謝花にも伝わっているはずです。わたしの呼びかけに逆らえるはずもないのに、息をころしています」

「自慰爺は、霧絵さんを裏切ったわけじゃない」

「裏切りました。謝花とひとつになったときに、いつもわたしの傍らにいてほしい――とお願いしたのです。謝花は、絶対に離れないと誓いました。いまこそ、絶対に離れていてはいけない時がきたのです。わたしの傍らにいれば謝花も苦しまずにすんだのですが、赤い眼のキリストと一体になって、あれこれ策謀をめぐらせることでしょう」

「自慰爺は、とても気がちいさいから」

「ええ。繊細すぎます。けれど、よくいるタイプの男。小物のくせに自尊心は人一倍」

「自慰爺は霧絵さんに耐えきれなくなったんだよ」

「ひどい言われようです」

いっそう笑みを深くして霧絵は右手を群衆にむけてあげた。マブヤーの声が歓喜をともなって揺れた。その揺れは遠い彼方まで尾を引いて行きつもどりつして高まっていく。

「自慰爺はたしかに赤い眼のキリストだけれど、でも自慰爺と赤い眼のキリストは、分けてあげないとかわいそうだよ」

「もともと別の存在だったのは認めます。けれどいまでは双方が分かちがたく溶けあってしまっています。相互依存といってもいいでしょう。最悪の媒でした。繋ぐ者は、最終的に赤い眼のキリストと自分を繋いでしまったのです」

眼下に拡がる人。

人人人人人人人人人人人人人人人人人人人人人人人人人人人人人人人人人人人人人人人
人人人人人人人人人人人人人人人人人人人人人人人人人人人人人人人人人人人人人人人
人人人人人人人人人人人人人人人人人人人人人人人人人人人人人人人人人人人人人人人
人人人人人人人人人人人人人人人人人人人人人人人人人人人人人人人人人人人人人人人
人人人人人人人人人人人人人人人人人人人人人人人人人人人人人人人人人人人人人人人
人人人人人人人人人人人人人人人人人人人人人人人人人人人人人人人人人人人人人人人
人人人人人人人人人人人人人人人人人人人人人人人人人人人人人人人人人人人人人人人
人人人人人人人人人人人人人人人人人人人人人人人人人人人人人人人人人人人人人人人
人人人人人人人人人人人人人人人人人人人人人人人人人人人人人人人人人人人人人人人
人人人人人人人人人人人人人人人人人人人人人人人人人人人人人人人人人人人人人人人
人人人人人人人人人人人人人人人人人人人人人人人人人人人人人人人人人人人人人人人
人人人人人人人人人人人人人人人人人人人人人人人人人人人人人人人人人人人人人人人
人人人人人人人人人人人人人人人人人人人人人人人人人人人人人人人人人人人人人人人
人人人人人人人人人人人人人人人人人人人人人人人人人人人人人人人人人人人人人人人
人人人人人人人人人人人人人人人人人人人人人人人人人人人人人人人人人人人人人人人
人人人人人人人人人人人人人人人人人人人人人人人人人人人人人人人人人人人人人人人
人人人人人人人人人人人人人人人人人人人人人人人人人人人人人人人人人人人人人人人

人人人人人人人人人人人人人人人人人人人人人人人人人人人人人人人人人人人人人人人人人
人人人人人人人人人人人人人人人人人人人人人人人人人人人人人人人人人人人人人人人人人
人人人人人人人人人人人人人人人人人人人人人人人人人人人人人人人人人人人人人人人人人
人人人人人人人人人人人人人人人人人人人人人人人人人人人人人人人人人人人人人人人人人
人人人人人人人人人人人人人人人人人人人人人人人人人人人人人人人人人人人人人人人人人
人人人人人人人人人人人人人人人人人人人人人人人人人人人人人人人人人人人人人人人人人
人人人人人人人人人人人人人人人人人人人人人人人人人人人人人人人人人人人人人人人人人
人人人人人人人人人人人人人人人人人人人人人人人人人人人人人人人人人人人人人人人人人
人人人人人人人人人人人人人人人人人人人人人人人人人人人人人人人人人人人人人人人人人
人人人人人人人人人人人人人人人人人人人人人人人人人人人人人人人人人人人人人人人人人
人人人人人人人人人人人人人人人人人人人人人人人人人人人人人人人人人人人人人人人人人
人人人人人人人人人人人人人人人人人人人人人人人人人人人人人人人人人人人人人人人人人
人人人人人人人人人人人人人人人人人人人人人人人人人人人人人人人人人人人人人人人人人
人人人人人人人人人人人人人人人人人人人人人人人人人人人人人人人人人人人人人人人人人
人人人人人人人人人人人人人人人人人人人人人人人人人人人人人人人人人人人人人人人人人
人人人人人人人人人人人人人人人人人人人人人人人人人人人人人人人人人人人人人人人人人
人人人人人人人人人人人人人人人人人人人人人人人人人人人人人人人人人人人人人人人人人

それぞれが自我をもつ。

自分は他人とちがう、という自覚をもっている。ここに集合した者たちも各々が主観をもっている。けれどこうしてマブヤーを唱えて群れて自我は集団化され統一される。そう霧絵は訴える。

「単純すぎますか」

「なにを言っているのか、わからないよ」

「ニコラウス・クサヌスという神学者がこう定義したそうです。神とは無限な直径をもった球であり、その球では至るところすべてに中心があって、周と中心が一致する――」

「もっと、なにを言ってるのかわからない」

退屈そうにあくびをする臥薪の口許を霧絵がつつく。

「じき、あくびなんかしていられなくなります」

「ああ――。とんでもない波動と思念が、僕に対する思念が僕を充たしていくよ」

臥薪の全身が青白く仄かに発光しはじめている。

霧絵は驚嘆の眼差しで見守る。謝花に抱かれたときに発光した。

けれど臥薪の放つ光は純度が凄まじく比較にならない。強烈な琉球の陽射しを浴びてなお、発光が優っているのだ。太陽を押しのけて周囲に無数の影をつくるほどだ。途轍もない密度だ。頭髪も逆だっている。いまにも大気中に放電しそうだ。

霧絵は昂奮を隠すため、あえて淡々とした声で言う。

「一方向にしか進めない弱者である狷介固陋にして頑迷な羊の群れのエネルギー。やがて正午。世界中で祈りが最高潮に達します。その瞬間、人々の思念が完全に臥薪に集中します。いま、まさに臥薪は蓄電しているといっていいでしょう」

「無数の無力。無数の無力が集まって、僕を作動させる。なぜだろう」

「新たな段階にむかうためです。これから、わたしとあなたにおこる、いわば進化論から外れた、段階を踏むことのないひとっ飛びの超越的進化。なぜ人類がここまで野方図に増えたのか。その秘密が、いま解き明かされるというわけです」

臥薪がちらっと霧絵を窺った。臥薪は霧絵の脳裏に、人のかたちをした山積みの薪とでもいうべきものを見た。

「霧絵さんの思っていることだと、この無数の人々は燃料にすぎないみたいだ」

「そのとおりです。自分でもプリミティブな発想なので気恥ずかしいのですが、この超越的群衆は、正太郎を燃やすための燃料です」

臥薪はちいさく肩をすくめ、口調を変えて訊いた。

「なぜ、榊原さんたちの目をふさいでしまったの」

「わたしに訊くのですか。それをしたのは、正太郎、あなたではありませんか」

「僕が」

「そうです。謝花が淳ちゃんと賢ちゃんを世界の崩壊に立ち会わせたくなかったのと同様に、正太郎が無意識のうちにも身近な人々の感覚を遮断したのです」

「わからない。なぜ、遮断するのか」

「わかっているはず。いかに彼らが正太郎を信じ、愛していても、正太郎は彼らを救いはしない。謝花が見抜いたように、淳ちゃんも賢ちゃんも榊原も、わたしの父も、源川も、茂手木さんも、大城君も、上地さんも、誰も彼もが、世界中のすべての人々が、すべて平等に正太郎のための燃料として、消滅する運命なのです」

一呼吸おいて、付け加える。

「なぜなら、人間の言葉に無理遣り翻訳すれば、種が違う——からです。さらに言ってしまえば種の相違どころではありません。その存在の立脚点が根底から違うのです。だから、救えないのです。かわいそうですが、救いようが、ないのです」

臥薪は俯いた。泣きそうな顔だ。

「僕は、やっぱり榊原さんたちを見殺しにするのか」

「あなたの思念を分析する力はわたしにはありませんが、しいて解釈を試みれば、正太郎が無意識のうちにも身近な人々の感覚を遮断したことの意味は、彼らに絶対的な、超越的な孤独を味わあわせたくない——ということに尽きるようです」

臥薪を見据える。

「わたしも知りたい。絶対的にして超越的な孤独。それは、どういうことですか」

霧絵の問いかけに、臥薪は途方に暮れたように小首をかしげるばかりである。

ただ、究極の孤独が人類を、この宇宙を襲うことだけは理解できた。そこには一切の例外がないのである。すべてに降りかかる、完全なる孤独――。

霧絵は息をついた。臥薪を叱咤する。

「いいかげん、自分の立場をわきまえてくださいな。あなたは謝花に育てられて、まるで人間のようにふるまう。媒として必須の謝花ではありましたが、幼いあなたに対する影響力は尋常でなかった。たいしたものです。神をもねじまげる謝花の力でした」

「僕は神様なんかじゃない」

「ええ。わかっています。神という名の便宜は、思念の限界を超えられぬ人がどうにか得たチープな概念。神は神と名付けられることを好みません」

「そういう霧絵さんだって、神様のことを神としか言いようがない」

「それは、まだ人の皮を被っていることによる宿命」

眼下に拡がる無数の人々は、臥薪と霧絵の会話など聞こえるはずもないが、なにかを語りあっていることだけは理解している。彼らは御言葉を浴びているのである。そこには至福が充ち満ちていた。親や家族や恋人や友人からは得られることのなかった、完全なる安らぎがあった。

祈りとは、無に至るメソッドである。

人々は祈る。

人々は唱える。

マブヤー、マブヤー、ムドゥティィソーリー。マブヤー、マブヤー、ムドゥティィソーリー。
マブヤー、マブヤー、ムドゥティィソーリー。マブヤー、マブヤー、ムドゥティィソーリー。
マブヤー、マブヤー、ムドゥティィソーリー。マブヤー、マブヤー、ムドゥティィソーリー。
マブヤー、マブヤー、ムドゥティィソーリー。マブヤー、マブヤー、ムドゥティィソーリー。
マブヤー、マブヤー、ムドゥティィソーリー。マブヤー、マブヤー、ムドゥティィソーリー。
マブヤー、マブヤー、ムドゥティィソーリー。マブヤー、マブヤー、ムドゥティィソーリー。
マブヤー、マブヤー、ムドゥティィソーリー。マブヤー、マブヤー、ムドゥティィソーリー。
マブヤー、マブヤー、ムドゥティィソーリー。マブヤー、マブヤー、ムドゥティィソーリー。

言葉には意味がある。

けれど祈りの言葉は祈られること＝反復によって空洞化し、意味が消え去っていく。

祈りの言葉は純化のために編みだされたもっともシンプルな、しかも効率的な方策だ。

では原初以来、人が人として歩みはじめて以来、なぜ、祈りが編みだされたのか。

それは、いま、これから起こること、これからはじまる瞬間のためである。

霧絵がわずかに頰笑んだ。臥薪に耳打ちした。

「やってきました。謝花がやってきました」

「自慰爺！」

「嬉しそうですね。でも、正太郎。あなたと戦うために、謝花はやってきたのですよ。決死の覚悟です。なにしろ謝花はあなたと戦うとき、人々からは、その本体があからさまになってしまうからです」

「赤い眼のキリスト」

「ならば、まだ救いがあるのですが、赤い眼をしたキリストは誰が見ても悪魔にしか見えず、まるで戯画化された悪魔のような姿であなたに挑みます」

臥薪は聞いていない。

「自慰爺がくる。自慰爺が、くる」

「はしゃがないで。気を許せる相手ではありません」

俯瞰する臥薪と霧絵のもと、彼方まで続く大群衆が割れていく。大地に黒々と人々の裂けめができていく。霧絵が苦笑した。

「まるで紅海を突き進むモーゼ気取りです」

人々の海が割れて、そこを謝花がやってくる。厳かにやってくる。

モーゼにはイスラエルの民が従っていたが、謝花に従うのは、不安げな羊子のみだ。霧絵と臥薪が白衣ならば、謝花と羊子は深紅の貫頭衣を纏っている。

唐突に陽射しが陰った。

黒灰色の雲が背伸びし、天蓋を覆った。

風が強まった。生暖かい強風である。物見の塔の上では、直立しているのが難しいほどだ。

臥薪がわずかに首を動かし、大城を見た。大城が目のない瞳を見ひらくようにして間髪を容れずに臥薪の心に囁いた。

――新暦の二月では、やや早いのですが、琉球では旧暦二月に台風並みの強風が吹き荒れます。

「ニングヮチカジマーイ」

――二月風廻り。いわば春を呼ぶ低気圧。

霧絵が割って入った。

「春一番のようなものですね」

一呼吸おいて、乱れる髪を押さえて付け加える。

「なんとも不穏な風です」

「でもさ、この風に乗れれば、僕たち、飛べるかもしれないね」

まだまだ幼い臥薪に、霧絵が頬笑みをかえす。

「わたしたちはグライダーですか」

風はいよいよ勢いを増していく。蛇のように舌舐めずりして動く黒雲は、地にその身を擦りつけそうなほどに低い。一方で帯状の滝のような驟雨の極端な烈しさを彼方に見せつける。稲妻が疾る。

こんな光景をどこかで見たことがある。キリストが磔刑に処せられたときのゴルゴタの丘だ。物見の塔は、ゴルゴタの丘だ。唐突に霧絵は不安を覚え、強風に翻弄されて前後左右に揺れる臥薪を強く押さえた。

眼下に拡がる中城湾も、沖の彼方から乱れに乱れ、その波頭が白く泡立ち、鋭角に尖りはじめている。

霧絵の不安をよそに、臥薪が嬉しそうに前傾した。子供がよくやる、風を孕む体勢である。

「ねえ、霧絵さんも、いっしょに」

手をつながれたとたんに不安は霧散した。霧絵は苦笑しながら、臥薪に合わせて前傾した。

臥薪は霧絵の手を引いて、物見の塔のいちばん端までいく。

危ないから、と霧絵が窘める。臥薪はかまわず、虚空に身を乗りだした。

次の瞬間だ。

霧絵は臥薪に引かれるようにして、宙にあった。

足裏は、何物をも踏んでいない。

宙を漠然と掻くばかりだ。

心許ない。

昇っていく。

昇っていく。

昇っていく。

上昇していく。

際限なく、昇っていく。

重力から放たれた。

完璧に自由になった。

垂れこめた黒雲に突入しそうな勢いだ。

臥薪は霧絵を引きあげるかのように美しい円弧を描いて上昇していく。

霧絵が不安いっぱいの視線を投げると臥薪は振りかえって、満面の笑みで訊いた。

「ひとりで、飛びたい？」

「だめ！　離さないで」

「だいじょうぶ。落ちないから」

「でも」

霧絵が強く握りかえすと、臥薪はそれ以上無理強いをせず、霧絵を離さずに自在に滑空した。

うねる蛇に似た姿で丘陵の上を這いまわる廃墟。その先の黒灰色をした中城城址。頼りなげに細長い沖縄島。リーフにかこまれて洋上に浮かぶちいさな島々。それを取りかこむ漠とした海。青く輝く珊瑚礁で砕け散る波波波波波波波波波波波波波波波波波波。

そして地上の、世界の、ありとあらゆる隙間に充ちている人人人人人人人人人人人人人人人人人人人人人人人人人人人人人人人人人人人人人人人人人人人人人人人人人人人人人人人人人人人人人人人人人人人人人人人人人人人人人人人人人人人人人人人人人人人人人人人人人人人人人人人人人人人人人人人人人人人人人人人人人人人人人人人人人人人人人人人人人人人人人人人人人人人人人人人人人人人人人人人人人人人人人人人人人人人人人人人人人人人人人人人人人人人人人人人人人人人人人人人人人人人人人人人人人人人人人人人人人人人人人人人人人人人人人人人人人人人人人人人人人人人人人人人人人人人人人人人人人人人人人人人人人人人人人人人人人人人人人人人人人人人人人人人人人人人人人人人人人人人人人人人人人人人人人人人人人人人人人人人人人人人人人人人人人人人人人人人人人人人人人人人人人人人人人人人人人人人人人人人人人人人人人人人人人人人人人人人人人人人人人人人人人人人人人人人人人人人人人人人人人人人人人人人人人人

人人人人人人人人人人人人人人人人人人人人人人人人人人人人人人人人人人人人人人人
人人人人人人人人人人人人人人人人人人人人人人人人人人人人人人人人人人人人人人人
人人人人人人人人人人人人人人人人人人人人人人人人人人人人人人人人人人人人人人人
人人人人人人人人人人人人人人人人人人人人人人人人人人人人人人人人人人人人人人人
人人人人人人人人人人人人人人人人人人人人人人人人人人人人人人人人人人人人人人人
人人人人人人人人人人人人人人人人人人人人人人人人人人人人人人人人人人人人人人人
人人人人人人人人人人人人人人人人人。

人々は臥薪と霧絵の飛翔滑空に、はじめ驚愕し、響動めき、いまでは天を仰いだまま拝むばかりだ。ますますマブヤーの声が強まって、低く垂れこめた雲に反響する。

「ほら、見て」

臥薪が示したのは、謝花と羊子のやってきた方向だ。赤い血のようなものが、ぎこちなくジグザグを描いて上昇している。

「自慰爺も飛んでるよ。羊子さんといっしょに舞いあがってる」

「——あなたが飛ばせたのでしょう」

「ちがうよ。自慰爺だって、飛べるんだ」

この期に及んで、臥薪は謝花と遊ぶようなつもりでいるらしい。途轍もない勢いで謝花と羊子にむかって急降下していく。

そのあまりの速度に息ができず、顔をそむけると、霧絵の耳朶の後ろで風が細かく捲きこみ、歓喜の合唱だ。ごく間近まで迫って、霧絵が臥薪の手をひいた。

「ごらんなさい。尻尾です」

「あ、ほんとだ！　自慰爺のお臀から↓みたいな尻尾が生えてる。わぁ、黒い矢印だ」

「よろこんでいるのですか」

「おもしろがってるの」

「羊子をごらんなさい」

「あはは、豚さんの尻尾だ。アルファベットのQの字みたいに丸まってらあ」

マブヤーの祈りは、いまや鼓膜だけでなく肌にまで明確な圧迫を与えるほどの音圧となった。

指差して笑う臥薪に過敏なほどに反応する地を這う者たちである。下界の無数の自我の集合した響動めきが、マブヤーというかたちをとって、空中の臥薪たちに対する上昇気流となる。

中城城址上空五〇〇メートルほどで臥薪と謝花、霧絵と羊子は対峙した。

もっとも羊子はおどおどと落ち着かない。天を見あげて、地に視線をはしらせ、右を左を、そして謝花を窺い、霧絵にせわしない一瞥を投げ、そして臥薪を凝視した。

「自慰爺、久しぶり」

「おう。大過ないか」

「たいか」

「大きな過ちなしにすごしたかと訊いてるんだ」

「あのね、僕、過ちだらけだ」

上昇気流にまばらな頭髪を逆だてて、謝花が憤りを孕んだ声をあげる。

「わかってるのか。おまえは修正不能な過ちを犯してしまったんだぞ。俺はおまえを倒しにきた。おまえを野放しにしておくと、人類が滅びる。今日がそのリミットだ」

「滅びちゃうと、自慰爺の餌がなくなっちゃうもんね」

謝花は舌打ちし、中指で自分の側頭部を指し示した。

「俺の餌じゃねえよ。赤い眼をしたキリストこと、人間様の言い方だと悪魔。悪魔がその存在理由を喪ってしまうんだよ」

「でもね、自慰爺が淳ちゃんと賢ちゃんを殺さなければ、僕は突っ走らなかったと思うんだ。僕はみんなといっしょに暮らしたかったから」

縋るような臥薪を横目で見て、謝花はちいさな溜息とともに俯き、独白口調で言った。

「ふん。調子のいいことを吐かしやがる。俺には、ありありと見えてしまったんだよ。今日という日が、最後の審判が」

ちいさく、息をつく。

「しかも、それはキリスト教的な最後の審判ではなかった。それはゾロアスター的な善悪二元論の苛烈なる最後の審判だった。すなわちこの地上のすべて、死者までをも含んだすべてを滅亡に至らせる、救いなき最後の審判だ。誰が完全なる消滅を許せるか」

「それは、嘘だ。悪魔君が自慰爺に幻影を見せたんだよ。幻だったんだよ。自慰爺をだましたんだよ」

「ならば、おまえは、なぜ、この白い悪魔に付き随って、その思いどおりに動く」

臥薪はわずかに上体を反らし、傍らの白い悪魔こと霧絵を見つめた。霧絵は慌てず騒がず、淡々とした口調でかえした。

「相対的という言葉は、まだ正太郎には無理かしら。たしかに謝花にとっては、わたしと正太郎は白い悪魔でしょう」

「正太郎を悪魔と呼ぶな！」

「と、悪魔に叱られてしまいました」

軽やかな笑い声をあげる霧絵であった。いつのまにか臥薪の手を離し、単独で浮遊している。臥薪はふわりと動いて、謝花の直前に浮かんだ。

「ねえ、自慰爺。僕はすこし背が伸びた。同時に、軀か心かわからないけれど、その奥から、なにかが迫りあがってくるんだ。それは抑えきれないもので、僕はどうしていいかわからない。僕は突きあげてくるそれにどうしても逆らえなくて、ちょっと途方に暮れていたんだ」

「いまは、どうなんだ」

「もう、どうでもよくなった。自慰爺の顔を見たら、これが宿命なんだな——って」

「宿命ときたか。小賢しい」

「もう、いいんだ。終わらせちゃうよ。僕は自分の中身に従うことにしたよ。だって、アメリカの大統領は僕を攻撃しようとした。大統領だけでなくて、いろいろな人が、僕なんていなくなっちゃえって——。実際に攻撃しようとする人だけじゃないよ。もっと怖いのはね、祈りがとどくんだ。ローマ法王とかダライ・ラマとか、ありとあらゆる宗教の王様が、その信者が、僕なんか消えてなくなれって本気で祈ってるんだもん。祈りって呪いなの？　神様って、そういうものなの？」

「だから、霧絵が言っただろう。相対的なものなんだよ」

「——わからないよ」

臥薪は悲しそうに謝花に身を寄せた。

密着した。

謝花は労しげに臥薪を抱き寄せた。

「僕が死ねとか、僕が消えてなくなれとか、そういう祈りの声が僕に聴こえなければ、僕だって怒りだしたりはしないよ」

臥薪は、目を見ひらいた。

「そうだ！ 僕は、怒ったんだ」

臥薪は息を詰まらせた。

「僕が、なにをしたっていうんだ！」

臥薪は完全に涙声になった。

「みんな、ひどいよ。慈悲を説いて、愛を説いて、それなのに僕には死ね、消えてなくなれって。僕は世界中の宗教の人たちが、大嫌いだ。それだけでなくて、神様を信じていない人たちだって、僕が科学的じゃないっていって、僕を嫌うんだ。僕を怖がるんだ。我神教にならなかった全世界の人が、僕を恐れているんだ」

臥薪が目をあげる。

「そんなに怖がるなら、僕は怖い奴になってやるって決めたんだよ」

「おまえの気持ちは、よくわかるよ。これは俺がわかるというだけでなく、俺に間借りしてる赤い眼のキリストも、正太郎のことがほんとうにかわいそうだって、もう泣きそうだぜ……」

「あのね、僕にはわかっていた。僕をわかってくれるのは自慰爺と赤い眼のキリストだけだって」

謝花は感極まって、大きく息を吸い、深い溜息をついた。

「報われたよ。後ろ指差されても、悪役でよかったよ。赤い眼のキリストも、悪魔をやってて心底から報われた——って感激しているぞ。俺も、もう泣きそうだよ」

実際に謝花は掌の付け根で目頭をこすっている。啜り泣きながら、独白する。

「人が善と思っていることの底の浅さよ。善を志向するしか能がないアホには、悪の存在理由がわからないんだ。悪の多様性が許せないんだ。すべての善き人々の独善が、正太郎を暴走させてしまったんだよ。まったく、宙に浮かんでこんな青臭いことを口ばしらなければならねえ俺も哀れだよ」

最後は自嘲気味だった。照れ笑いを泛べ、それでもきつく臥薪を抱きしめた。見守っていた霧絵が呟く。

「謝花ウミオ——。神を打ち据えた男。神を打ち据えることができた唯一の男。神を打ち据えることができた唯一の人間」

臥薪の瞳に恍惚が泛んだ。その唇が、自慰爺、自慰爺、自慰爺と連続して動く。謝花は臥薪の頭をやさしく撫ではじめた。臥薪の巻き毛に謝花の無骨な指が絡む。

「それなのに、自慰爺、なんで僕を——」

「許してくれ。愛するがゆえに」

「それは、わかっている。でも、自慰爺が僕を好きなよりも、僕のほうがずっと自慰爺を好きだよ」

「わかるか。好きなものを、こうして終わりにしたくなる心境」

「わかる。好きだからこそ、絞めるんだ」

背後では霧絵が狼狽し、右往左往して舞っている。謝花の斜め後ろでは、羊子が勝ち誇って反り返った。その手だが、いつのまにかふたつに割れた蹄と化していた。

べつに実際に絞めているわけではない。

けれど臥薪は謝花に抱かれて不自然に硬直している。

微動だにしない。

そこに劇的なものはなにもない。静的な死の香りのみだ。それはすべてを納得したうえでの諦観を思わせる。

そのまま謝花と臥薪は緩やかに上昇をはじめた。

あわてて霧絵が追う。羊子は余裕をみせて下界を睥睨し、それから偶蹄類（ぐうているい）の片手を大仰に天に差しのべて上昇しはじめた。

間近に迫った霧絵を一瞥し、謝花が頬笑んだ。

火急のときではあるが、霧絵は謝花の笑みに打たれた。

この男は人にして、媒として唯一神と交わる能力を持っているのである。

臥薪とは心と殴打で交わり、霧絵とは心と軀で交わった。

神と交わることができるがゆえに、逆のベクトルとも交わることが可能で、ゆえに羊子と交わり、羊子を媒として赤い眼のキリストと交わって一体化した。

臥薪は謝花の腕のなかで硬直を解き、がっくり首を折っている。謝花はその瞳に涙をあふれさせている。唇を震わせている。抑えた声で霧絵が訊いた。

「正太郎を殺してしまったの」

「——こうするしか、なかったんだ。こうするしか、ないんだ」

「いったい、どのように」

「そんなことは、赤い眼のキリストに訊け」

霧絵が頷き、目で促すと、謝花は涙声で、けれど妙に硬い調子で答えはじめた。

「接触して、その肉体の細胞レベルから破壊した。極端なことをいえば首を刎ねても蘇る臥薪であるが、すべての細胞が壊死したと捉えてもらえばいい。現世において、肉体という容れ物を喪った神は、まさに神として、すなわち抽象として在ることとなる。抽象ならば、恐るるに足らず。臥薪の恐ろしさは、インカルナチオ＝受肉したキリストの恐ろしさ」

「眼が赤いにせよ、あなたがキリストだったのではないですか」

皮肉な口調の霧絵に、また、あの抜群の笑みをかえす謝花であった。

「なぜ、キリストが十字架にかけられて殺されたのか。神性が肉体を得て、人と同様に歩き、喋り、食べ、排泄しはじめたからだ。神は概念であり、抽象としてあるうちは無害であるが、神が肉体を得て実体化して行動しはじめると、人間は恐怖を覚えるのみ。それを目の当たりにした人々は、受肉した神を十字架に釘付けにするしかなかった。なぜキリストはそうやって死んだのか。あらためて神という抽象をまとうためである」

「でも、いまの世界で圧倒的な大多数を占める我神教の信者たちは、臥薪を恐れてはいないわ」

「まったくずれたお嬢さんだな。意外に頭が悪い。そもそも臥薪を恐れていないってのは、嘘だ。臥薪による支配に、恐怖の欠片の一片も存在しないと、おまえは言い切れるのか」

「だって、臥薪はまだ子供」

「それだ。それだよ。狡猾な神の遣り口だ。その昔、大工の息子として成長してから神を襲名した男の末路から学んだのだろう。ははは。学習する神。なかなかに鬱陶しい。あるいはさすが神。なんと人間離れしていることよ。世知辛さと無縁である神は、大工の倅（せがれ）の成長を待つというチープな過ちを犯し続けて、ようやくガキはガキのまま使うべしってことに思い至ったらしい」

霧絵は顔をそむけていた。

すべての細胞が壊死したという臥薪であるが、謝花の腕のなかで腐敗し、緑がかった薄黄色の膿らしき粘液を地上にむけて撒きちらしはじめている。いよいよ盛る二月風廻りの強風に腐肉が霧状に飛びちって、霧絵の頰を汚す。謝花の背後から羊子が賛美の声を投げる。

「赤い眼のキリスト様。おかげで人はこうして生き存えて、愛し、憎しみ、ゆるやかな絶滅の道を歩むことができるでしょう」

羊子の言葉に、謝花が大きく頷いた。

「それだよな。一気に、完全に終わらせてしまうという遣り口は、いくらなんでもあんまりだよ。オール・オア・ナッシング。すべてを断ち切って完全なる無に帰するという遣り口は、人や悪魔の発想にはないね。人や悪魔は、ずるずるだらだら、煩悶しながら生きていくんだ。とことん生き抜こうと足搔くんだよ」

「——だったら、なんで淳ちゃんと賢ちゃんを殺してしまったの。僕のように腐らせてしまったの」

いまや臥薪は謝花の腕のなかで腐肉を、そして腐りかけの内臓を垂れさがらせた骨格であった。その骨格自体も細胞破壊によって崩れ落ちそうである。

それが、喋ったのだ。筋肉を喪っているにもかかわらず、動いたのである。

謝花は骨格と化した臥薪を投げ棄て、中空で硬直した。骨格の臥薪は霧絵の傍らにいって、囁いた。

「僕、地上からは完全な軀に見えているんだよ。その証拠に、マブヤーを唱える声にまったく衰えがないでしょう」

「あなたになにがあっても、マブヤーの祈りのエネルギーが最高潮に達する正午になれば蘇るであろうことは薄々悟っていました。肉体の死と復活は、はじめから決められていたこと、聖書をはじめ、無数の予言にあったことです。それが誰の死と復活かは、判然としなかったのですが」

いったん息を継ぎ、顔をそむける。

「そんなことよりも正太郎。頼むから、早く肉体を復活させてくれないかしら。臭くて臭くて、吐いてしまいそう」

「僕を嫌わないでよ」

悲しげな声とともに、臥薪の肉体が再生していく。

臥薪は首をねじまげ、羊子を見つめた。その深紅の貫頭衣が羊子の軀から滑り落ちた。次の瞬間、深紅の布は臥薪の手にあった。

その深紅の布で臥薪は霧絵の頰を汚した自分の腐肉を丹念に拭いてやった。

全裸にされた羊子であるが、顔はまだ人であり、女であるが、体軀のほうは寸胴で、無数の乳房を連ねて薄紅色の肌に乳白色の剛毛を生やしていた。もちろん手足はふたつに割れた蹄である。

臥薪は肉体を完全に復活させた。ただし、その目に黒眼はない。全体が白眼というのでもない。

それは白い目であった。

笑みを泛べた。

白い目の臥薪は、完全なアルカイックの笑いを霧絵にむけ、その人差し指をそっと霧絵の眼球に挿しいれた。

まずは右。そして、左。

霧絵の目からも黒眼が消えた。ふたりは白い目で見交わし、アルカイックの笑みを交わしあった。

「あの泥臭い生き物を、終わらせてあげてください」

臥薪は大きく頷いた。小首をかしげて、腕組みをした。

そのままの体勢で謝花に近づくと、その頭髪を掴んだ。臥薪は便宜上臥薪という固有名詞をもってはいるが、もはやあの少年ではない。謝花のまばらな髪を掴んだまま、地上にむけて落下していく。

ごく間近を飛翔しつつ、悪魔の髪を掴んで引きずりまわす臥薪の姿に、地上の人々はいよいよ陶酔心酔し、熱烈なるマブヤーを捧げる。完全なるトランス状態の現出である。

トランスの集合状態から放たれるエネルギーは、マブヤーにのって大気を震わせ、二月風廻りの黒雲を突き破った。

陽が射した。

太陽にむけて臥薪は悪魔を捕らえたまま上昇していく。

地上からも行為が望見できるであろうほどよい高度まで上昇し、逆光のなか、白い目の子供は謝花を見据えた。

「正太郎、許してくれ。俺が勘違いしていたよ。過ちを認める。悔い改める。だから、生かしてくれ。俺の残りの生は、正太郎、おまえのものだ。すべてを正太郎に捧げる。正太郎よ、神よ、我を許したまえ」

白い目の子供は、一切の反応を示さなかった。

右手は謝花の頭にある。

左手を謝花の右肩にのばした。

右手をひねる。

謝花の首がねじきれた。

噴きだしたのは血飛沫ではなく、深紅の霊体であった。

霊体はあきらかに狼狽している。

必死に上昇して逃げている。

反対に謝花の頭部は引力に従って落下していく。

白い目の子供は、無感情に謝花の軀を押しやった。

首を追うように謝花の軀が落下していく。完全に豚の姿となった羊子が、そのまるまるとした巨体を翻して落下する謝花を追った。

深紅の霊体はまだ残っている黒雲のなかに逃げこんだ。

白い目の子供は先まわりした。霊体は稲妻状に進路を変え、その後一直線に天を目指した。

霊体の苦手な天である。いちばんむかってはならない方角である。

だが、白い目の子供に追い込まれて逃げ場が天しかないのである。

成層圏に至り、だが霊体には実体がないので深紅のままであるが、白い目の子供はその全身を凍りつかせて、さらに白く輝いた。

霊体は自身が霊体であることを、すなわち自身に実体がないことを忘却して、白い目の子供に合わせて上昇し続ける。

大気圏を突き抜けた。

白い目の子供は追うのをやめ、手招きした。

深紅の霊体は犬になった。

手招きする手にまとわりつき、舐めはじめた。青い地球のうえで、深紅の霊体は白い目の子供の機嫌を取り結ぶ。

白い目の子供が首を左右にふった。

霊体は赤い塵となって霧散した。

霧散したように見えた。

実際は消滅した。

悪が消滅して、あわせて世界も消滅しようとしていた。

悪が世界を駆動作動させていたのだから当然の帰結である。

白い目の子供が見おろす地球のあちこちが振動しはじめている。白い目の子供はしばらく見守っていたが、一気に下降した。

地上では豚が謝花を食い散らしていた。骨の砕ける音が響く。

白い目の子供は中空で白い目の霧絵と並んで見おろした。

豚が謝花を食い尽くすと、人々が豚に殺到した。

こんどは人々が豚を食い尽くす番だ。

豚を食い尽くして、完全に悪を食い尽くすのだ。

「謝花は豚に食われる。まるで聖書を読んでいるようです。これが正太郎の描いたシナリオですか」

「正太郎。誰」

「――さあ」

白い目の霧絵が肩をすくめると、白い目の子供の瞳から一筋、涙が流れおちた。

白い目の霧絵はそっと顔をよせ、その涙に舌を這わせ、囁いた。

「神とは無限な直径をもった球で、その球では至るところすべてに中心があって、周と中心が一致する——神は円のどこにあっても中心であると言ったはず。あなたが、中心、です」

白い目の子供は豚に群がる人々を、そして豚に到達できずにお互いに殺しあいをはじめた人間たちを静かに見おろしている。

人々は、お互いを喰いはじめた。

誰も救われないことを悟った人々は、哀れにも共食いをはじめた。

ここ沖縄島だけでなく、全世界で無数の、無限の肉体が複雑に絡みあい、引きちぎられた肉と骨が舞う。血飛沫は陽射しを浴びて黒く輝く。

「榊原から聞きました。太陽をつくれるのですね」

白い目の霧絵の囁きに、白い目の子供はアルカイックの笑みをかえした。

白い目の霧絵もアルカイックの笑いで応えた。やがて白い目の子供は囁いた。

「選択肢。無数の選択肢。僕は無限に選択できる。太陽は、やめた。核分裂や核融合は人間の到達したチープな智慧であり、得意技だから。僕は独りぼっちについて考えていた」

「独りぼっち」

「自慰爺のいない世界。すべてが僕から離れ去っていく世界」

「まだあんな薄汚い男のことを？」

「綺麗なおまえがいちばん薄汚い」

「――わたしはあなたからはなれません」

「うん。いいよ。どうでもいい」

大地の振動はいよいよ烈しくなっていた。古より連綿と続いてきた中城の城壁が崩れ落ちはじめた。

珊瑚のなれの果ての巨岩が跳ねる。岩と岩がこすれて朱の火花があちこちであがる。ゆるゆると崩壊していく。

土埃があたりを充たす。殺し合い、喰いあう人々の姿を朧に隠す。

丘陵全体が若干、沈下した。

ほぼ同時に、廃墟の弱い部分から無数の亀裂が疾った。巨大な廃墟の全体が水面のように波打ちはじめた。

建物と建物をつなぐ中空の渡り廊下などが真っ先に崩落した。

右往左往する人々は我先に安全な場所に逃れようと、先行する者を押し倒し、倒れた者を踏み殺して闇雲に動きまわる。

その先が海であるのに、押し合いへし合いして殺到し、中城湾は徐々に人で埋め尽くされていく。無数の溺れ死んだ者たちが湾内を放射状に散っていく。

そこに巨大な津波が襲った。

白い目の子供と霧絵はゆっくり物見の塔に飛んだ。

烈しく振動する塔、その天空に剝きだしの屋根のない最上階で、人々は寄り集まって声なき祈りを捧げていた。


マブヤー、マブヤー、ムドゥティソーリー。

魂――魂――もどっておくれ――。

そこに集うのは、目を喪って、世界の崩壊から遮断された、臥薪と霧絵に近しかった者たちであった。

白い目の子供と霧絵は彼らの周囲をゆるやかに飛翔しながら、そっと手をのばす。

白い目の子供が触れたとたんに、額ずいていた上地の軀が透明になった。残されたのは自ら発光する白い流砂だ。

白い目の子供と霧絵は次々に触れていく。触れられた者は、歓喜の表情で、喪われた目から一筋の涙を流し、白銀の流砂となって消え去っていった。

霧絵は父を流砂に変え、源川を流砂に変え、最後に茂手木さんをそっと抱きしめた。

茂手木さんは霧絵の腕のなかでちいさな吐息をつくと、とりわけ少量の流砂となって消えた。

白い目の子供は大城に寄り添ってしばらくなにごとか耳許で語りかけていた。大城は笑みを泛べたまま涙を流し、そして珊瑚の破片のような砂に変わった。

最後に残ったのは榊原だった。

白い目の子供は榊原に抱きついた。白い目の子供は榊原に甘えていた。

榊原は臥薪を抱きしめ、黒々と穿たれたその目を臥薪にむけ、喪われたはずの声で、呟いた。

「たくさん、たくさん、与えられました」

「ちがう。もらったのは僕のほう。僕は榊原さんからたくさん与えられ、人の世を生き抜くことができた」

「いえ。与えることによってこそ、与えられる。じつは、じつに簡単な仕組みだったのです。でも、それを理解することはなかなかに難しい。実行するのは、なお難しい。その結果が、これです」

若干の、自責の思いがにじんだ呟きであった。しばらく俯いていたが、榊原は小声で、照れたように付け加えた。

「それでも、私は、臥薪正太郎様には、ほんの少しですが、与えることができたような気がします。そして、おかげで持ちきれぬほどたくさんのものを戴きました」

「榊原さん、ありがとう。僕は榊原さんが大好きだった。榊原さんは強くて、悪くて、剽軽で、僕はそっと憧れていたんだ」

臥薪はちいさく息をついた。

「ほんとうはね、榊原さんといっしょにずっといたいんだけれど」

「その、お言葉だけで――」

「ごめんね。榊原さんは人だから、永遠の無に耐えられないんだ」

「永遠の無。たしかに御免被りたいですね」

おどけた口調でかえした榊原に、臥薪はきつく頰ずりをした。

榊原は黒々とひらいた両眼から涙をあふれさせ、そして、誰よりもさらさらとした白銀の砂となり、消えた。

地上では、すべての人々が惑乱の末に殺しあいを続けている。

世界中の人々の恐怖と憎悪、それはそれで一方向にしか進めない弱者である狷介固陋にして頑迷な羊の群れのエネルギーであり、ますます白い目の子供を充たしていく。

白い目の子供はそっと擦りよってきたタケルの首を抱いた。タケルが臥薪の顔を舐めまわす。白い目の子供はやや閉口気味だ。霧絵が頰笑んだ。

老犬は白い目の子供といっしょにふわりと宙に浮かんだ。

直後、物見の塔が左右にぶれ、ゆっくり倒壊していった。錆びきった鉄筋が引き千切られて軋み、切断し、泣き声をあげた。それらは本物の泣き声に聞こえた。

このころ、地球上のすべての建物は、ほぼ完全に崩壊し、波立つ大地に呑みこまれて烈しく攪拌（かくはん）されていた。

地震、津波、噴火。ありとあらゆる天変地異が世界を寸断し、細切れにしていく。中空のタケルは白い目の子供の傍らにぴたりと寄り添って、落ち着いた様子だ。霧絵が白い目の子供の背後にそっと控えた。

白い目の子供がわずかに上体を反らせ、呟いた。

「時、充ちたり」

とたんに万有引力が崩壊した。

大地に呑みこまれかけた廃墟が、炸裂するかのように地上に噴きだした。人が、木々が、建物が、大地が、海水が、地球が、すべてがいっせいに沸点に達したかのように反撥しあい、それぞれがそれぞれを中心にした虚空にむかって放射状に、永遠に離れていく。

宇、すなわち天地四方。

宙、すなわち過去現在未来。

宇宙は虚と化し、すべてがひたすら離散していく。

神とは無限な直径をもった球であり、その球は至るところすべてに中心があり、周と中心が一致する。

宇宙のすべては無限の直径に沿い、永遠の孤独にむかって放射状に遠ざかっていく。


万有斥力の発現であった。

数瞬ののち、白い目の子供と女と犬のまわりをつつんでいるのは、完全なる真空であった。

そこは、白い目の子供と女と犬以外になにもない、真の空であった。光さえ存在しないので、時間も空間も存在しない。

白い目の子供と女は、古拙の笑みを泛べたまま、虚空にある。

無。

幾つかの永遠を経て、宇宙は万有引力を取りもどす。そこに新たに創造された宇宙において白い目の子供は白い目の青年となり、女と交わる。女は孕み、新たな生を新たな世界に生みだす。万有斥力によって各々が永遠に離れ去って消え去っていった人間と呼ばれる存在には想像さえできぬ新たな世界が構築される。

――神は人をお見棄てになり、たった一匹の犬を助けられた。

## 主要参考文献

『カトリック聖歌集』聖歌集改訂委員会編　光明社　一九六六年
『新約聖書』フェデリコ・バルバロ訳　ドン・ボスコ社　一九六六年

# 解説――選ばれなかった者たちへの神話

宇田川拓也

人間にはたどり着けない最果てまで、うねりながらぶっ飛んでいく。

東京での路上生活から始まる物語は、沖縄を経由して、活字で表せるひとつの極点へと急激に昇り詰める。物語に「どれだけ遥か遠くまで連れて行ってくれるか」を期待するなら、花村萬月『GA・SHIN！我・神』は、まさに恰好の一冊といえる。

だが、約四百ページという（あえてこういわせていただくが）わずかな分量でそこまで達するのだから、まったくもって尋常ではない。のんびり構えていると、そのあまりの推力に途中で振り落とされてしまうひと、景色を見失って困惑するひと、なんとか最後までしがみついてはみたもののページを閉じて途方に暮れてしまうひともいるかもしれない。

けれど、戸惑うことはない。とんでもないものに触れるとは、そういうことなのだ。

デビュー以来、世の常識や健全さに背を向け、規格外を貫く真の鬼才が紡ぐ物語は、読み手を打ちのめす――などという表現では生ぬるい。削り、抉り、擂り潰し、深く読もう、読み解こうなどという小賢しい考えを決して赦してはくれない。ただ目の前にある物語を浴び、時間を忘れるほどのめり込むうちに、卑小な自分は捻じ伏せられ、かき消されていく。これだから花村作品のようなとんでもないものに手を伸ばすことは、やめられない。振り落とされ、困惑し、途方に暮れてしまうほど徹底的に打ち負かされる悦びを与えてくれる、そんな小説が一体どれだけあるだろうか。いま手にされているのは、斯様に危うくて貴重な一冊なのである。

　主人公の臥薪正太郎は、五十代のホームレス〝自慰爺〟こと謝花ウミオとともに暮らしている少年だ。〝正太郎〟と記された空色のベビー服を着たまま捨てられていた赤子は、謝花に拾われ、この男の胸の内で煮え滾る強い念と四字熟語「臥薪嘗胆」の語呂合わせから、臥薪正太郎と名付けられた。謝花いわく「ガシン！　ショータロー、って感じで合体ロボ、プラス鉄人28号みたいだろ」と冗談半分の気持ちも含まれているらしいが、臥薪自身も「（周囲から）ガシン、ガシンと連呼されると、合体ロボになったような気分になる」と述べているので、満更でもないようだ。

　そんな臥薪には不思議な力があった。自動販売機の釣り銭口に中指を入れてさぐると、そこには必ず五〇〇円硬貨があるのだ。時間を掛けて自販機をまわれば、けっこうな額を得ることができる。ホームレスの謝花が金に困らず、家が段ボールとビニールシートではなくゴアテックスの四人用ドーム型テントであるのも、その力によるものだった。

まず注目すべき点として、花村作品を読む愉しみのひとつである、著者自身の経験と見聞が多分に含まれていると思しきディテールを挙げたい。たとえば路上生活者の日常が描かれる序盤で、テントの天井や壁面の微妙な濡れ――結露から、息をしている、密かに自分は生きている、と確信するシーンなど、実際にバイクで日本各地を駆け巡り、野宿をして過ごしたことがエッセイ等の文章からもうかがえる著者ならではのものである。

ほかにも平凡な生活ではまず接点が生じることのない裏社会的な物事も含め、目を惹く箇所がいくつもある。本作は極点まで急激に昇り詰め、うねりながらぶっ飛んでいく物語だと冒頭で記したが、その〝うねり〟の元になっているのが、こうした真に迫ったディテールのひとつひとつなのである。だから、走り抜けるような構成なのに、舐めるように読みたくなってしまうのだ。

またこのディテールは、「第一部　大和篇」では都会に生きる人間について、「第二部　琉球篇」では沖縄、つまり特異な歴史と文化を持つ土地の人間について、その不条理な側面も含めた要点をかいつまんで描き出す際にもじつに大きな役割を果たしている。クライマックスである「終曲」に至るまでに、日本人とは、人間とは、といった曖昧なイメージに、はっきりとした輪郭が与えられる。それは本作がそのタイトルのとおり、神を題材にした物語であり、深遠極まりないテーマに迫るためには、ここで人間という存在を明確にしておく必要があるからだ。

五〇〇円硬貨を得る能力を皮切りに、臥薪の特殊な能力は様々な形で開花していく。老ホームレスを襲撃し、金属バットで撲殺した少年への鉄槌(てつつい)。試食で腹を満たすために向かったデパ地下で起こした、思わず笑顔が拡(ひろ)がる可愛(かわい)いパニック(いっぽう別のデパ地下では、店員が臥薪たちを無下に扱ったことで阿鼻叫喚(あびきょうかん)の大パニックに陥る)。たった一個のパチンコ玉によって引き起こされた奇蹟(きせき)など、イエス・キリストが水をぶどう酒に変えたように、つぎつぎと不思議な力を発動させる。そうしたなかで、ホームレス襲撃に参加するも最後の一線を越えなかった淳と賢、ジャーマンシェパードのタケル、渋谷一の伝統ある博徒〈高階組〉幹部の榊原、組長の娘で臥薪と通ずる特別な力を持ったミステリアスな霧絵と結び付き、ある野心に促されるまま、謝花の故郷である沖縄へと向かうことになる。

ここから物語は、より神話へと近づいていく。各登場人物に与えられた役どころが明らかになり、世界の命運を賭けた神と悪魔の相克が映し出され、「黙示録」を想起させる展開へと雪崩(なだ)れ込む。神は悪魔か、悪魔は神か。単純に善と悪に割り切ることのできない混沌(こんとん)に、人間とは、世界とは、死とは、生とは、信仰とは、教えとは、救済とは、罪とは、報いとは、愛とは——といった無数の問いがぐるぐると渦を巻き、読み手は終局に向けて激しい勢いで押し流されていく。そしてついに、最後の、あの場面が訪れる。

百人いれば、百通りの解釈、受け止め方ができてもおかしくはないこの終着点に、なかにはこの世界と人類への痛烈な皮肉を感じてしまった向きもあるかもしれない。終盤で謝花が「そんなことは誰にだってわかっていることなのさ、わかりきったことだ」として、この世界を作動させる原理にして唯一の真実がなにかを説くのだが、その負の要素にまみれた答えを否定できる者はひとりもいないだろう。

本作は神についての物語であり、選ばれた者たちの物語である。ということは必然的に、読者は選ばれなかった者として一連のストーリーを追い掛ける側にある。

ならば本作では、選ばれた者たちに光を当てることで、だから選ばれなかった人間とこの世界は神から棄（す）てられても当然なのだと、読み手に冷や水を浴びせるのが一番の狙いなのか。そうは思わない。

そうした受け止め方のいっぽうで、否定的かつ自虐的なイメージがすっかり霧消し、意外なほど穏やかで澄んだ心持ちになれたという向きも、きっと少なくないはずだ。選ばれなかった者として、カタストロフィのそのさらに先に用意された、人間には絶対にたどり着けない終着点まで連れて来られ、まざまざと見せつけられたにもかかわらず。

それは、神というものの捉え方が本作によって大きく書き換えられ、自身との距離感に変化が生じたためではないだろうか。ただ盲信するのでも、頭から否定するものでもない、そこに無いけれど在るもの。タイトルの〝我・神〟とは、読み手である「我」と

「神」なるものの在り方を表しているのかもしれない。

また、もうひとつ考えられるのは、選ばれてしまった者にしかわからない、絶対的にして超越的な孤独を知ってしまったからではないだろうか。

すべての終わりが迫るなかで、ある登場人物に向けて臥薪が「大好きだった」「そっと憧れていた」「いっしょにずっといたいんだけれど」と口にする。けれど、それが叶わない理由を聞いた相手は、おどけた口調で「たしかに御免被りたいですね」と返すと、さらりと消えていってしまう、その寂寥感たるや。ならば、たとえ見棄てられる運命の限られた世界、限られた存在だとしても、〝御免被りたい〟道から外れた、選ばれなかった者として無常を生きる方がいっそ清々するというものだ。もしかしたら本作には、悲劇を超越してそんな気持ちにさせる強い効能もあるのかもしれない。

そろそろ紙幅も残り少なくなってきたので、本作の単行本と文庫版の違いについて触れておこう。二〇一〇年に刊行された単行本は、イラストレーターの今井トゥーンズとのコラボにより、本文にイラストが縦横に配され、タイポグラフィが駆使された一種のアナザーバージョンになっている。手にする機会があればぜひ文庫版との違いを愉しんでいただきたい。

また、本作のキリスト教的な宗教観、神の子供や新興宗教団体といった部分に興味を惹かれた方は、朧という名の冒瀆の限りを尽くす青年が登場する第百十九回芥川賞受賞作『ゲルマニウムの夜』（一九九八年）から始まる、〈王国記〉シリーズに。そして神話としての物語に惹かれたなら、巨編『帝国』（二〇一〇年）に手を伸ばしていただきたい。どちらもやはり、振り落とされ、困惑し、途方に暮れてしまいかねない、とんでもない小説であることを約束する。

（うだがわ・たくや　書店員、ときわ書房本店　文芸書・文庫担当）

本書は、二〇一〇年三月、集英社より刊行された単行本を
文庫化にあたり、再編集したものです。

初出
「小説すばる」二〇〇八年一月号～二〇〇九年四月号

## 花村萬月の本

### 日蝕えつきる

天明六年元日、日本を覆った皆既日蝕。その暗闇の下で、無惨に死にゆく男女を描く。生々しくも苛烈な描写に心奪われる、第三十回柴田錬三郎賞受賞作。

集英社文庫

## 花村萬月の本

# 花折

画壇の重鎮である父を持つ鮎子は東京藝大へ。そこで男を知り、取り込むことで覚醒していく――。ひとりの画家の人生を通し、創作の本質に迫った小説。

# 集英社文庫　目録（日本文学）

集英社文庫

GA・SHIN！　我・神

2022年9月25日　第1刷　　定価はカバーに表示してあります。

著　者　花村萬月

発行者　徳永　真

発行所　株式会社　集英社
東京都千代田区一ツ橋2-5-10　〒101-8050
電話　【編集部】03-3230-6095
【読者係】03-3230-6080
【販売部】03-3230-6393（書店専用）

印　刷　凸版印刷株式会社

製　本　凸版印刷株式会社

フォーマットデザイン　アリヤマデザインストア　　マークデザイン　居山浩二


ISBN978-4-08-744433-9 C0193